AF757147

# ब्रह्महत्या तथा अन्य कहानियाँ

(कहानी-संग्रह)

# ब्रह्महत्या
# तथा
# अन्य कहानियाँ

**शशिभूषण द्विवेदी**

वाणी प्रकाशन ग्रुप
भारतीय ज्ञानपीठ

वाणी प्रकाशन : भारतीय ज्ञानपीठ की पुस्तकों के एकमात्र प्रकाशक एवं वितरक

Email : sales@vaniprakashan.in

सजिल्द पहला संस्करण : 2005
सजिल्द दूसरा संस्करण : 2006
सजिल्द तीसरा संस्करण : 2024

लोकोदय ग्रन्थमाला : ग्रन्थांक 764

प्रकाशक
वाणी प्रकाशन ग्रुप
4695, 21-ए, दरियागंज, नयी दिल्ली-110 002
फ़ोन : 011-23273167, 23275710
ईमेल : sales@vaniprakashan.in

ISBN : 978-81-2631-110-1

ब्रह्महत्या तथा अन्य कहानियाँ
(कहानी-संग्रह)
शशिभूषण द्विवेदी



BRAHMAHATYA TATHA ANYA KAHANIYAN
(Collection of Stories)
by Shashi Bhushan Dwivedi

मुद्रक : आर. टेक ऑफ़सेट प्रिंटर्स, दिल्ली-110 032

आवरण : अनीता रॉय चौधरी

Price : INR. 225

अपने इस नालायक बेटे के लिए
माँ–पिताजी की उदासी
और कथाकार मित्र भाई अखिलेश
के उत्साह के बीच
उन तमाम आँखों को
जो हर धोखे के बाद भी
बहुत अपनी–सीं लगती हैं!

# कथा-क्रम

# विप्लव

यूँ तो सरसरी तौर पर यह एक सनसनीखेज फिल्मी पटकथा है जिसे पढ़ते हुए डर है कि कहीं लोग किसी ब्लू फिल्म का आनन्द न लेने लगें, हालाँकि ब्लू फिल्म में भी कहीं कोई आनन्द होता है यह एक अलग विवाद का विषय है। फिलहाल, इस कहानी में कहीं न कहीं, कुछ न कुछ तो ऐसा है जो इस अनजान अबोध लेखक को बाध्य कर रहा है लिखने को, और लिखना भी ऐसा कि रातों की नींद हराम हो जाये!

तो लिखना पड़ रहा है, इस डर के साथ कि लोग पढ़ेंगे और हँसेंगे। हालाँकि हँसना अच्छा है, स्वास्थ्यप्रद है फिर भी कभी कोई कहानी पढ़कर हँसना त्रासद भी हो जाता है। ठीक उसी तरह जैसे किसी ब्लू फिल्म का आनन्द त्रासद होता है।

तो मित्रो, यह कहानी की भूमिका थी और मुझे लगता है कि जरूरी है। क्यों जरूरी थी, इसका कोई जवाब नहीं है मेरे पास। सिर्फ कुछ सम्भावनाएँ हैं और उन सम्भावनाओं से ही इस कहानी का विकास होना है।

पहली सम्भावना यह कि कथाकार को डर है एक ऐसी फिल्मी पटकथा से जिसमें एक होता है नायक और एक होती है नायिका। दोनों पूरे के पूरे नौ दिन संभोगरत रहते हैं! सो भी खजुराहो के किसी बियावान होटल में। जंगल में नहीं रहते यही गनीमत है।

खजुराहो में नायक और नायिका का नौ दिनों का संभोग यहाँ कोई रूपक नहीं है। यह दरअसल कई रूपकों का एक रूपक है। दिक्कत यह है कि मिथकों के इस देश में इस कार्यक्रम के लिए फिलहाल हमारे पास ऐसा कोई शब्द भी उपलब्ध नहीं है जो इसकी सम्पूर्ण व्याख्या कर सके। इसलिए हम इसे संभोग ही कहेंगे। हालाँकि मनोरंजन की तर्ज पर कुछ लोग इसे तनोरंजन भी कहते हैं। लेकिन उससे अर्थ की जटिलता कहीं और ज्यादा जटिल न हो जाए इसलिए फिलहाल उसे छोड़िए और आइए अपने उस मूल कथानक की तरफ जहाँ वस्तुतः कथाकार की इन ऊलजलूल बातों और शुरुआतों का सार छिपा है।

इस कथानक का नायक है एक कलाकार जो वस्तुतः आवारा है और बेवजह चित्र बनाता है।

इस कथानक की नायिका है भारतीय मूल की एक धनाढ्य फ्रांसीसी युवती जो वस्तुतः एक टूरिस्ट है, और भटकते-भटकते यहाँ आ पहुँची है खजुराहो में।

खजुराहो का इतिहास एकाएक जाग उठा है इन दोनों के यहाँ आने से, और कहानी है कि बार-बार भागना चाहती है इतिहास की उन्हीं मध्ययुगीन कन्दराओं में जहाँ चन्देल वंश के परम प्रतापी राजा धंगदेव ने कभी एक सपना देखा था!

सपने में उन्होंने जो देखा वह इतिहास की नहीं बल्कि इतिहास के बाहर की कथा है। कहते हैं कि राजा धंगदेव काफी उदार, स्नेहिल और प्रजावत्सल राजा थे। जैजाकभुक्ति का उनका सिंहासन इन्द्र के सिंहासन से कहीं ज्यादा अटल माना जाता था। इतिहास का यह वह दौर था जब पूरे हिन्दुस्तान में कहीं कोई केन्द्रीय शक्ति नहीं बची थी। दक्षिण में राष्ट्रकूटों का पराभव हो चुका था और कन्नौज पर एक कमजोर और नपुंसक राजा राज्य कर रहा था। उत्तर में गहड़वाल थे, दक्षिण में पाण्ड्य, होयसल, चालुक्य और यादव। दिल्ली में जरूर चौहानों के सशक्त दावेदार काबिज हो चुके थे। पश्चिम में मुल्तान की सीमा उस समय भी सबसे कमजोर सीमा मानी जाती थी और हर समय मुस्लिम आक्रान्ताओं के आक्रमण का खतरा वहाँ मँडराया करता था। पूरे हिन्दुस्तान का कहीं कोई नक्शा नहीं था और सीमाओं में अकसर उलटफेर हो जाया करते थे।

जिस समय राजा धंगदेव ने वह सपना देखा उस समय भी जैजाकभुक्ति के चन्देल कन्नौज के प्रतिहार नरेश से युद्ध में व्यस्त थे।

चूँकि राजा धंगदेव का वह सपना इतिहास के बाहर की कथा है इसलिए इतिहास में उसका कहीं कोई उल्लेख नहीं मिलता। लेकिन राजा धंगदेव ने सपना देखा था और सपने में उन्होंने देखा कि तन्त्र की अधिष्ठात्री देवी तारा अपने प्रचण्ड आवेग में प्रकृतिस्थ हो, उनके निकट और निकट चली आ रही हैं। उनकी देह का अपना एक व्याकरण, अपनी एक भाषा थी।

देवी तारा ने पूछा, "हे राजन्! तुम कौन हो?"

"मैं आपका एक दीन-हीन भक्त हूँ माते!"

देवी तारा हँसीं और एक भयानक अट्टहास पूरे ब्रह्माण्ड में गूँजने लगा।

"मुझे भक्त नहीं, प्रेमी चाहिए राजन्!" देवी तारा एक कुटिल मुस्कान से मुस्करायीं। राजा धंगदेव काँपने लगे। एकाएक देवी तारा की वीभत्स नग्न मुद्रा एक लावण्यमयी चंचल सुकुमारी में तब्दील होने लगी। राजा ने देखा की वह चंचल सुकुमारी और कोई नहीं, उन्हीं की पुत्री राजकुमारी अलका थी।

उधर प्रतिहार नरेश से युद्ध चल रहा था और इधर राजा धंगदेव अपने उस

सपने का गूढ़ार्थ खोजने में अपनी तमाम राजनीतिक प्रतिभा को दाँव पर लगा रहे थे। कवि ज्योतिषी, तान्त्रिक, साधु, संन्यासी सब के सब राजा का सपना विचार रहे थे और इधर देवी तारा थीं कि हर रात पंचमकार में लिप्त अपने भक्तों पर जादू कर रही थीं।

राजा का सुख, चैन सब छिन गया, भूख मर गयी, नींद हराम! अराजकता के उसी दौर में राज्य में एक भयानक महामारी भी आयी। जैजाकभुक्ति के चन्देलों का सिंहासन डोलने लगा। यह वही सिंहासन था जो कभी इन्द्र के सिंहासन से कहीं ज्यादा अटल माना जाता था।

डोलते हुए सिंहासन पर आसीन देवी तारा ने पूछा, ''राजन्! तुम प्रेमी कब बनोगे?''

राजा मौन थे और सिंहासन डोल रहा था।

कि अचानक दरबार में एक ब्राह्मण संन्यासी का आगमन हुआ। संन्यासी ने कहा, ''राजन्! आपके राज्य में क्षुधापीड़ित एक कलाकार मृत्यु का ग्रास बन रहा है। उसकी कुन्द होती प्रतिभा महाविप्लव का रूप ले रही है। चेतो राजन्! अन्यथा अनर्थ हो जाएगा।''

उस भूखे कलाकार की खोज में राज्य की पूरी सैन्य शक्ति लगा दी गयी और अन्ततः कलाकार ढूँढ़ लिया गया। भूख से बेहाल, फटेहाल कलाकार ने बताया कि देवी तारा निरन्तर उसके स्वप्नों में भी आती रही हैं और प्रेम की भीख माँगती हैं!

राजा स्तब्ध। चिन्तातुर। उसने अपने मन्त्रियों व पुरोहितों से परामर्श किया।

पूर्व से आयी तान्त्रिकों की शाखा ने बताया, ''राजन्! देवी तारा तुम्हें अपने प्रेम यज्ञ की समिधा बनाना चाहती हैं। तुम्हारे इस पावन स्वप्न को भगवान महादेव का भी आशीर्वाद प्राप्त है। याद करो राजन्...भगवान महादेव का नौ दिनों का वह सतत संभोग...आर्यावर्त के इतिहास का वह गौरवशाली अध्याय...!'' तान्त्रिकों की टोली कह रही थी मगर...

मगर राजा धंगदेव के स्वप्निल नेत्र इस महादेश की उस मिथकीय दुनिया में चले गये थे जहाँ कैलाश पर्वत पर विराजमान भगवान महादेव को एकाएक ज्ञात हुआ कि इस महादेश का काम कुण्ठित हो गया है। उस समय देवासुर संग्राम चल रहा था और बैकुण्ठ स्वामी भगवान जगन्नाथ चिन्तातुर क्षीर-सागर पर टहल रहे थे। युद्ध और युद्धातुर शक्तियों को रोकने का अब कोई विकल्प नहीं बचा था और उधर असुरों की प्रचण्ड शक्ति देवताओं को छिन्न-भिन्न कर रही थी।

युद्धलिप्सा से त्रस्त भगवान महादेव ने एकाएक एक निर्णय लिया और देवी पार्वती के साथ नौ दिनों के महाअनुष्ठान पर चले गये। युद्ध चल रहा था और भगवान महादेव अज्ञातवास पर थे।

अज्ञातवास का एक-एक दिन जब बरसों लम्बा खिंचने लगा तब बैकुण्ठ स्वामी भगवान जगन्नाथ की व्याकुलता बढ़ी। वे दौड़ पड़े उस एकान्त स्थल की तरफ जहाँ भगवान महादेव उस महाअनुष्ठान में रत थे।

''धगद्धधगद्धज्ज्वल्ललाटपट्टपावके
किशोर-चन्द्रशेखरे रतिः प्रतिक्षणं मम।''

उस महाअनुष्ठान में रत भगवान महादेव की ललाटाग्नि धक्-धक् जल रही थी और मस्तक पर किशोर चन्द्रमा अपनी शीतल रश्मियाँ बिखेरते हुए विराजमान था।

द्वारपाल ने भगवान जगन्नाथ को उस महाअनुष्ठान कक्ष में जाने से रोक दिया। शिष्टाचारवश भगवान जगन्नाथ रुक गये। लेकिन कब तक? दो दिन, चार दिन, पूरे नौ दिन तक भगवान महादेव अनुष्ठान कक्ष से बाहर नहीं निकले। सहस्त्रबाहु भगवान जगन्नाथ को क्रोध आ गया। दनदनाते हुए पहुँचे गर्भगृह में और जो देखा वह सृष्टि का वही रहस्य था जो कभी कहा नहीं गया और जिसे कहने के प्रयास में इस धरा-धाम के तमाम कवि-द्रष्टा पागल हो गये।

युद्ध लिप्सा से त्रस्त और क्रोध के वशीभूत सहस्त्रबाहु भगवान जगन्नाथ ने भगवान महादेव को जो शाप दिया उसके अनुसार उन्हें इस मर्त्यलोक में युग-युगान्तर तक लिंग-योनि के रूप में ही पूजा जाना था। भगवान महादेव के लिए यह शाप एक वरदान भी था।

पूर्व से आयी तान्त्रिकों की शाखा बता रही थी कि 'राजन्! भगवान महादेव का वह महाअनुष्ठान अपूर्ण रह गया और बस, उसी दिन इस महादेश का 'काम' कुण्ठित हो गया। राजन्! यही जैजाक़भुक्ति के चन्देलों का संकट है। समस्त राज्य की देह तुमसे देह का अधिकार चाहती है।'

राजा धंगदेव तत्पर थे इस अधिकार को देने के लिए मगर इधर राजकुमारी अलका थीं कि राजा का प्रतिपक्ष बनी हुई थीं। पूर्व के तान्त्रिकों का समूह नित नयी दार्शनिक व्याख्याएँ दे रहा था और भूख से पीड़ित कलाकार शिल्पी तटस्थ द्रष्टा की मुद्रा में आ गया था।

राज्य के सभी स्त्री-पुरुषों को देह का अधिकार मिल चुका था। दुन्दुभि बज रही थी। समाज के तमाम नीतिज्ञ पुरुषों का विवेक देवी तारा ने एक ही झटके में हर लिया था।

भगवान महादेव का आशीर्वाद, देवी तारा की इच्छा कि खजुराहो की इस पुण्यभूमि में एक मोक्ष मार्ग बने, लिंग-योनि की पुनः प्राणप्रतिष्ठा की जाए अन्यथा अनर्थ हो जाएगा।

कलाकार का बुलावा आया। यह भूखा-नंगा कलाकार ही अब जैजाकभुक्ति के चन्देलों की कीर्ति बचा सकता है। काम के इस उद्दाम वेग को रोकना अब बस इस भूखे-नंगे कलाकार के हाथों में ही शेष है।

देवी तारा फिर एक बार लावण्यमयी, चंचल, सुकुमारी राजकुमारी अलका में तब्दील होने लगीं और कलाकार...वह राजकुमारी अलका की तटस्थ भाव से नग्न मूर्तियाँ बना रहा था।

इतिहास का वही एक छोटा लम्हा ठीक एक हजार साल बाद आज फिर खजुराहो की उसी पुण्यभूमि में खुद को दोहरा रहा था। वह फ्रांसीसी युवती जो इस पटकथा की नायिका है, नग्न देह धारण कर निद्रामग्न है होटल के एक कमरे में और ब्राह्मण पुत्र हमारा कलाकार नायक कागज़-पेंसिल लिये उसके चित्र खींच रहा है।

वस्तुतः इस कहानी का प्रारम्भ यहीं से है। ऊपर जो कुछ कहा गया, वह तो इतिहास की एक गप्प मात्र थी जिस पर ध्यान न देना ही श्रेयस्कर होगा।

तो, हमारा कलाकार नायक अपनी कलात्मक दृष्टि से उस फ्रांसीसी नायिका को देख रहा है। देख रहा है और काँप रहा है। उसकी दृष्टि केन्द्रित है और होठों से अस्फुट से कुछ शब्द फूट रहे हैं जो देखते-देखते खजुराहो के पूरे इतिहास में गूँजने लगते हैं।

उसी गूँज से उभरता है एक बिम्ब जिसमें राजकुमारी अलका पूछती है शिल्पकार से, ''हे शिल्पी, मेरी नग्न देह में तुमने क्या देखा?''

शिल्पी मौन है, मगर मौन में ही कहता है, ''देवी! तुम्हारी देह में मैंने सम्पूर्ण ब्रह्माण्ड देखा है।''

राजकुमारी हँसती है और कहती है, ''नहीं शिल्पी! मेरी देह को इतना अमूर्त न करो। भरसक तुम इसमें मेरी कामनाएँ देख सकते हो।''

शिल्पी मुस्कराता है और कहता है, ''देवी! मैं तुम्हारी देह में सम्पूर्ण ब्रह्माण्ड की कामना देख रहा हूँ।''

राजकुमारी गम्भीर है और पूछती है, ''क्या राजा धंगदेव की यशोलिप्सा भी?''

''हाँ राजकुमारी! राजा धंगदेव की यशोलिप्सा भी।''

राजकुमारी हँसती है और कहती है, ''तुम सचमुच कलाकार हो शिल्पी...मेरी परीक्षा में खरे उतरे। देवी तारा ने ठीक तुम्हारा वरण किया! मैं भी तुम्हारा वरण करती हूँ। आओ शिल्पी...मेरे निकट आओ ...जैजाकभुक्ति के चन्देलों की तुम अन्तिम आशा हो।''

कुछ ऐसा ही कहती है वह फ्रांसीसी नायिका भी हमारे कलाकार नायक से। और हमारा कलाकार नायक उसके न्यूड स्केच का अन्तिम स्ट्रोक मारता है।

कलाकार नायक फ्रांसीसी नायिका के होठों को चूम रहा है। फ्रांसीसी नायिका कलाकार नायक के सपनों को सहला रही है। दोनों गुत्थमगुत्था हैं होटल के इस कमरे में और कहीं दूर...बहुत दूर एक गीत बज रहा है, 'बैरी भयो रे, देस हमार...!'

एकाएक कलाकार नायक चौंकता है। उत्तेजित साँसें अपने आरोह-अवरोह के बीच एक अजीब आध्यात्मिक स्थिरता की माँग कर रही हैं। देवी तारा के शब्द नायक के कानों में गूँज रहे हैं—

"अहं विभूत्या बहुभिरिह रूपैर्यदास्थिता।
तत्संहृतं मयेकैव तिष्ठाम्यजौ स्थिरो भव॥"

मैं अपनी ऐश्वर्य शक्ति से अनेक रूपों में यहाँ उपस्थित हुई थी। उन सब रूपों को मैंने अपने में समेट लिया है। अब अकेली ही युद्ध में खड़ी हूँ। तुम स्थिर हो जाओ।

कलाकार नायक स्थिर खड़ा है और सिगरेट का धुआँ निगल रहा है। फ्रांसीसी नायिका बिस्तर पर अलमस्त बिखरी हुई है। उसकी नीली, गहरी आँखें कलाकार नायक के पूरे अस्तित्व को छेद रही हैं...गहरे...बहुत गहरे तक!

पल भर को जैसे पूरा का पूरा दृश्य फ्रीज हो जाता है। फ्रांसीसी नायिका के होठों पर एक जुम्बिश है और अँगड़ाई लेते हुए वह कह रही है, "फनी....वैरी फनी... आज इस खेल में सचमुच मजा आ गया।"

कलाकार नायक ने जैसे उसके शब्द सुने ही नहीं। एक गहरी साँस ली और कहा, "ओम् मणि-पद्मे हुम्!"

"इट मीन्स?" फ्रांसीसी नायिका ने पूछा।

"ईश्वरीय मैथुन!" एक निःश्वास छोड़ते हुए कलाकार नायक ने कहा।

और फिर पल भर का सन्नाटा....। दो जोड़ी आँखें जैसे एक साथ ओम् मणि पद्मे हुम् का जाप करने लगीं।

"देखो, कमल में रत्न छिपा है!" देवी तारा का आश्वासन।

सम्पूर्ण भारतवर्ष की खण्डित आत्मा एकाएक जैसे किसी दुःस्वप्न से जाग उठी—'ओम् मणि पद्मे हुम्।'

यहाँ हम एक छोटा-सा 'ब्रेक' लेकर कहानी को थोड़ा-सा 'फ्लेशबैक' में ले जाएँगे ताकि बात कुछ और साफ हो सके। दरअसल, जिस समय हमारा कलाकार नायक

और वह फ्रांसीसी नायिका खजुराहो के होटल के उस कमरे में संभोगरत थे ठीक उसी समय भारत के धुर पश्चिमोत्तर प्रान्त में अपने समय के महानायक भगवान बुद्ध पाँच-पाँच परमाणु विस्फोटों की उपस्थिति में एक कुटिलता से मुस्कराये थे। यह तो आप सब जानते हैं कि इस दुनिया की हर चीज अब एक-दूसरे से इस कदर जुड़ गयी है कि अलग से किसी चीज की कोई कल्पना भी नहीं की जा सकती। सो, भगवान बुद्ध की वह कुटिल मुस्कान भी अलग से कल्पनातीत थी। दूसरी तरफ 'ओम् मणि पद्मे हुम्' का वह शाश्वत नाद था जो सूचना क्रान्ति के इस युग में भगवान बुद्ध की उस कुटिल मुस्कान के साथ इस कदर जुड़ गया था कि आश्चर्य होता था।

और सचमुच वह भी एक आश्चर्यलोक था जहाँ हमारा कलाकार नायक और वह फ्रांसीसी नायिका एकाएक पहुँच गये थे। हालाँकि एकाएक भी एकदम से एकाएक नहीं होता। उसके पीछे भी कई एक और अनेक होते हैं! सो 'ब्रेक' के बाद की यह कहानी उन्हीं एक और अनेक की कहानी है।

तो मित्रो, हमारा कलाकार नायक शुरू से ही एक आम घर का बेरोजगार लड़का था और वह फ्रांसीसी नायिका शुरू से ही एक बड़े घर की बिगड़ैल लड़की थी। बहुत पहले की बात है, कलाकार नायक के पिता अपने गाँव से चलकर एक छोटे से कस्बे में आये थे और फ्रांसीसी नायिका के पिता उसी छोटे कस्बे से चलकर फ्रांस की राजधानी पेरिस पहुँचे थे। विस्थापन दोनों का हुआ था। लेकिन......लेकिन कलाकार नायक के धर्मभीरु पिता ने उस छोटे से कस्बे में लोगों को सत्यनारायण की कथा सुनायी और फ्रांसीसी नायिका के पिता पेरिस जाकर कलात्मक भारतीय वस्तुओं का व्यापार करने लगे। यह उतना ही बड़ा अन्तर था जितना कि जमीन और आसमान के बीच होता है! सो, जमीन और आसमान का यह अन्तर कलाकार नायक और उस फ्रांसीसी नायिका के जीवन पर भी पड़ा और...और फिर वही दोयम दर्जे की फिल्मी प्रेम कहानी चली जो अकसर गरीब और अमीर के बीच चलती है।

तमाम मिथकीय कथाओं के बीच गुजरा कलाकार नायक का बचपन जहाँ छोटी-से-छोटी चीज के लिए तरसता था, वहीं पेरिस में गुजरा फ्रांसीसी नायिका का बचपन खुद अपने आप में एक मिथक था। सूचनार्थ बता दें कि फ्रांसीसी नायिका के पिता ने फ्रांस में कलात्मक भारतीय वस्तुओं के व्यापार से धन ही नहीं जोड़ा, बल्कि अपनी पुत्री यानी हमारी फ्रांसीसी नायिका की कलात्मक सनकों में भी काफी इजाफा किया था।

यह उस समय की बात है जब विश्व बाजार में भारतीय चीजों की कीमत एकाएक बढ़ गयी थी और सारा विश्व भारतीय सौन्दर्यबोध पर अभिभूत था। शासक-प्रशासक कवि हो गये थे और कविता का बाजार-भाव सातवें आसमान पर

था। उस छोटे कस्बे में भी जहाँ हमारे कलाकार नायक के धर्मभीरु पिता लोगों को सत्यनारायण की कथा सुनाया करते थे और खुद जहाँ हमारा कलाकार नायक बेरोजगारी के दिनों में फाँके किया करता था। टी.वी. और अन्य इतर माध्यमों के जरिये बम्बई स्टॉक एक्सचेंज की खबरें आने लगी थीं। बावजूद इसके कि हमारे कलाकार नायक को टी.वी. के परदे पर बम्बई स्टॉक एक्सचेंज की भव्य इमारत काफी खूबसूरत लगती थी, वह समझ नहीं पाता था कि शेयर सूचकांक का उठना-गिरना किस तरह उस देश के शासक-प्रशासक की कविता से जुड़ा है। लेकिन....यह सब था और इसके साथ ही और तमाम बातें थीं जो इस कथा से सम्बन्ध न रखते हुए भी सम्बन्ध रखती हैं। अब जैसे यही कि अपनी तमाम सुख-सुविधाओं के बावजूद पेरिस में ऐंटीक के सबसे बड़े व्यापारी की पुत्री एकाएक भारत आने की जिद कर बैठी, वो भी तब जब भारत में एक तरह से अघोषित इमरजेन्सी लगी हुई थी। बुद्ध मुस्करा रहे थे और बेरोजगारी में फाँके करता हमारा कलाकार नायक भागकर खजुराहो आ गया था।

खजुराहो में उसने 'गाइड' का धन्धा किया और महाराज धंगदेव के कल्पित सपने का गूढ़ार्थ लोगों को समझाने लगा। यूँ भी उसका पूरा जीवन इन्हीं मिथकीय आख्यानों में रचा-बसा था।

फ्रांसीसी नायिका चूँकि 'अपने' इतिहास की खोज में आयी थी इसलिए कलाकार नायक से उसका सम्बन्ध महज एक संयोग भी हो सकता है। और सच पूछिए तो यह पूरा आख्यान ही उन सहज संयोगों का एक विराट प्रतिबिम्ब है जो देवासुर संग्राम के दौरान भगवान महादेव के महानुष्ठान से चलकर महाराज धंगदेव के सपनों में आया था और फिर बीसवीं सदी के अन्त में खजुराहो के किसी बियावान होटल में उस फ्रांसीसी नायिका और हमारे कलाकार नायक के बीच एक असहज संभोग का कारण बन गया था।

हालाँकि होटल के उस कमरे 'ओम् मणि पद्मे हुम्' का वह शाश्वत नाद अब भी था लेकिन....

...लेकिन कलाकार नायक के सिगरेट से उठते धुएँ ने हमें एक बार फिर उन्हीं मध्ययुगीन कन्दराओं में धकेल दिया है जहाँ महाराज धंगदेव अपने मन्त्रणा कक्ष में बैठे इतिहास के उस प्रवाह को देख रहे थे जब कन्नौज पर चन्देलों का आक्रमण निर्णायक क्षण की प्रतीक्षा में थी। पश्चिमोत्तर से मुस्लिम आक्रान्ताओं की एक टोली महमूद गजनवी के साथ आगे बढ़ रही थी। खण्ड-खण्ड भारत की विखण्डित आत्मा जैसे किसी विप्लव की प्रतीक्षा में थी; और उनके अपने ही राज्य में 'ओम् मणि पद्मे हुम्' का वह निरन्तर जाप...भयाक्रान्त राजा को लगता जैसे उनकी साँस ही घुट जाएगी।

और इधर राजकुमारी अलका अपने प्रेम-पात्र शिल्पी से पूछ रही थी, ''हे शिल्पी! पतन के इस दौर में तुम्हारे सौन्दर्य मानक क्या हैं?''

''जिसे आप पतन कह रही हैं राजकुमारी! जरूरी नहीं कि वह पतन ही हो...वह मुक्ति भी हो सकती है, और मुक्ति के मानक नहीं होते राजकुमारी...मुक्ति एक विप्लव है...महाविप्लव।''

शिल्पी और राजकुमारी का यह मौन संवाद निरन्तर गूँज रहा है उन प्रस्तर प्रतिमाओं में जिन्हें योजनानुसार प्रस्तावित मन्दिर की बाह्य परिधि में ही रहना है।

''ओम् मणि पद्मे हुम्!' संस्कृति के कामुक क्षण जैसे एक साथ राजकुमारी अलका के दैहिक धरातल पर बहकने लगे।

इधर राजपुरुषों और सामन्तों में चिन्ता व्याप गयी है कि एक शूद्र कोटि शिल्पी आखिर कैसे एक राजकन्या से प्रेम कर सकता है? यह अनैतिक है...घोर अनैतिक!

वर्जित फल का स्वाद आदम और हौवा ने चखा था तो उन्हें दण्डस्वरूप इस मर्त्यलोक में धकेला गया। मगर यहाँ तो वर्जित फल को चखने वाला एक शूद्रकोटि शिल्पी था। इसे पाताल भेजना होगा...वरना...

इस तरह दो संस्कृतियों के मुखर संघर्ष जारी थे और उधर महमूद गजनवी अपने दल-बल समेत बढ़ता चला आ रहा था। राजा धंगदेव ने जान लिया था कि महाविप्लव सन्निकट है। उनके बूढ़े शरीर में अब उतना तेज भी बाकी नहीं था...फिर स्वप्न में निरन्तर देवी तारा का आना...राजा भयभीत हो गये।

समाज में नैतिकता के तमाम मानदण्ड टूटकर बिखर रहे थे। ब्राह्मणों का अपमान...शूद्रकोटि जातियाँ गुस्से से खौलने लगी थीं जैसे देवी तारा ने उन सबको आशीर्वाद दे रखा हो।

शिल्पी और राजकुमारी अलका के प्रेम की अनुगूँजें भी राजा के कानों में पड़ीं...राजा असहाय हो गये। उधर राजकीय कार्यशाला में शिल्पी की बनायी प्रस्तर प्रतिमाएँ निरन्तर मुखर हो रही थीं। मुक्ति के सौन्दर्य प्रतिमान गढ़े जा रहे थे।

''शिल्पी! पूर्व के तान्त्रिक कह रहे थे कि समस्त ब्रह्माण्ड की मुक्ति ईश्वरीय मैथुन में निहित है...उसी के निमित्त इस मन्दिर का निर्माण हो रहा है...तुम क्या कहते हो?''

''मैं क्या कहूँ राजकुमारी! मैं एक शूद्र कोटि शिल्पी जो कुछ दिन पूर्व भूख से बेहाल था...कह भी क्या सकता है? मुझे तो इस मन्दिर निर्माण के उपरान्त उसके सांधार प्रासाद में भी घुसने की अनुमति नहीं होगी।'' शिल्पी ने एक दीर्घ निःस्वास लेते हुए कहा।

''नहीं शिल्पी! इस खण्डित राष्ट्र की आत्मा तुमसे मुक्ति की गुहार कर रही है। देवी तारा का तुम्हें आशीर्वाद है और राजकुमारी अलका का प्रेम...उठो शिल्पी

उठो...महाकाल तुम्हारी प्रतीक्षा में है!''

और शिल्पी उठा...नि:शेष! तमाम कामुक, मांसल प्रतिमाओं के बीच वह धाँसकर हल चलाते एक श्रमिक की मूर्ति गढ़ रहा था, साथ ही रक्तपिपासु शस्त्र सुसज्जित एक सैनिक...! शिल्पी ने एक पूरा का पूरा दृश्य खींचा जहाँ मुस्लिम आक्रान्ताओं का पूरा समूह नतमस्तक जमीन पर बैठा हुआ था...पराजित। भारत खण्ड की सुसज्जित सेनाएँ बढ़ी जा रही थी और उनके बीच एक स्वर गूँज रहा था, 'ओम मणि पद्मे हुम्'।

यहाँ होटल के इस कमरे में भी फ्रांसीसी नायिका के होठों पर ठीक वही शब्द हैं, 'ओम् मणि पद्मे हुम्!' और उसके संगमरमरी कुचों से खेलता हमारा कलाकार नायक कह रहा है—

''यद्गुह्यं परमं लोके सर्वरक्षात्करं नृणाम्।
यन्न कस्यचिदाख्यातं तन्मे ब्रूहि पितामह!''

जो इस संसार में परम गोपनीय है और मनुष्यों की हर तरह से रक्षा करने वाला है, वह रहस्य जो आपने किसी से नहीं कहा, प्रभो! मुझसे कहिए।

''व्हाट नानसेन्स!'' फ्रांसीसी नायिका के शब्द।

''सांस्कृतिक विप्लव का महाआख्यान...'' कलाकार नायक के मौन से गूँजती एक ध्वनि!

कुछ ऐसी ही ऊल-जलूल बातें और हरकतें कलाकार नायक पिछले नौ दिनों से करता रहा है। कभी वह दुर्गा सप्तसती का पाठ करता है तो कभी तान्त्रिक सूत्रों का वाचन। उसकी हर हरकत पर फ्रांसीसी नायिका उसे आश्चर्यमिश्रित श्रद्धा से देखती है। कभी झिड़कती है तो कभी जिज्ञासा करती है।

उसके अनुसार इन नौ दिनों में उसे अपूर्व आध्यात्मिक आनन्द मिला है। कलाकार नायक के इस विरल संयोग ने जैसे उसे धन्य-धन्य कर दिया।

और इधर हमारा कलाकार नायक इन नौ दिनों को अपनी नव रात्रि साधना की सिद्धि मानता है। 'सांस्कृतिक विप्लव का महाआख्यान...!'

इधर उसके बनाये चित्र भी अपूर्व बन पड़े हैं। फ्रांसीसी नायिका इसे जानती है। उसकी व्यवसाय बुद्धि उसे फ्रांसीसी कला जगत् के शीर्ष पर देख रही है। मगर हमारे कलाकार नायक की जिद है कि वह फ्रांस नहीं जाएगा। उसे अपनी धरती

प्यारी है...अपने लोग। यह अलग बात है कि उसका अपना यहाँ कोई भी नहीं।

वह बार-बार अपने ही बनाये उन चित्रों को देखता है जहाँ आध्यात्मिकता से लबरेज तमाम मांसल बिम्ब उभर रहे हैं और पार्श्व में एक गीत बज रहा है, 'बैरी भयो रे देस हमार..'

कलाकार नायक चाहता है कि काश! वह इसमें एक चित्र और खींच सकता जिसमें पश्चिमी आक्रान्ताओं का नत शिर समूह होता और वह कहता, 'ओम् मणि पद्मे हुम्!'

मगर वह कह नहीं पाता, उसके शब्द एकाएक खजुराहो के मध्ययुगीन इतिहास में कहीं खो गये हैं और वह बावला-सा उन्हें खोज रहा है!

खजुराहो में मोक्ष मार्ग के निर्माण का स्वप्न पूरा हुआ। अब मूर्तियों की प्राणप्रतिष्ठा की जाएगी। देश-विदेश के तमाम कवि, ज्योतिषी, तान्त्रिक और विद्वान इतिहास के इस अपूर्व आयोजन के साक्षी होने जा रहे थे।

महाराज धंगदेव की बेचैनी थमी नहीं थी। उनकी आत्मा पर जैसे कोई बोझ था। इधर राजपुरुषों और सामन्तों ने एक अलग ही मुहिम छोड़ रखी थी। राजकुमारी अलका और शिल्पी का उन्मुक्त प्रेम अब नैतिकता का नहीं—उनके अस्तित्व का प्रश्न बन चुका था।

राजा धंगदेव दोराहे पर खड़े बार-बार देवी तारा का स्मरण कर रहे थे मगर देवी तारा हँसे जा रही थीं। उनका भयानक अट्टहास पूरे ब्रह्माण्ड में गूँज रहा था।

मन्दिर के सांधार प्रासाद में प्रवेश करते हुए राजकुमारी अलका ने अपने तमाम सामन्तों व राजपुरुषों पर एक दृष्टि डाली। शिल्पी उसमें कहीं नहीं था, राजकुमारी की नजरें पूरे परिदृश्य में सिर्फ और सिर्फ शिल्पी को खोज रही थीं मगर वह उन्हें कहीं नजर नहीं आ रहा था।

शिल्पी मन्दिर से दूर खड़ा था...एकाकी। अपनी इस अनुपम कृति को देखते हुए कभी उसे गर्व होता था...कभी क्षोभ...। अब वह इन मूर्तियों की प्रदक्षिणा भी नहीं कर सकता। हालाँकि वह चाहता था कि इन उदग्र मूर्तियों पर वह कभी शान्ति से केसर का भरपूर लेप करे...।

अपवित्र मूर्तियाँ भागीरथी के जल से पवित्र कर दी गयी थीं। शिल्पी के भीतर जैसे कोई ज्वालामुखी धधकने लगा...उसकी आँखें गुस्से और अपमान से लाल हो गयीं।

इतिहास में यह दृश्य फिर कभी दोहराया नहीं गया। शिल्पी के तेज बढ़ते कदमों में एक अद्‌भुत दैवीय चमक थी और वह निरन्तर दृढ़तापूर्वक मन्दिर के

सांधार प्रासाद की ओर बढ़ रहा था। देवी तारा साँस रोककर इस पूरे आयोजन को हतप्रभ देख रही थी।

जैसे ही शिल्पी प्रदक्षिणा पथ के निकट पहुँचा एक साथ कई-कई प्रहरियों ने उसे पकड़ लिया और उसे दूर ले गये...बहुत दूर...!

राजकुमारी अलका अपने विवश नेत्रों से उसे जाते हुए देख रही थी और सुन रही थी—'ओम् मणि पद्मे हुम्।'

सुनने में आया कि मूर्तिभंजक महमूद गजनवी पंजाब के सीमान्त प्रदेशों तक चढ़ आया था। वहाँ का शासक जयपाल पराजय व अपमान से क्षुब्ध अग्निचिता पर जलकर मर गया। महाविप्लव से आक्रान्त राजा धंगदेव ने भी उस रात दो विकट फैसले लिये। एकाएक उन्होंने संन्यास की घोषणा कर दी और प्रयाग की ओर प्रस्थान कर गये। प्रयाग में उन्होंने जल-समाधि ले ली। जब वे संगम में जल-समाधि ले रहे थे ठीक उसी समय खजुराहो में वर्जित फल का स्वाद चखने वाला एक शिल्पी पाताल लोक भेज दिया गया था।

इस समय तक महमूद गजनवी ने भी पेशावर जीत लिया था।

कहते हैं कि इतिहास खुद को दोहराता है। महाराज धंगदेव की जल-समाधि और खजुराहो के मूर्ति शिल्पी की निर्मम हत्या के वर्षों बाद जब राजा धंगदेव के प्रपौत्र परम प्रतापी राजा विद्याधर देव ने महमूद गजनवी के खिलाफ कायर राज्यपाल का वध कर एक अभियान छेड़ा और भारत खण्ड के छह राजपूत राज्यों की सशस्त्र संघीय सेना लेकर महमूद गजनवी को खदेड़ना शुरू किया तब अचानक एक घटना घट गयी।

भरतखण्ड की विजयिनी सेनाओं ने महमूद गजनवी को पराजय के कगार पर खड़ा कर दिया था और हताश महमूद अल्लाह से मदद की दुआ कर रहा था।

इधर दिन भर युद्ध में थके राजा विद्याधर निद्रामग्न थे और देवी तारा उन्हें स्वप्न में कह रही थीं, "भागो, राजन् भागो! महाविप्लव सन्निकट है। सम्पूर्ण भारत देश की खण्डित आत्मा एक शूद्रकोटि शिल्पी के शाप से अभिशप्त हो चुकी है। अब मूर्तिभंजक महमूद को इस महादेश में आने से कोई नहीं रोक सकता। तुम्हारी अपनी ही सेनाओं की तमाम अन्त्यज जातियाँ विद्रोह पर उतारू हैं। महाविप्लव आ चुका है।" पसीना-पसीना हुए राजा की नींद टूट गयी। गुप्तचरों के अनुसार विद्रोह की सूचना सही थी। भयभीत राजा विद्याधर देव अचानक युद्धस्थल से भाग खड़े हुए।

कोई भी इतिहास लेखक कभी यह नहीं जान पाया कि आखिर क्यों परम

प्रतापी विद्याधर देव इस तरह अचानक कायरतापूर्वक युद्ध स्थल से भाग खड़े हुए?

राजनीतिक प्रपंच ने एक जीती हुई बाजी पलट दी थी। थानेश्वर, कन्नौज, कालिंजर को लूटता हुआ मूर्तिभंजक महमूद सोमनाथ तक पहुँचा और फिर इस खण्डित देश की आत्मा एक साथ त्राहि-त्राहि कर उठी।

पाताल लोक में बैठा शूद्रकोटि शिल्पी भी भरतखण्ड की इस नियति पर हँस रहा था। उसकी उस हँसी में प्रतिशोध और हताशा का एक मिला-जुला भाव था। खजुराहो की तमाम ताँबई, उदग्र प्रतिमाएँ उसकी इस हँसी से मुक्तिरास कर रही थीं। भगवान महादेव शान्त थे और देवी तारा...।

'ओम् मणि पद्मे हुम्' इस कथानक का सूत्रवाक्य जैसे अब भी खजुराहो के मध्यकालीन इतिहास में कहीं खोया हुआ है और हमारा कलाकार नायक अपने लाख प्रयत्न के बावजूद उसे खोज नहीं पा रहा।

उसकी नौ दिनों की सतत साधना का प्रतिफल उसकी वे अनुपम कलाकृतियाँ फ्रांसीसी नायिका अपने साथ ले गयी है और हमारा कलाकार नायक पागलों की तरह अकेले होटल के इस कमरे में भटक रहा है। उसकी तेज चलती साँसों के आरोह-अवरोह एक बार फिर आध्यात्मिक स्थिरता की माँग कर रहे हैं मगर हमारा कलाकार नायक है कि इस तरह की किसी भी स्थिरता के खिलाफ अब तनकर खड़ा हो गया है।

बावजूद इसके कि पश्चिमोत्तर में भगवान बुद्ध की कुटिल मुस्कान अब तक शान्त हो गयी थी, कलाकार नायक की क्रुद्ध जलती हुई आँखें और तनी हुईं मुट्ठियाँ 'युद्धं देहि' का आह्वान कर रही थीं। मगर, पता नहीं क्यों 'ओम् मणि पद्मे हुम्' का वह शाश्वत नाद अब भी हमारे कलाकार नायक की पकड़ में नहीं आ रहा था।

शायद इसके कारण राजनीतिक थे।

शायद सांस्कृतिक।

या शायद कुछ भी नहीं...कलाकार नायक यूँ ही हवा में अपनी मुट्ठियाँ तान रहा था।

'अब तक फ्रांसीसी नायिका पेरिस पहुँच चुकी होगी। कुछ ही दिनों में उसके चित्र देश-विदेश में विख्यात हो जाएँगे और...' कलाकार नायक इसके आगे कुछ नहीं सोच पाता।

अचानक वह दौड़ पड़ता है कन्दरिया महादेव के उस विख्यात मन्दिर की

तरफ जहाँ भगवान महादेव के आशीर्वाद से कभी एक मोक्ष मार्ग का निर्माण हुआ था। कलाकार नायक उसके गर्भगृह में प्रवेश से पहले, क्षण भर को ठिठकता है और दौड़कर उन तमाम मूर्तियों की प्रदक्षिणा करता है जो रात के उस सुरमई प्रकाश में मुक्तिनाद कर रही थीं।

कलाकार नायक उन सभी मूर्तियों को अपने आलिंगन में कस लेना चाहता है और चाहता है उनके ठोस वर्तुल स्तनों पर एक सुदीर्घ चुम्बन...।

इस तरह की तमाम-तमाम इच्छाएँ ढोता हुआ हमारा कलाकार नायक मन्दिर में प्रवेश कर रहा है। ज्योतिर्लिंग के ठीक सामने एक शिला पर बैठा हमारा कलाकार नायक न जाने क्यों अचानक रो पड़ता है। उसका यह रुदन अनेकार्थी है और अपने अलग-अलग अर्थों में सारे ब्रह्माण्ड को रुला रहा है। भगवान महादेव का आशीर्वाद...देवी तारा की इच्छा...

मित्रो, यह कथा का प्रस्थान बिन्दु है। इस बिन्दु पर आकर खुद कथाकार भी असमंजस में है। वह ठीक-ठीक नहीं जानता कि इस तरह कलाकार नायक के रोने के असली कारण क्या थे? जब तक उन असली कारणों की खोज नहीं हो जाती तब तक कथाकार सांस्कृतिक विप्लव के इस महाआख्यान से मुक्ति चाहता है!

—एवमस्तु!

फ्रांस लौटने के बाद उस फ्रांसीसी नायिका ने पेरिस में एक भव्य प्रदर्शनी का आयोजन किया था जिसमें हमारे कलाकार नायक के चित्र काफी ऊँचे दामों पर बिके थे। और कला-समीक्षकों ने उसकी भूरि-भूरि प्रशंसा की थी। उस समय भारत में करगिल युद्ध हो रहा था और कलाकार नायक का कहीं अता-पता नहीं था।

# खिड़की

बरसों पहले कथागुरु ने कथा कहने के लिए मुझे कुछ सूत्र दिये थे। तब से वे मेरे पास यूँ ही पड़े हुए हैं। मुझे नहीं मालूम कि मुझे उनका क्या करना है या उनके जरिए कोई कथा कही भी जा सकती है या नहीं। वैसे सूत्रों के जरिये कथा कहने की प्रक्रिया पुरानी है और दिलचस्प भी। चूँकि काफी दिनों से मैंने कोई कथा नहीं कही इसलिए बैचेन हूँ। डरता भी हूँ कि प्रयोग के चक्कर में कहीं अच्छी भली कथा का सत्यानाश न कर बैठूँ। लेकिन कथा है कहाँ? जब कोई कथ्य ही सामने नहीं तो कथा कैसी? लेकिन यह तय है कि मुझे आज एक कथा कहनी है और जब कथा कहनी ही है तो कुछ न कुछ तो करना ही पड़ेगा। क्यों न आज कथागुरु के सूत्रों को आजमा ही लिया जाए। शायद उसी से कुछ निकल आए। लेकिन उससे पहले मेरे सामने अतीत के महान कथागुरुओं की कुछ चेतावनियाँ भी हैं। एक चेतावनी कहती है कि सूत्रों के जरिए कथा वे कहते हैं जिनमें प्रतिभा नहीं होती और जिनमें प्रतिभा होती है उन्हें किसी सूत्र की कभी कोई जरूरत नहीं होती। यानी कथागुरु का फार्मूला लेने के लिए पहले मुझे खुद को प्रतिभाहीन मानना होगा। चलिए, यह भी सही...मान लेते हैं। वैसे भी प्रतिभा का चक्कर बड़ा गड़बड़ है। उसके बारे में ठीक-ठीक कोई नहीं जानता, जैसे मैं नहीं जानता कि इस समय मैं आपको कौन-सी कथा सुनाने जा रहा हूँ। फिलवक्त तो मैं अपने छोटे से कमरे में बैठा कथागुरु के सूत्रों का वाचन कर रहा हूँ और कथागुरु कह रहे है कि वत्स! कथा कहने का पहला सूत्र यह है कि कोई भी बात कहीं से शुरू करो, कथा में इससे कुछ फर्क नहीं पड़ता, न इस बात से कि आपकी कथा का विषय क्या है। कथा किसी विषय पर कही जा सकती है। बस थोड़ा-सा गणित का अभ्यास, कल्पना की उड़ान और बातें बनानी आनी चाहिए। तुम चाहो तो गाय, भैंस, घोड़े, बिल्ली, मेज-कुर्सी, छुरी, चाकू किसी पर भी कालजयी कथा कह सकते हो। याद रखो विषय महत्त्वपूर्ण नहीं

होता। महत्त्वपूर्ण होती है दृष्टि। मैं गुरु की बातों को सिर आँखों पर रखते हुए अब सोच रहा हूँ—जब इतने सारे विषय सामने हैं तो कथा कहूँ किस पर? फिलहाल मैं जहाँ बैठा हूँ उसके ठीक सामने एक खिड़की है। खिड़की पर परदा पड़ा है। मैं सोचता हूँ कि जब गुरु कह रहे हैं तो क्यों न खिड़की पर ही कथा कहूँ। लेकिन इस खिड़की को देखते हुए न जाने क्यों मुझे पन्द्रह साल पुरानी एक खिड़की याद आ रही है। यह उस छोटे से कस्बे में थी जहाँ मैंने अपनी जिन्दगी के सबसे बुरे दिन काटे। इतने बुरे कि मैं उन्हें याद नहीं करना चाहता। लेकिन...

## मुर्दा लोग, लहूलुहान शहर और वह खिड़की

याद आ रहा है पन्द्रह साल पुराना वह लहूलुहान शहर जिसकी चीत्कार तब किसी ने नहीं सुनी। मैंने भी नहीं। खिड़की से मैं उसे उसी तरह देखता था जैसे कोई धरती से चाँद को देखता है। बादलों के बीच लुकाछिपी करता चाँद कभी बहुत मोहक तो कभी बहुत उदास-हताश नजर आता है। उसकी उदासी, उसकी पीड़ा, उसका अकेलापन सब कई बार बादलों के पीछे छिप जाते हैं। शहर की उदासी बादलों के पीछे तो नहीं...हाँ, कई बार टीवी के एंटिनों के पीछे जरूर छिप जाती थी। खिड़की से मैं देखता दूर-दूर तक गगनचुम्बी एण्टीनों का विशाल झुण्ड...लगता जैसे शहर के शरीर में किसी ने हजारों-लाखों बर्छियाँ धँसा दी हैं और वह तड़प रहा है। राकेश शर्मा को अन्तरिक्ष में गये तब सात साल हो चुके थे और शहर आँखों में चाँद का ख्वाब लिए हाँफ रहा था। मैं इसे हाँफते-तड़पते चुपचाप खिड़की से देखता। जिस खिड़की से मैं इसे देखता वह सात बाई नौ फुट के एक छोटे-से कमरे में थी। कमरे में दरवाजा था लेकिन खिड़की में कोई दरवाजा नहीं था। मुझसे पहले जो आदमी इस कमरे में रहता था उसने अखबार वगैरह चिपकाकर इसे ढँक रखा था। ऐसा करने के बाद इस कमरे में खूब अँधेरा होता होगा। इतना कि दिन में भी बल्ब जलाने की जरूरत पड़े। जो आदमी मुझसे पहले इस कमरे में रहता था, शायद उसे अँधेरे से बहुत प्यार था। अँधेरे से प्यार का मतलब रोशनी से घृणा भी हो सकता है। रोशनी से घृणा करने वाला आदमी समाज से भी घृणा करेगा, ऐसा मुझे बचपन में सिखाया गया था। बचपन की सीख के आधार पर ही उस वक्त मैंने यह निष्कर्ष निकाला था कि मुझसे पहले जो आदमी इस कमरे में रहता था, वह शत-प्रतिशत समाजविरोधी रहा होगा। मेरे लिए यह चिन्ता की बात थी क्योंकि मेरे बगल वाले कमरे में भी एक अराजक आदमी रहता था। उसके बगल में भी दो-चार लोग रहते थे जो समाजविरोधी तो नहीं थे लेकिन बहुत सामाजिक भी नहीं थे। उनके कमरे के सामने से गुजरते हुए मुझे हमेशा एक अजीब-सी दुर्गन्ध आती थी। मैं इस दुर्गन्ध से घृणा करता था। शायद यही कारण था कि मैंने उन लोगों से कभी बात नहीं की। न उन लोगों के

कमरे में कभी घुसा। उन्होंने भी कभी मुझसे बात नहीं की। मुझे आश्चर्य होता है कि बिल्कुल सामने रहते हुए हमने कैसे बिना बात किए इतने दिन गुजारे।

मैंने जब यहाँ कमरा लिया तो पहली बार तो उबाकई-सी आयी थी। आश्चर्य हो रहा था कि लोग यहाँ कैसे रह लेते हैं। लेकिन धीरे-धीरे आदत पड़ गयी। इसके सिवाय और कोई चारा भी तो नहीं था। उस वक्त मेरी यह हैसियत नहीं थी कि मैं शहर की पॉश कालोनियों में रह सकूँ। वैसे ये कालोनियाँ भी कहने को ही पॉश थीं। जैसे यह शहर कहने को शहर था।

तो इस शहर में मैं जब पहली बार आया तो काफी परेशान हुआ। कायदे का कोई होटल भी नहीं। किराए का कमरा भी मिला तो यहाँ बजबजाती नालियों के बीच। लगता था जैसे सारा शहर मुझे घूर रहा है मानों मैं चिड़ियाघर से छूटा कोई जानवर हूँ।

ऐसे ही किसी वक्त यह खिड़की मेरा आसरा बन गई थी। अपना अकेलापन काटने को मैं यहाँ से बाहर की उस दुनिया को देखने की कोशिश करता जो मेरी होते हुए भी मेरी नहीं थी।

मेरा कमरा दूसरी मंजिल पर था जिसकी खिड़की से पूरी गली का विस्तार साफ नजर आता था। सिर्फ यही नहीं, गली की बाईं तरफ वाली सड़क भी यहाँ से साफ दिखती थी जहाँ अक्सर शाम को कुछ कारें खड़ी दिखाई देती थीं। उस वक्त शहर में सिर्फ एक सिनेमाहॉल था जो पहले लकड़ी के लट्ठों पर खड़ा था और जिसके चारों ओर काली पालीथीन लपेटकर अँधेरा किया गया था। बाद में यह सीमेण्टेड हो गया। हॉल के बाहर एक चाय की गुमटी थी। वहाँ शायद पकौड़े वगैरह भी बनते थे। उसी के बगल में कोतवाली थी जहाँ दो-चार पुलिस वाले हमेशा फुर्सत से सुर्ती फाँकते दिखाई देते। सिनेमाहाल के आसपास शहर का बाजार था। एक सीधी-सी सड़क थी जिसकी दोनों तरफ दुकानें सजी रहती थीं। दुकान से ज्यादा सड़क पर ठेले और खोमचे थे। पान लगाने वाले या सिन्दूर, टिकुली और काजल बेचने वाले। शहर के बीचोंबीच बाल जीवनघुट्टी का एक विशाल होर्डिंग लगा था जिसमें एक हृष्ट-पुष्ट बच्चा ताली पीटते हुए शहर के तमाम बच्चों को चिढ़ा रहा था। स्त्रियाँ जब भी उधर से गुजरतीं एक नजर उसे जरूर देखतीं। उसे देखते हुए उनकी आँखों में पलभर को खास तरह की चमक आती। फिर वे अपने दुबले-पतले मुरझाए बच्चे को देखतीं और उन्हें छाती से लगा लेतीं। छाती से चिपका बच्चा जब दूध के लिए मचलता तो वे उसे अपने आँचल में छिपा लेतीं।

सिनेमाहॉल के सामने साँडे का तेल बेचने वाले, अँगूठी और जादुई ताबीज़ बाँटने वाले और इस तरह के तमाम लोग बैठते थे। वहीं कानों में बड़े-बड़े कुण्डल डाले एक ज्योतिषी भी बैठता था। उसके पास पिंजरे में बन्द एक तोता था। वह

लोगों का भविष्य बताता। उसके पास आने वाले ज्यादातर छात्र और मजदूर वर्ग के लोग थे। यहाँ कभी-कभी सपेरे और बन्दरों का खेल दिखाने वाले भी आते थे। आदिम सेल्समैन बिसातियों का तो यह अड्डा ही था। यहीं एक पगली बैठती थी जो दिन भर शहर में मारी-मारी फिरती और रात में यहाँ आकर सो जाती। सर्दी-गर्मी-बरसात का उस पर कोई असर नहीं। न कभी किसी ने उसे बीमार होते देखा। उसके बारे में कोई कुछ भी नहीं जानता था। न उसका कोई अतीत था, न भविष्य।

सिनेमाहॉल के पीछे शहर का एकमात्र इण्टर कॉलेज था। यह आश्चर्यजनक है कि इस कॉलेज में तब लड़के-लड़कियाँ साथ पढ़ा करते थे। उससे भी ज्यादा आश्चर्यजनक यह कि इसमें एक अध्यापक महिला थीं। ममता पाण्डे नाम था उनका। निहायत ही खूबसूरत और सलीकेदार। बाद में उन्होंने आत्महत्या कर ली। ठीक आठ बजे मैं रोज उन्हें खिड़की से कॉलेज की तरफ जाते हुए देखता। याद नहीं कभी इसमें कोई नागा हुआ हो या समय में कोई हेर-फेर। उनके बालों की हल्की सफेदी बताती थी कि उनकी उम्र यही कोई चालीस के आस-पास रही होगी। कहते हैं कि उन्होंने शादी नहीं की। शहर में अकेली रहती थीं। शादी न करने के अलग-अलग कारण लोग बताते। उसमें एक कारण यह भी था कि उनके पिता बचपन में ही गुजर गये थे। भाई-बहनों की जिम्मेदारी उठाते-उठाते उन्हें अपना ख्याल नहीं रहा। लेकिन उनकी आत्महत्या के बाद लोग ऐसा नहीं मानते। दरअसल यह आत्महत्या नहीं, एक सुनियोजित हत्या थी। आज से पन्द्रह साल पहले उस छोटे कस्बे में ऐसा हुआ—सोचकर ही मुझे आश्चर्य होता है। चालीस साल की उस अधेड़ औरत की चीखें अब भी कई बार मुझे बेचैन कर देती हैं।

जिस दिन उन्होंने आत्महत्या की, उसके दस दिन बाद तक मुझे उनके बारे में कोई सूचना नहीं मिली। उन दस दिनों तक मैं रोज खिड़की पर बैठकर उनका इन्तजार करता रहा। दसवें दिन अचानक पान की दुकान पर किसी ने कहा कि, 'वो मास्टरनी तो बड़ी रण्डी निकली', मैं चौंका। पूछने पर पता चला कि ममता पाण्डे ने सल्फास की गोलियाँ खाकर खुद को मार डाला, उस समय उनके पेट में बच्चा था। आगे सूचना यह थी कि ममता पाण्डे अपने ही कॉलेज के किसी छात्र से फँस गई थीं। लड़के के अभिभावकों को जब पता चला तो उन्होंने ममता पाण्डे को खूब खरी-खोटी सुनायी। वह सलीकेदार और सभ्य औरत यह सब बर्दाश्त नहीं कर सकी और एक सँभावना को जन्म दिए बगैर ही इस दुनिया को रुखसत कर गयी। उस रात मैं घर लौटकर खाना नहीं खा पाया। एक अधेड़ स्त्री का चालीस साल लम्बा हाहाकार मुझे बेचैन किये हुए था।

दस-पन्द्रह साल पहले इस घटना ने शहर को भीतर ही भीतर हिलाकर रख दिया था। मैं कभी उस छात्र से नहीं मिल पाया, न उसके परिजनों से, लेकिन उनके

बारे में मुझे सज्जन मियाँ ने बताया। इस मामले में सबसे प्रामाणिक सूचना उन्हीं के पास थी। वे इक्का चलाते थे। ममता पाण्डे का जिक्र आते ही उनके चेहरे के भाव बदल जाते। गहरी साँस लेकर आसमान की ओर उँगली उठाते हुए कहते,

"बेचारी...!"

सज्जन मियाँ मझोले कद के हँसमुख इन्सान थे। खिचड़ी बाल और लम्बोतरा चेहरा। दाढ़ी ऐसी जैसे पैदाइशी हो। मुँह में हमेशा पान दबाये रहते। उनके लिए सवारियाँ रिश्तेदार की तरह थीं। किसे कहाँ जाना है, यह उन्हें मालूम रहता। कुरेद-कुरेदकर उसकी पूरी वंशावली जान लेते। बताने वाला कितना ही ढीठ हो, सज्जन मियाँ के आगे उसकी एक न चलती । सज्जन मियाँ के इक्के की घोड़ी भी उन्हीं की तरह थी। दुबली-पतली...मरगिल्ली। बच्चे उसे लेकर सज्जन मियाँ को खूब छेड़ते। ताली पीट-पीटकर कहते, 'मियाँ, घोड़ी है चंचल चाँदनी...क्या काबुल से आयी...' और सज्जन मियाँ उन्हें सोंटा लेकर दौड़ते हुए कहते, 'काबुल से न आयी तो का तोरी अम्मा के मयका से आयी...सरऊ हमरी घोड़ी के नजर लगावत है।' बच्चे ताली पीटते हुए भाग जाते। सज्जन मियाँ का एक लड़का भी था—नसीम। उम्र यही कोई सोलह सत्रह साल रही होगी। स्कूल से आने के बाद वह वहीं सिनेमाहॉल के सामने गुमटी पर बैठ जाता और इधर मेरी खिड़की की तरफ देखता रहता।

## प्यार तब भी एक खूबसूरत गुनाह था

मेरी खिड़की से वहाँ की गतिविधियाँ बहुत साफ-साफ दिखाई देती थीं क्योंकि वे सड़क के उस तरफ होतीं। इस तरफ गली और उसके ऊपर छत का विस्तार ही मुझे दिख पाता था। बगल वाली छत पर मैं लगभग हर शाम एक लड़की को खड़ा पाता जो बड़ी  खामोशी से सड़क के उस पार सिनेमाहॉल की तरफ देख रही होती थी। उसके हाथ में कभी कोई किताब होती, कभी गुलाब की कोई टहनी। जब उसके हाथ में गुलाब की टहनी होती तो वह सिनेमाहॉल की तरफ देखते हुए धीरे-धीरे उसे नोचती रहती। उसका चेहरा तो अब मुझे याद नहीं...हाँ, उसकी चुटिया याद है। बहुत करीने से वह दो चुटिया बनाती थी। बाद में मुझे पता चला कि सज्जन मियाँ का लड़का नसीम उसी के लिए नियत समय पर सिनेमाहॉल की गुमटी पर बैठता था और लड़की भी उसी के लिए दो चुटिया बनाकर छत पर आती थी। दुनिया की नजर बचाकर वे घण्टों एक-दूसरे को देखते रहते। उन्हें शायद नहीं मालूम था कि उनके सामने एक खिड़की भी है जो उन दोनों को देख रही होती थी।

उस छत पर लगभग हर शाम एक बूढ़ा गौरैयों को दाना डालने आता था। पुचकार-पुचकार कर वह गौरैयों को अपने पास बुलाता और अपनी मुट्ठी से थोड़े-थोड़े दाने बिखेरने के बाद वह चुपचाप छत की मुँडेर पर जाकर खड़ा हो जाता।

गौरेया जब अपनी नन्हीं-सी चोंच से दाना उठाती तो बूढ़े की खुशी देखते ही बनती थी। बूढ़ा शायद उस दो चुटियों वाली लड़की का दादा था क्योंकि पिता की उम्र का वह नहीं लगता था। जब तक सूरज डूब नहीं जाता वह वहीं छत पर खड़ा रहता। लड़की भी अपनी किताब या गुलाब की टहनी लेकर वहीं आ जाती।

इस मुहल्ले के पीछे की तरफ क्षेत्र की एकमात्र रबड़ फैक्ट्री थी। खिड़की से यह नहीं दिखती थी लेकिन मुहल्ले के अधिकांश लोग इस फैक्ट्री में कामगार थे। सुबह वे सब एक साथ फैक्ट्री की तरफ जाते। शाम को वापस आते। जब वे आते तो उनके कंधे झुके हुए होते। चेहरा थकान और पसीने की चिपचिपाहट से भरा होता। खिड़की के ठीक सामने जो मकान था, वह उधर ही सड़क की तरफ खुलता था। इस तरफ सिर्फ एक खिड़की थी। वैसी नहीं, जैसी मेरी खिड़की थी। यह दीवार को तोड़कर बनाई गयी थी जहाँ से हवा या प्रकाश आ-जा सकता था। चाहे तो कोई आदमी भी। लेकिन आदमियों को उधर से जाते मैंने नहीं देखा।

मेरी खिड़की चूँकि दूसरी मंजिल पर थी इसलिए इस खिड़की के पार मैं बहुत कुछ देख सकता था, लेकिन उधर से मेरी तरफ देखने के लिए जरूरी था कि खिड़की के बाहर ऊपर की ओर देखा जाए। जाहिर है कि इतनी मशक्कत कोई नहीं करता, सो मैं निरापद था।

इस खिड़की पर अक्सर साबुन की टिकिया, सर्फ या शैम्पू आदि रखे रहते थे। इसलिए मैंने अनुमान लगाया कि यह शायद बाथरूम की खिड़की होगी और यह सही भी था। अब झूठ क्या बोलूँ जिस दिन इस खिड़की पर मैंने साबुन की टिकिया देखी थी उसी दिन से मेरे भीतर एक चोर बैठ गया था। यह चोर बार-बार इस खिड़की से उछलकर उस खिड़की पर जा बैठता और जबरन भीतर घुसने की कोशिश करता। ऐसा उस दिन से हुआ जब मैंने उसे वहाँ नहाते हुए देखा था।

नहाते हुए मुझे सिर्फ उसकी पीठ ही दिखती थी। चमचमाते इस्पात जैसी। जिसे वह हाथ पीछे ले जाकर बार-बार, इतनी बार मलती थी कि आश्चर्य होता था...कैसे जमती होगी किसी की पीठ पर इतनी मैल...!

मैं उसकी पीठ को देखता...पीठ पर फिसलते साबुन और पानी को भी। पानी से मुझे ईर्ष्या होती। दिन के उजाले में पूरा का पूरा मैंने उसे बस एक ही बार देखा था। यह सुबह का वक्त था जब वह पानी लेने नल पर खड़ी थी। नल पर तमाम औरतें लड़ रही थीं। उसके आते ही सब शान्त हो गयीं। उसने सिर झुकाकर नल से पानी भरा। झुकते समय सूरज की रोशनी में उसकी नाक की लौंग चमक उठी थी। हालाँकि यह फिजूल सी बात है लेकिन मैंने उसे बस इतना ही देखा था। उसने जरूर मुझे भर नज़र निहारा और बाल्टी भरकर चली गयी। खिड़की से जब भी मैं नहाते हुए उसकी पीठ देखता, मेरे सामने उसकी नाक की लौंग आ जाती और मुझे

लगता खिड़की के उस पार भी वह उसी तरह चमक रही होगी जैसे पानी भरते समय नल पर चमक रही थी।

उस खिड़की से मैंने बच्चों की किलकारियाँ, मारपीट और रोना-पीटना भी सुना था और टीवी की तेज आवाज में कोई फूहड़ सा गाना भी। यानी पहली नजर में वहाँ सब कुछ सामान्य था। सुबह-शाम उस घर में पूजा भी होती थी शायद...क्योंकि घण्टियों की आवाज बताती थी कि यह किसी देवता के लिए बजाई जा रही है।

मेरे बगल वाले कमरे में शकील रहता था जिसके बारे में प्रसिद्ध था कि वह पेशेवर हत्यारा है और हमेशा शराब के नशे में धुत्त रहता है। मैं हर वक़्त डरा-सहमा उससे बचने की कोशिश करता लेकिन शकील था कि मेरा पीछा ही नहीं छोड़ता। अक्सर वह मौका देखकर मेरे कमरे में आ जाता और दुनिया जहान की गप्पे हाँकता। अपराधियों की दुनिया की अन्दरूनी जानकारियाँ मुझे उसी से मिली थी। हत्या के तमाम तरीके भी उसने मुझे बताए थे और बहुत संजीदगी से कहा था कि किसी को मारने का सबसे वीभत्स तरीका यही है कि उसे जिन्दा छोड़ दिया जाए।

शकील की बातें हमेशा अजीबोगरीब और दार्शनिक सी हुआ करती थीं। वह कभी भी किसी बात पर टिककर बात नहीं कर सकता था। उसे हर खूबसूरत चीज से घृणा थी। बच्चे उसे नापसंद थे और सुन्दर औरतों पर वह थूकता था।

वह जब हँसता तो बड़ा अश्लील लगता और संजीदगी उसे भाती नहीं थी। आप कोई बात करें, 'हत्या' उसका स्थायी भाव होता और वह घूम-फिरकर वहीं आ जाता। मैंने एक दो बार उसे टोका भी लेकिन उसपर कोई असर नहीं हुआ। ऐसे मौकों पर वह अक्सर मुझे सर्द निगाहों से घूरता और बीड़ी सुलगाते हुए अपने कमरे में चला जाता। मुझे उससे डर लगता था लेकिन मरता क्या न करता...उसे झेलना अब मेरी नियति बन चुकी थी।

## कामुक प्रेतात्मा का वह भीषण अट्टहास

शकील जब मेरे कमरे में नहीं होता, तो स्वाभाविक रूप से मैं खिड़की पर होता था जहाँ से उसकी भीगी हुई नंगी पीठ के अलावा भी बहुत कुछ दिखता था। चारों ओर बेतरतीब मकानों के बीहड़ और उनके बीच सँकरी बदबूदार गलियाँ...कुछ लोग गलियों में आ रहे होते...कुछ जा रहे होते। कुछ पता नहीं चलता था कि वे सब कहाँ से आते हैं और गली के अन्त में जाकर अचानक कहाँ गायब हो जाते हैं। सबके चेहरे एक जैसे सर्द और कठोर होते थे जैसे बेजान खिलौने हों और किसी ने उन्हें चाबी भरकर चला दिया हो।

गली की औरतों को देखकर मैं अकसर सोचता कि ये रात को बिस्तर पर कैसे सोती होगी या प्रेम के क्षणों में इन्हें चूमते हुए इनके पतियों को उबकाई क्यों न आती

होगी। वे सब एक जैसी फूहड़ और मक्कार औरतें थीं जिनके शरीर और आत्मा को कोई कामुक प्रेतात्मा पके आम की तरह चूस रही थी। खिलती कली की तरह कोई मासूम-सी लड़की भी कब अचानक औरत बन जाती और कब उसे चूस लिया जाता, कुछ पता नहीं चलता था। स्थिति कुछ ऐसी थी कि उस कामुक प्रेतात्मा के बारे में मुझे न चाहते हुए भी विश्वास करना पड़ रहा था।

उसके बारे में तमाम सूचनाएँ जुटाकर मैं इसी नतीजे पर पहुँचा था कि यह प्रेतात्मा बहुत शक्तिशाली है और उसकी ऐशगाह में तमाम ऐसी औरतों की करुण कराहें जज्ब हैं जिन्हें चूसकर फेंक दिया गया है। इस ऐशगाह में पुरुषों की स्थिति उन बधिया कर दिए गये नपुंसकों जैसी थी जो सुबह एक साथ उठते, खाते-पीते और मशीन की तरह काम पर चले जाते। उनके जीवन में कुछ भी अप्रत्याशित या जीवंत नहीं बचा था सिवाय अखबार और व्यभिचार के।

अखबारी सूचनाओं के हिसाब से शहर बहुत छोटा था और सबको सबके बारे में लगभग सब कुछ पता था। लेकिन शायद सतह के नीचे शहर की एक और दुनिया थी जिसके बारे में मुझे शकील ने बताया था। इस दुनिया के बारे में लोग जितना कम जानते थे उतनी ही ज्यादा उसके बारे में सूचनाएँ थीं और पता नहीं क्यों उसके सब सूत्र खिड़की के उस पार उस भीगी हुई नंगी पीठ से जुड़ रहे थे। दरअसल उस कामुक प्रेतात्मा का सच भी यही था और रात गहराने पर मद्धिम रोशनी में मोहल्ले में आती कारों का रहस्य भी।

शकील ने एक रात शराब के नशे में कहा, ''बुल्लन उस्ताद को जानते हो... ?''

मैंने जब मना किया तो वह उसी तरह झूमते हुए बोला, ''हाँ, उसे तुम कैसे जानोगे...उसे कोई नहीं जानता लेकिन उसे सब जानते हैं...साला गिरगिट...'' और इसी तरह वह काफी अण्ट-शण्ट बातें करने लगा। वह शराब के नशे में था। शराब के नशे में अक्सर आदमी खुद को केन्द्र में रख लेता है। दूसरे की आवाज उसे बहुत दूर से आती हुई लगती है और अपनी किसी गहरे कुएँ से...कुएँ से आती आवाज में अनुनाद होता है। दीवारों से टकराकर वह वापस आपके पास आ जाती है और आपको लगता है कि यही सच है। शकील भी उसी सच को कह रहा था लेकिन वह मेरी समझ में नहीं आ रहा था। क्योंकि उसमें करोड़ों अणुओं का अनुनाद और शोर शामिल था। वह हवा में काल्पनिक रिवाल्वर चलाता और किसी अनाम स्त्री को गालियाँ बकता। वह मुझे कुछ समझाना चाहता था। समझाते-समझाते अचानक वह जार-जार रोने लगा। मैंने जब उसे चुप कराने की कोशिश की तो वह उठ खड़ा हुआ। फिर अचानक खिड़की की ओर मुड़ा और थूक दिया। बाहर हल्का अँधेरा छाने लगा था। शकील का थूक अँधेरे में कहीं गुम हो गया। वह थोड़ी देर उसी तरह

खड़ा रहा फिर धीरे से बुदबुदाया, "आदमी को अँधेरे से डरना चाहिए।"

उसकी मुट्ठियाँ भिंच चुकी थीं और चेहरा लाल था। एक अजीब तरह की बैचेनी ने उसे घेर लिया था। थोड़ी देर इसी तरह भटकने के बाद वह आकर बिस्तर पर लेट गया और बड़बड़ाने लगा, "हाँ मैंने ही मारा उसे...मैं उसे जिन्दा नहीं देख सकता था..."

और इस तरह खिड़की के बाहर पसरे अँधेरे का रहस्य खुलता जा रहा था। कहीं रोशनी की कोई मद्धिम किरण थी जो अँधेरे को चीर रही थी। शकील बार-बार चिल्ला रहा था, "आदमी को अँधेरे से डरना चाहिए, दोस्त...आदमी को अँधेरे से डारना चाहिए।" पता नहीं यह भ्रम था या हकीकत लेकिन शकील की चीख अँधेरे को और गहरा रही थी। उधर खिड़की बाहर और भीतर के अँधेरे के बीच लैम्पपोस्ट बनकर खड़ी थी, जिसके नीचे कोई पगली सदियों से आदिम राग में कोई अबूझ-सा गीत गा रही थी।

इस लैम्पपोस्ट से गुजरने वाले सैकड़ों लोग थे जिन्होंने उसे सुना था लेकिन अब तक कोई भी उसे बूझ नहीं पाया था। इसी बीच उस अव्याख्येय क्षण को किसी ने खींचकर पूरे आकाश में तान दिया। बस्ती से गुजरने वाले हर व्यक्ति पर यह क्षण एक आतंक की तरह छाया था।

शकील ने कहा, "यह डायन है जो रात अँधेरे में यहाँ से गुजरती है"

मैं एक पल को काँप गया। खिड़की के बाहर झाँककर देखा तो स्टीरियो पर एक गीत बज रहा था। मैंने खुद को ढांढस बँधाया..."नहीं...कहीं कोई डायन नहीं...सब ठीक है..."

## अँधेरे और रोशनी की एक फूहड़ सत्यकथा

शकील अब तक अपनी पूरी रौ में आ गया था। उसने बताया कि खिड़की के उस पार जहाँ वह रहती है...गोदामनुमा सी जगह है, आठ-दस साल पहले चेतन के साथ वह यहाँ भागकर आयी थी। तब उसके साथ दो छोटे-छोटे बच्चे भी थे। शकील ने विस्तार से उसके सौन्दर्य का बखान किया, फिर धीरे से कहा, बहुत सुन्दर थी तब यह...चेतन हमेशा उसे सात तालों में बन्द रखता था। साल भर तक मुहल्ले में किसी ने उसका चेहरा तक नहीं देखा... हाँ, उसके दोनों बच्चे जरूर मुहल्ले के अन्य बच्चों के साथ खेलने बाहर आ जाते। उन्होंने ही मुहल्ले वालों को अपने मम्मी-पापा और नये पापा के बारे में बताया। शकील की उन बच्चों से दोस्ती हो गई थी। बच्चों की बातों से उसे लगा कि चेतन एक शैतान है जिसने एक खूबसूरत राजकुमारी को इस कैद में रखा है। राजकुमारी को इस कैद से निकालने के लिए बहुत सोच विचारकर उसने एक रणनीति बनाई और चेतन से दोस्ती कर ली।

अकसर वह चेतन के साथ शराब पीने उसके घर जाने लगा। इन शराब पार्टियों में ही शायद तीनों के बीच यह भयानक खेल शुरू हुआ जिसने आखिरकार चेतन की जान ले ली।

शकील उन दिनों बुल्लन उस्ताद के गैंग में था। पैसों की आमद ठीक-ठाक थी। वह अक्सर राजकुमारी और उसके बच्चों के लिए कुछ न कुछ खरीद लाता। उसके लाये कपड़ों को राजकुमारी बड़े शौक से पहनती और चेतन कुढ़ता। चेतन की खीझ और कुढ़न कई बार विस्फोटक हो जाती और नौबत मारपीट तक आ जाती। राजकुमारी को भी यह सब बर्दाश्त नहीं होता था। बहुत आत्मीय क्षणों में वह अकसर शकील को सब बता देती और शकील बौखला जाता। आखिर एक दिन उसने चेतन को रास्ते से हटाने की योजना बना ही डाली।

शकील ने बताया कि वह एक भयानक रात थी जब मैंने चेतन को मारा...शराब के बहाने पहले उसे जंगल में ले गया। वहाँ मेरे दो साथी पहले ही इन्तजार कर रहे थे। हमने उसे शराब पिलायी, फिर पेड़ से बाँध दिया। पूरी पाँच गोलियाँ उसके सीने में उतारी थी मैंने...बहुत खुश था उस दिन...मैंने उसे उस राक्षस की कैद से आजाद करा दिया था।

"क्या राजकुमारी को पता था कि चेतन की हत्या तुमने की?"

नहीं, लेकिन उसे शक था। उसकी शक भरी निगाहें अब मुझे डराने लगी थीं। फिर मैं उसके घर कभी नहीं गया। अँधेरों से डर लगता है लेकिन अब उससे दूर भी नहीं रह सकता...मर जाऊँगा मैं...

शकील अब खामोश हो गया। हालाँकि शकील द्वारा सुनाई गयी कहानी किसी अपराध पत्रिका में छपी फूहड़ सत्यकथा जैसी ही थी लेकिन इसमें अँधेरे और रोशनी का एक ऐसा कोना भी था जो आदमी की हर साँस के साथ उसके भीतर उतरता है और गुम हो जाता है। इसमें हजार-हजार छवियाँ एक साथ गुजरती है...किसी अनजान और अपरिचित दिशा की तरफ...

तब शकील को मैंने बहुत झिंझोड़ा लेकिन वह कुछ भी बताने को राजी नहीं हुआ। उसकी खामोशी अँधेरे में अब मुझे डराने लगी थी। बाद में अलग-अलग सूत्रों से जो जानकारी मुझे मिली उसका कुल लब्बोलुवाब यही था कि एक दिन अचानक राजकुमारी बुल्लन की हो गयी और शकील को उसने झाड़ू मार-मारकर घर से निकाल दिया। अब मुझे नहीं लगता कि इसके बहुत विस्तार में जाने की जरूरत है क्योंकि अविश्वसनीय सही यह दुखद घटना शकील के साथ घट चुकी थी। इसका एकमात्र कारण जो शकील ने बताया वह यह था कि राजकुमारी को बुल्लन में अपनी मुक्ति का रास्ता दिखा था। शकील ने कहा, "वह है ही ऐसी...जिसे प्यार करती है बिच्छू की तरह उसे खा जाती है।"

(शकील की बातों पर विश्वास करते हुए भी मैं दुविधा में हूँ। समझ नहीं पा रहा हूँ कि आखिर राजकुमारी की चाहत के तर्क क्या थे?)

अब जो हो...सच या तो खुदा जाने या बुल्लन लेकिन शकील की पिटाई के बाद मुहल्ले में उसकी धाक जम गयी थी। सरेशाम कई-कई चमचमाती गाड़ियाँ इस चिथड़े मुहल्ले में खड़ी होने लगी। गोदामनुमा-सी वह जगह जो कभी वीरान थी और जहाँ सात-सात तालों में राजकुमारी बन्द रहा करती थी, अब रंगीन हो गयी। शकील भी वहीं सामने कमरा लेकर रहने लगा। वह घण्टों उस गोदामनुमा सी जगह के सामने खड़े होकर राजकुमारी को घूरता। राजकुमारी उसे गालियाँ देती और वह हँसते हुए उसे टाल जाता। चूँकि वह पेशेवर हत्यारा था इसलिए अपने अनुभवों की जमापूँजी समेटकर उसने यह निष्कर्ष निकाला कि किसी की हत्या का सबसे वीभत्स तरीका यही है कि उसे जिन्दा छोड़ दो। राजकुमारी को भी उसने जिन्दा छोड़ दिया...उसके अपने भीषण भय के साथ...

इस बीच शहर में कई और घटनाएँ भी घटीं। लोगों को की-रिंग से लेकर दर्पण तक में देवी दुर्गा के दर्शन हुए...गणेश ने दूध पिया...और शहर में बन्दरों का आतंक बढ़ा। शहर की एकमात्र रबड़ फैक्ट्री बन्द हो गयी। हजार लोग एक साथ बेरोजगार हुए। मुहल्ला वीरान हो गया। सर्द चेहरों वाले उन हजार लोगों के जीवन में शायद पहली बार कुछ अप्रत्याशित घटा था। उन सबकी भवें एक साथ फड़कीं...माथे की सलवटों और चेहरे की झुर्रियों के बीच अरसे बाद कुछ पिघलना शुरू हुआ। धरना, प्रदर्शन...नारेबाजी और फिर एक गहरी खामोशी..फैक्ट्री में तालाबन्दी के खिलाफ लड़ रहे दो मजदूर नेताओं की हत्या हो गयी और लोगों ने दबी जुबान से इस मामले में बुल्लन उस्ताद का नाम लिया। और हाँ, इसी बीच सज्जन मियाँ का लड़का नसीम और लगभग हर शाम छत पर खड़ी रहने वाली वह लड़की शहर से गायब हो चुके थे। काफी खोजबीन की गयी। लड़की के घरवालों ने इस मामले में सज्जन मियाँ के खिलाफ एफआईआर भी दर्ज करवायी। पुलिस ने उन्हें पकड़कर मारा-पीटा भी लेकिन कुछ पता नहीं चला।

यह सब हुआ...कामुक प्रेतात्मा की उस दहशत के बीच जिसका उस मुहल्ले के चप्पे-चप्पे पर राज था। बन्दरों के उत्पात से शहर अलग त्रस्त था। कई चेहरे घायल हुए...कई घर लुटे। (फैक्ट्री की तालाबन्दी के बाद शहर में बन्दरों का आतंक और लूटपाट अन्त तक एक रहस्य रहा।)

उन दिनों भी शकील नशे में आकर एक ही बात कहता कि आदमी को चाहिए कि अँधेरों से डरकर रहे...! और सचमुच खिड़की के बाहर अँधेरा घना होता जाता...वहाँ से दिखती इस्पात जैसी उसकी भीगी नंगी पीठ किसी लैम्पपोस्ट की तरह की चमकती, कामुक प्रेतात्मा हँसती और तब तक हँसती जब तक कि सारा

मुहल्ला थरथरा न उठता।

यह सब तब तक चला जब तक कि बुल्लन उस्ताद विधायकी का चुनाव जीतकर मन्त्री नहीं हो गये और शकील एक गैंगवार में मार नहीं दिया गया।

हालाँकि उसके बाद भी अपनी खिड़की से सात तालों में बन्द उस राजकुमारी को मैं देखता रहा जो उस गोदामनुमा जगह में कैद थी और आधी-आधी रात को उठकर नहाने लगती थी। उसकी पीठ पर इतनी मैल थी कि छूटती ही नहीं थी। कभी-कभी वह जोर-जोर से चीखने लगती। मैं डर जाता। फिर कोई राजकुमार उसे छुड़ाने नहीं आया। उसके दोनों बच्चे भी उसे छोड़कर चले गये। एक ने बुल्लन उस्ताद की चाकरी कर ली। दूसरा एक ट्रक में हैल्पर हो गया। कुछ दिनों बाद नसीम के साथ भागी हुई लड़की भी घर वापस आ गयी। उसकी गोद में एक बच्चा था। उसने रोते हुए, बच्चा सज्जन मियाँ की गोद में डाल दिया। सज्जन मियाँ सूनी आँखों से उसे देखते रहे। पता चला कि नसीम और उस लड़की ने भागकर मुम्बई सेण्ट्रल में शादी कर ली थी। कुछ दिन तो सब ठीक-ठाक चलता रहा लेकिन बाद में आर्थिक तंगी से तंग आकर नसीम रेल से कट मरा। मुम्बई सेण्ट्रल पर उसकी लाश के टुकड़े मिले थे। कपड़ों और जेब से मिली लड़की की फोटो से उसकी पहचान हो सकी।

सज्जन मियाँ अब भी उस शहर में अपने पोते के साथ है। लड़की का पता नहीं। घोड़ी मर चुकी है और वे रिक्शा खींचकर पेट पालते हैं। लेकिन बच्चे अब भी यह कहकर उन्हें छेड़ते है कि "मियाँ, घोड़ी तो चंचल चाँदनी...क्या काबुल से आयी?" मियाँ सोंटा लेकर अब उनके पीछे नहीं भागते, सूनी निगाहों से बस ताली पीटते बच्चों को देखते है और रिक्शा आगे बढ़ा लेते हैं। उनकी स्मृति भी कमजोर हो गयी है। आँखों पर मोटा चश्मा लगाते है और सवारियों को कुरेद-कुरेदकर उनकी वंशावली के बारे में नहीं पूछते। जहाँ तक उस कामुक प्रेतात्मा का सवाल है तो उसकी दहशत तो अब भी है लेकिन उससे डरने वाले उस मुहल्ले में अब नहीं रहते। टीवी के एण्टीनों के रूप में दस-पन्द्रह साल पहले जो बर्छियाँ इस शहर के शरीर में धँसाई गयी थीं, वे भी अचानक एक जादू की तरह गायब हो गयीं। केबिल नेटवर्क के तारों का जाल गली-कूचों में धमनियों की तरह फैल चुका है। बाल जीवन घुट्टी का वह होर्डिंग भी जो कभी शहर की शान हुआ करता था, बहुत पीछे छूट गया है। वहाँ अब एक शॉपिंग कॉम्पलैक्स है जिसकी छत पर बाल जीवन घुट्टी से चार गुना बड़ा इलैक्ट्रानिक होर्डिंग लगा है जिसमें रात-दिन सपनों की एक नई दुनिया खुलती है। शहर के लोग अब चौबीस घण्टे एक बुखार में रहते हैं। नाइट क्लब, पब और ब्यूटी पार्लरों में कुछ खोजती हुई सी बेपहचान चेहरों की कतार लम्बी हो रही है। शहर विस्तार पा गया है। चमत्कारों की भी एक पूरी

शृंखला है यहाँ, जिन्हें खिड़की पर बैठकर बहुत तरतीब से समझना अब सम्भव नहीं। लोग उन्हें भकुए की तरह ताकते हैं। कई बार दिमाग सुन्न हो जाता है, लेकिन...

## अन्तहीन नहीं है सब

मित्रो, कथा की शुरुआत चूँकि मैंने कथागुरु के सूत्र से की थी, इसलिए चाहता हूँ कि अन्त भी उन्हीं के सूत्र से करूँ। हालाँकि इस बीच कथागुरु के कई महत्त्वपूर्ण सूत्र मैंने छोड़ दिये हैं। खिड़की की खोज में व्यस्त था कि कुछ याद ही नहीं रहा। कथागुरु की चेतावनियाँ अब मुझ पर भारी पड़ रही है। उन्होंने कहा था कि किसी भी कथा का कभी कोई अन्त नहीं होता। हर कथा अन्तहीन है। अन्तहीन है इसीलिए कथा है। ईश्वर, प्रकृति और प्रेम की तरह...

तो गुरु, क्या इस त्रासद कथा का भी कोई अन्त नहीं होगा? मैं गुरु से पूछता हूँ। गुरु खामोश हैं क्योंकि वे जानते हैं कि यह कथा ईश्वर, प्रकृति और प्रेम की तरह तो नहीं ही है।

फिर, कैसी है, भगवान जाने...!

# अर्द्धपक्ष

'स्त्रियों का कितना सम्मान करता था मैं मगर सुनेत्रा, बहुत खतरनाक था तुम्हारा हमला। बिना खून का एक भी कतरा बहाये कुचल डाला तुमने मुझे। बताओ किसे दोष दूँ?...तुम्हें... ? नहीं, तुम अब दोष देने लायक भी नहीं रहीं, नफरत करता हूँ तुमसे मैं। जाओ, अब मन से भी चली जाओ। फिर लौटकर मत आना कभी। आत्महत्यारी हो तुम। तुम्हारा यह अपराध अब तुम्हें कभी चैन से नहीं जीने देगा। मेरी आस्था को, मेरी पवित्रता को कलंकित किया है तुमने। अभिशप्त हो तुम। मैं तुम्हारी भर्त्सना करता हूँ।'

—आत्महत्या से एक घण्टा पहले लिखा गया डीके उर्फ देवेन्द्र कौशिक की डायरी का अन्तिम पन्ना, जिसमें अपना मृत्युलेख उसने खुद लिखा था।

(स्वगत कथन : मित्रो, दिल्ली के डीके उर्फ काजी टोला फ़ैजाबाद के देवेन्द्र कौशिक की डायरी का यह अन्तिम पन्ना इस कथा का प्रस्थान बिन्दु जरूर है मगर यह सब चूँकि आत्महत्या के पूर्व के कुछ बेहद कमजोर और भावुक क्षणों में लिखा गया था, इसलिए अन्तिम सत्य भी यही हो, यह कतई जरूरी नहीं। मनोवैज्ञानिकों का कहना है कि सुनेत्रा के बारे में डीके का यह बयान लगातार निरर्थकता बोध से ग्रस्त एक पुरुष के आहत अहम की अभिव्यक्ति है। हालाँकि इस बारे में भी दावे से कुछ नहीं कहा जा सकता। ऐसे में सत्यान्वेषी पाठकों को सलाह है कि वे अपने सभी विकल्प खुले रखें। वैसे भी यह लैला-मजनूं या शीरी-फरहाद जैसी पुरानी भावुक प्रेमकथा तो है नहीं। यह आख्यान तो खास उस समय का है जब बाजार में प्रेमकथाओं की बिक्री तो बढ़ गयी थी, मगर पंचायतों के फैलने अकसर प्रेमियों के खिलाफ ही जाते थे और बिना किसी हिचक के उन्हें सार्वजनिक रूप से फाँसी पर चढ़ा दिया जाता था। हाँ, यह इक्कीसवीं सदी के शुरुआती दिन थे। विज्ञान और

तकनीकी का प्रबोधन युग। दुनिया की सारी सत्ता और ताकत बाजार में केन्द्रित हो चुकी थी जहाँ यह बात सर्वसम्मति से स्वीकार कर ली गयी थी कि 'प्रेम न हाट बिकाय' दरअसल किसी पागल बूढ़े का बुढ़भस वक्तव्य भर है। बहरहाल, इस औपचारिक आग्रह के साथ कि यह सिर्फ एक कथा है और किसी भी जीवित या मृत व्यक्ति से इसका कोई सम्बन्ध नहीं, आइए आगे बढ़ते हैं। सच के थोड़ा और करीब...)

आज तो खैर इस बात की सिर्फ कल्पना ही की जा सकती है कि अपनी डायरी का अन्तिम पन्ना लिखकर डीके उर्फ देवेन्द्र कौशिक पुत्र श्री रामनारायण कौशिक, निवासी मुहल्ला काजी टोला, फ़ैजाबाद, ने क्या किया होगा? हो सकता है कि वह एक भीषण चीख के साथ बिस्तर पर भहरा गया हो। कुछ बेआवाज मौतें इस तरह भी होती हैं। या हो सकता है कि रोने की कोशिश में तब उसके पास एक कतरा आँसू भी न बचा हो। रूमानी भाषा में कहें तो स्तब्ध रह गया होगा वह...उसके आस-पास की हर चीज ठहर-सी गयी होगी। डायरी में उसने लिखा भी है, 'जब दफ्तर से अन्तिम बार मैं बाहर निकला, मेरा शरीर बेजान मुर्दा हो चुका था। आस-पास वही चेहरे थे, वही लोग। मगर एक अजनबीपन सब पर तारी था। हर कोई डरा हुआ था जैसे। किसी ने मुड़कर भी नहीं देखा मुझे, ऐसा बदला...उफ! ये क्या कर दिया सुनेत्रा तुमने?'

'खूबसूरत चेहरे अकसर क्रूर होते हैं...' सोचते ही डीके पागलों की तरह हँसा था। इच्छा हुई कि उस चेहरे पर थूक दे जो अब उसके लिए दुनिया का सबसे गन्दा चेहरा था। मायाविनी सुनेत्रा इसी तरह पल-पल अपना चेहरा बदल लेती थी और डीके उसे खामोश देखता रहता...छह महीने पहले जब उसने अखबार के इस दफ्तर में कदम रखा, सुनेत्रा ही दिखी थी उसे सबसे पहले। तब उस चेहरे में उसे कुछ भी खास नहीं लगा था। चारफुटिया कद और गोरा-सा बेपरवाह चेहरा। हाँ, उसका ड्रेस सेंस डीके को अच्छा लगा था। देवेन्द्र कौशिक को डीके कहना भी तो उसी ने शुरू किया। खास लखनवी अन्दाज से लबरेज थी सुनेत्रा। खिल-खिल हँसी। बोलती तो जैसे फूल झड़ते। डीके उसे देखता और मुग्ध हो जाता। हालाँकि यह भी बहुत बाद की बात है, तब जब सुनेत्रा की भी जादुई आँखों में पानी उतरने लगा था और...

दरअसल, इस दुर्घटना की शुरुआत बड़े अजीबोगरीब तरीके से हुई थी। दिल्ली आने और डीके बनने से पहले देवेन्द्र की जिन्दगी एक खास कस्बाई महक

लिये हुए थी। हालाँकि उससे जुड़े दुख भी कम न थे उसके पास। निम्न मध्यवर्गीय कुण्ठाओं और सपनों में किसी तरह उसकी जिन्दगी घिसट रही थी। माँ-बाप की खीझ, चिड़चिड़ाहट और आँसू...सब उसकी बेरोजगारी का हिस्सा बन गये थे और बेरोजगारी जिन्दगी का। एम.ए. करने के बाद चार साल की मुकम्मल बेरोजगारी और छिटपुट ट्युशनों की जलालत के बाद बड़ी मुश्किल से उसे अखबार की यह नौकरी मिली थी, जिसे बचाये रखने और जिसमें आगे बढ़ने के लिए उसने जी-जान लड़ा दी थी। अखबारों में नौकरी के हालात से वह लगभग अनजान था। यूँ तो उसके कस्बे से भी तब तक एक-दो अखबार निकलने लगे थे और जब से राममन्दिर आन्दोलन ने जोर पकड़ा, तब से तो उनकी प्रसार संख्या भी कई-कई लाख तक पहुँच गयी थी। लेकिन इस सबके बावजूद कस्बे में पत्रकारिता का असल चेहरा हॉकरी और प्रूफरीडिरी के बीच ही बन-बिगड़ रहा था। कुछ तेज-तर्रार लोग जरूर दलाली वगैरह से अमीर होते दिखते थे, मगर बाकी लोगों को वह भी नसीब नहीं था। सरकारें व मीडिया जो चाहे दावा करें, हकीकत यही थी कि कस्बे में पत्रकार होने का मतलब या तो चोर होता था या सनकी बेरोजगार। उन दिनों ग्लोबलाइज़ेशन का हौवा इस कदर था कि तमाम बुद्धिजीवी बौरा गये थे। उन्हें इस बात का कतई अहसास नहीं था कि उनकी इस बौराहट से देश के मीडिया घराने किस कदर मुदित हैं, दरअसल कोई भी मीडिया घराना तब ग्लोबलाइज़ेशन शब्द का अर्थ भी नहीं जानता था और न जानना चाहता था, वरना यह कैसे सम्भव था कि एक तरफ तो दुनिया गाँव बनती और दूसरी तरफ उन्हीं के संस्थानों में उस समय की हजारों सर्वश्रेष्ठ प्रतिभाएँ दो-ढाई हजार के मासिक वेतन पर गधे की तरह खटती रह जातीं। हालाँकि इस खटान के लिए तब दुनियाभर के जोड़-जुगाड़ और सिफारिशों की दरकार थी। असल बात यह थी कि कानून व्यवस्था की बात करने वाले कसी कानून को नहीं मानते थे। कानून का जोर भी उन्हीं पर चलता था जो उसे खुदा मानते थे। यही लोकतन्त्र था। इस लोकतन्त्र में दोनों वक्त भरपेट भोजन और चैन की एक नींद ही सबसे मुश्किल सरोकार थे। और शायद यही कारण है कि लगातार अपमान और असुरक्षा के बीच झूलते हजारों भाषाई पत्रकारों की पहचान धूर्तता और मक्कारी का पर्याय बन गयी थी। हालाँकि सरोकारों का तमगा फिर भी उनके सीने पर देखा जा सकता था। कहा जाता है कि यह क्षेत्रीय पत्रकारिता का स्वर्णकाल था।

जहाँ तक कस्बे की बात है तो वहाँ महँगी से महँगी गाड़ियों की भरमार थी, लकदक करती लड़कियाँ भी। उदारीकरण के बाद नाइट क्लब भी खुले थे और एक से एक शो रूम भी। सब कुछ था मगर उस सबके साथ पुरानी सामन्ती दुर्गन्ध भी उसी गति से आगे बढ़ रही थी। चरित्र के पैमाने वही थे, चरित्रहीनता बढ़ गयी थी। कुण्ठा का भयानक संसार उसे अपने आस-पास बजबजाता हुआ दिखता। उन दिनों

वह चीजों को जितना भी समझने की कोशिश करता, उतना ही उलझ जाता। बहुत-सी बातें उसकी समझ से बाहर हो गयी थीं। जैसे उसकी समझ में न आता कि पाँच-सात हजार वेतन पानेवाले का लड़का चार-चार हजार के जूते पहनकर पचास हजार की बाइक पर कैसे घूम लेता है या पब्लिक स्कूल में पाँच-सात सौ पानेवाली लड़कियाँ हजारों के अपने महँगे शौक कहाँ से पूरे करती हैं। वह कौन-सी जादू की छड़ी थी जो उनकी बेरंग दुनिया को इस कदर रंगीन और हसीन बना रही थी। हालाँकि उसी कस्बे में एक दूसरी ही अपाहिज दुनिया और भी थी, जिसे कोई नहीं देखता था। डीके उसी अपाहिज दुनिया से निकलकर दिल्ली-तक पहुँचा था। इस दुनिया के बारे में अखबार के भीतरी पन्नों पर अकसर ही छपा करता—'प्रेमी युगल ने जहर खाया', 'बेटी की डोली नहीं उठी, बाप ने फाँसी लगायी', 'कर्ज न चुका सका, मर गया', 'गरीबी से तंग किसान ने परिवार समेत मौत को गले लगाया'...

डीके भी इन खबरों से ऊब चुका था। वह उन्हें पढ़ता और चुपचाप किनारे रख देता। इन विषयों पर उसने कविताएँ जरूर लिखी थीं। असल में उन दिनों कविताएँ भी कोई नहीं पढ़ता था, इसलिए इन विषयों पर बौद्धिकों का गुस्सा, खीझ, उदासी और बेचैनी इन कविताओं में ही ज्यादा सुरक्षित रहती थी। कविताएँ लिखने के कारण ही डीके के कुछ कवि मित्र भी बन गये थे। अकसर ही ये 'कवि मित्र' अखबार के दफ्तरों के चक्कर लगाया करते। कविता में वे क्रान्ति करते थे। लेकिन निजी जीवन में इनमें से अधिकांश को हत्यारों, बलात्कारियों, और माफियाओं के आगे गिड़गिड़ाते देखा जा सकता था। उन दिनों डीके अकसर किसी न किसी आवेग में रहता। एक तरफ तो वह हत्यारों का समाजशास्त्र पढ़ने की कोशिश कर रहा था, और दूसरी तरफ प्रेम कविताएँ लिखने की उसकी नाजायज कोशिश भी जारी थी। चीजें सचमुच उसके लिए गड्डमड्ड होने लगी थी। लोगों के इतने चेहरे थे कि किसी का भी असली चेहरा उसकी पहचान में नहीं आता था। असल में दुनिया ही नहीं बदली थी, लोग भी बदल गये थे। धीरे-धीरे उसे आदमी के भीतर गीदड़, भेड़िये, गिरगिट, कुत्ते और साँप ही नजर आने लगे। कुछ ज्यादा भले लोग रोबोट में तब्दील हो गये थे। इनके पास सिर्फ कुछ वाक्य थे—यस सर, जी सर, थैंक्यू सर वगैरह-वगैरह। इन्हें सकारात्मक यानी पॉजिटिव थिंकिंग वाला माना जाता था। सुनेत्रा इन्हीं पॉजिटिव थिंकरों में गिनी जाती थी। ये सबसे शातिर और खतरनाक लोग थे।

सब कुछ इतना अजीब और यातनादायी था कि कभी-कभी डीके भूल ही जाता कि वह एक इन्सान भी है। फुरसत में जब कभी उसने अपने आस-पास नजर दौड़ायी, हमेशा यही पाया कि इन्सानी नस्ल का इन्सान अब खत्म हो चला है। उसे

कई बार आश्चर्य भी होता कि सरकार क्यों नहीं आदमी को एक दुर्लभ प्रजाति मान लेती जो धीरे-धीरे इस धरती से खत्म हो चली है। इस बारे में उसने कई बार अखबारों में लिखा, कविताओं में कहा, लेकिन कहीं कुछ नहीं हुआ।

पहली नौकरी का उत्साह डीके के सिर चढ़कर बोल रहा था। काम में उसने जान लगा दी थी। फैजाबाद का उसका अनुभव यहाँ काम आया। हालाँकि जिस विभाग में उसकी नियुक्ति हुई थी, वहाँ इस क्षेत्रीय अखबार के सभी संस्करणों के केन्द्रीय फीचर तैयार हुआ करते थे। काम नया जरूर था मगर उसकी रुचि का था। शीघ्र ही उसने एक डेस्क सँभाल ली थी। उसे उम्मीद थी उसके काम का मूल्यांकन होगा और जल्द प्रोन्नति भी। उन दिनों सचमुच वह अपने भोले विश्वासों के साथ जी रहा था। उसे कतई उम्मीद नहीं थी कि कभी उसकी सरलता का ऐसा हत्यारा उपयोग भी किया जा सकता है। हालाँकि बेहूदगियाँ उसके साथ पहले दिन से ही शुरू हो गयी थीं, मगर न तो वह उनका पहला शिकार था और न ही अन्तिम। दफ्तर में उसके आने के एक महीने बाद ही उसके सामने सम्पादक स्तर के एक वरिष्ठ अधिकारी मिस्टर घोषाल को जलील होकर बाहर जाना पड़ा था। मिस्टर घोषाल कभी एक बड़े अँग्रेजी दैनिक के सम्पादक हुआ करते थे। अँग्रेजी पत्रकारिता का जो सामान्य अनुशासित चरित्र था, मिस्टर घोषाल भी उससे बाहर नहीं थे और यही उनका सबसे बड़ा दोष था। वे ईमानदारी से अपना काम करना चाहते थे। दफ्तर की राजनीति में उनकी कोई रुचि नहीं थी। न इस बात में कि कौन किसका आदमी है। डीके को यह अजीब लगा था कि जो लोग कल तक उनकी जी-हुजूरी में लगे थे, आज वही उन पर हँस रहे हैं, उसे दुख हुआ। इसी अखबार में कभी सम्पादक रहे सेवारामजी, जिनकी भाषाई पत्रकारिता में कभी तूती बोला करती थी, उन दिनों पैदल थे। माना जाता था कि सेवारामजी से ज्यादा हैसियत उनके चपरासी की है। डीके को उनसे भी सहानुभूति होती और अकसर सामने पड़ने पर वह उन्हें नमस्कार कर लिया करता था। एक समय था जब उनको नमस्कार करने के लिए लोग घण्टों इन्तजार करते थे, लेकिन अब उन्होंने खुद ही नमस्कार करने या न करने वालों के प्रति ध्यान देना छोड़ दिया है। इतना ही नहीं, चुपचाप सिर झुकाकर दफ्तर में घुसने और निकलने का तरीका भी वे सीख चुके हैं। यही हाल उन उन कवि (कभी!) किलोल जी का था जो दफ्तर के बाहर बड़े क्रान्तिचेता माने जाते थे। वे बेचारे बड़ी मेहनत से यहाँ-वहाँ से मारकर सम्पादकीय लिखते और उसका सम्पादन एक ऐसा आदमी करता जिसने बेहूदे आदेश लिखने ओर पत्रों का जवाब देने के अलावा जिन्दगी में कभी एक लाइन तक नहीं लिखी थी। उसकी कुल योग्यता यह थी कि उसे राजधानी का एक कुख्यात दलाल माना जाता था। मूड में आने पर वह अकसर

सेवारामजी से कहा करता, 'आप कुछ भी कहिए सेवारामजी, कम्प्यूटर के आने के बाद से तो अखबार की दुनिया में क्रान्ति ही आ गयी है, अब भला सम्पादकों की भी क्या जरूरत? मैंने तो 'सरजी' को बोला था कि एक बन्दर पाल लो और एक भालू। बन्दर तार फाड़ेगा और भालू उसे पेज पर लगा देगा। बस छप गया अखबार। भई जब तक पढ़ने वाले गधे हैं, समझो बन्दरों और भालुओं के मजे हैं। क्यों, ठीक कहा न?'

सम्पादक सेवाराम चुपचाप सिर हिला देते। बड़ी मुश्किल से उन्होंने अपनी छवि पॉजिटिव थिंकर की बनायी थी। मिस्टर घोषाल की निगेटिव थिंकिंग का हश्र वे देख चुके थे। अभी उन्हें अपनी दो बेटियों की शादी भी करनी है। बेटा भी कहीं हिल्ले से नहीं लगा। सिर हिलाते हुए सेवारामजी यही सोचा करते।

मगर डीके को ये बातें कष्ट देती थीं। उसे लोग जब इस तरह की बातें बताते तो वह परेशान हो जाता। वह इन बातों पर यकीन नहीं करना चाहता था लेकिन कोई हकीकत से आँखें मूँदे भी तो कैसे?

परेशान होकर उसने डायरी में लिखा—'मैं एक सहज और खुशियों-भरी जिन्दगी चाहता था। प्रेम, उत्साह और उल्लास-भरी'। कुल मिलाकर एक मुकम्मल इन्सानी जिन्दगी। लेकिन जब कभी अपने आस-पास नजर घुमाकर देखने की कोशिश करता हूँ तो एक अवसाद-सा छा जाता है मन पर। भविष्य को लेकर कहीं कोई उम्मीद या सपना बाकी नहीं है। ऐसी जिन्दगी तो नहीं चाही थी मैंने! कहीं न कहीं, कुछ गलत तो जरूर हुआ है मगर कहाँ?...पता नहीं...'

डीके ने **चार दिसम्बर** को अपनी डायरी में लिखा—'दफ्तर अब मुझे अपनी कब्रगाह लगने लगा है। आज फिर बॉस ने सबके सामने जलील किया। वो गन्दी जेहनियत का घटिया इन्सान है। निहायत नकारा और मूर्ख, उसे देखते ही मुझे केंचुए की याद आने लगती है...हालाँकि उसके व्यक्तित्व में गुबरैले और गिरगिट के रंग भी कम नहीं। केंचुआ सात-आठ साल पहले रेंगते हुए दिल्ली आया था। यहाँ उसका सम्पर्क अपने जैसे कुछ और केंचुओं, गुबरैलों व गिरगिटों से हो गया। ये सब के सब राजधानी की सड़कों पर गन्दगी बिखेरते हुए धीरे-धीरे अखबार के दफ्तरों में घुस रहे थे। वह छोटे व मझौले अखबारों के विस्तार का दौर था। हालाँकि तब महानता के पुराने मिथ टूट चुके थे, मगर उसी के साथ उसकी हवस भी बढ़ गयी थी। अब दो-कौड़ी के नेता, अपराधी, भ्रष्ट व्यापारी और माफिया तक जीते जी महान बन जाने का स्वप्न देखने लगे। उनकी इस महानता को बचाये व बनाये रखने के लिए ही अखबारों, पत्रिकाओं और टीवी चैनलों में केंचुओं, गुबरैलों व गिरगिटों की माँग एकाएक बढ़ गयी थी। केंचुआ बॉस भी उसी रीढ़विहीन उभयलिंगी प्रजाति का अंग था, इसलिए मूर्ख के बावजूद वह उसमें खप गया। झूलेलाल से तो

इसका शाश्वत संघर्ष है। कभी इसका जूनियर रहा झूलेलाल आज फिल्म एडीटर है और शायद यही इसके कोढ़ में खाज बना हुआ है। हालाँकि कहा जाता है कि झूलेलाल भी उन्हीं रास्तों से चलकर यहाँ तक पहुँचा था जिनसे कि केंचुआ, मगर दोनों की कोई तुलना नहीं थी। बात यह भी थी कि एक म्यान में दो तलवार रहें कैसे? शुरू में केंचुए ने झूले से मुझे लड़ाना चाहा मगर वह खेल ज्यादा नहीं चल पाया, इसलिए भी कि तमाम झगड़ों के बावजूद झूलेलाल दोस्त आदमी था। उसकी विडम्बना थी कि शिकार होने के बावजूद वह शिकारी होने के अहसास से ग्रस्त था। खैर...आजकल मेरी जगह श्रीवास्तव ने ले ली है। श्रीवास्तव भी कभी क्रान्तिकारी कविताएँ लिखा करता था लेकिन आजकल उसका मुख्य काम केंचुए की गालियाँ सुनना और उसके आगे दुम हिलाना भर रह गया है। खुद मेरी सोच कुन्द होती जा रही है और पढ़ना-लिखना चौपट... मैं क्या करूँ, मेरी समझ में नहीं आता।

**पाँच दिसम्बर**—पैसे की किल्लत बनी हुई है। अब तक वेतन नहीं मिला। उस पर केंचुआ आज फिर चिल्लाया। पेजीनेशन के वक्त एक आर्टिकिल थोड़ा-सा हिल गया था। केंचुआ इसी बात पर झल्ला उठा। सही चीज को काटकर गलत लिख दिया। फिर हिजड़ों की तरह हाथ हिलाते हुए बोला, —"ये कविता नहीं...समझे। चलो भागो यहाँ से।" मैं कुछ नहीं बोला। श्रीवास्तव ने मुझे उदास देखा तो बोला, "अरे छोड़ो यार, केंचुए साले क्या जानें कविता क्या है।" मैं मुस्कुरा दिया।

**छह दिसम्बर**—आज तो केंचुआ गाली-गलौज पर उतर आया। उसे अब मेरा हँसना-बोलना भी पसन्द नहीं। अब तक मुझे कोई काम नहीं दिया गया। काम के नाम पर चुटकुले लिखता हूँ। आज जाने कहाँ से केंचुआ अश्लील अँग्रेजी चुटकुलों की किताब ले आया। चैम्बर में बुलाकर किताब मुझे पकड़ायी। फिर दाहिना हाथ अपनी जाँघों के बीच ले जाकर एक आँख दबाकर बोला, "चुपचाप पढ़ और मजा ले। किसी और को मत दे देना। क्या समझे?... कुछ नहीं समझा।"

किताब खोलकर देखी, मन घिना गया। केंचुआ फिच्च-फिच्च हँसने लगा। मैं कैसे रिएक्ट करूँ—मुझे नहीं पता। मुझे रोना आ रहा है...

शाम को श्रीवास्तव अपना फिल्म पेज फाइनल कराने उसके चेम्बर में गया तब केंचुआ उस पर भी चढ़ बैठा। बोला, "ये जो...फोटो तुमने इस पेज पर लगायी है, इसमें सेक्स कहाँ है?"

श्रीवास्तव बोला, "जी!"

"अबे हँस मत, फँस जाएगा। और ये क्या है, शिल्पा शिरोडकर को मर्दों में उनके बाल पसन्द हैं?" अबे साले बालों से क्या होगा, कुछ और लिख यहाँ, अबे

सुन, अकेले में बीवी से तेरी कभी बात होती है कि नहीं?''

''जी, होती है।''

''तो उसी से पूछ लिया कर न कि मर्दों में उसे क्या पसन्द है।''

केंचुआ इतनी जोर-जोर से चिल्ला रहा था कि केबिन के बाहर तक उसकी आवाज आ रही थी। मैं सुन रहा था और कुढ़ रहा था श्रीवास्तव खीसें निपोरते हुए बाहर आ गया।

**सात दिसम्बर**—साथियों में स्वाभिमान नाम की कोई चीज ही नहीं जैसे। केंचुआ इतना नीच है कि किसी को कुछ भी बोल सकता है। आज बैठा-बैठा सम्भोग के भिन्न-भिन्न आसनों की कल्पना कर रहा था। उसकी इन कुकल्पनाओं को हवा देने का काम बकलोल बनारसी का है। अश्लील भोजपुरी गीत लिखने में बकलोल को महारत हासिल है। हालाँकि मुम्बई गया था वह फिल्म में हीरो बनने। पाँच साल धक्के खाने के बाद जब कोई जुगाड़ नहीं बना तो गीतकार बनने की ठानी। लेकिन बुरा हो उन फिल्मकारों का जिन्हें इसके गीतों में सौन्दर्यबोध से ज्यादा स्वप्नदोष नजर आया! बस तभी से बकलोल फिल्म पत्रकारिता कर रहा है। जिस तरह असफल कवि सफल आलोचक हो जाता है, उसी तरह फिल्मों के असफल लेखक और गीतकार भी सफल पत्रकार हो जाते हैं। बकलोल उसी तरह का एक सफल फिल्म पत्रकार है। खैर...जब मैं केंचुए के चेम्बर में घुसा तब बकलोल वहाँ पहले से ही बैठा था। उसकी वाहियात बातों से मैं परेशान हो गया। सम्पादक की कुर्सी पर बैठकर कोई ऐसी वाहियात हरकत कैसे कर सकता है, चाहे सम्पादक केंचुआ या गुबरैला ही क्यों न हो। फिर केंचुए व गुबरैले में अन्तर ही कितना है? हिन्दी पत्रकारिता में परम्परानुसार केंचुए ही गुबरैला बनते हैं, बन रहे हैं। एक बार खीझकर केंचुए से मैंने कह भी दिया था कि हिन्दी पत्रकारिता में पद व पैसा योग्यता का पैमाना नहीं होता—आप बखूबी जानते हैं। मैंने कभी उसकी गालियों का जवाब नहीं दिया। वह बैठा-बैठा खीझता रहता है। आज बोला, ''क्यों गुरु, सुनेत्रा के साथ तो तुम्हारी खूब छनती है। मजा आया? कुछ भी कहो, है साली चालू। ब्राह्मण है इसलिए कुछ नहीं कहता। कोई और जाति होती तो कब का लात मारकर भगा देता। आता जाता तो साली को कुछ है नहीं...'' केंचुए के ठहाके मुझे पागल किये दे रहे हैं, जैसे किसी ने पिघला हुआ शीशा मेरे कान में उड़ेल दिया हो।

''गुरु, आपसे क्या छिपा है...वो निरुपमा और विशालाक्षी भी तो...'' बकलोल ने मुस्कुराकर आँख मारी।

''अबे अब तू मेरा मुँह मत खुलवा... दोपहर बाद तो साली मटकती हुई आती हैं और पाँच बजते ही सटक लेती हैं। वेतन बढ़वाना होगा तो अम्माजी ऐसा नाटक करेंगी कि पूछो मत। बॉस पर भी हरामजादियों ने जाने क्या जादू कर दिया है। मुझसे

कहेंगे कि टाइट करो लेकिन इन्होंने जरा-सी मुस्कान फेंकी नहीं कि बहने लगेंगे। और इस छिनाल निरुपमा की तो पूछ मत। जब से मैंने सुना कि यारों की कमाई से इसने तीस लाख का मकान खरीद लिया तब से तो मेरी टट्टी ही नहीं उतर रही। एक बार तो मैंने साली को भगा दिया था मगर कुतिया अपने यार के साथ लाला के पास पहुँच गयी। क्या करता, वापस लेना पड़ा तब से मैंने किसी को ससपेंड ही नहीं किया। हाँ भई, मैं क्यूँ बुराई मोल लूँ?'' केंचुए ने आँख मारी। कमरा ठहा कों से गूँज उठा। मैं जड़ रह गया बिल्कुल। कभी-कभी मुझे खुद से भी शर्म आने लगती है। अखबारों को लोकतन्त्र का असली विश्वविद्यालय कहा जाता है, मगर यह सच नहीं है। लोकतन्त्र के ये विश्वविद्यालय अब मनोरोगियों, ब्राह्मणवादियों, गद्दारों और दलालों के अड्डे बन चुके हैं। क्या कहूँ?...

**नौ दिसम्बर**—केंचुए ने आज मेरे लिए एक चिट्ठी जारी की। लिखा था—'दफ्तर में साहित्यिक काम क्यों होते हैं? स्पष्ट करें। आइन्दा ऐसा न हो।' खत पाक मैं हँस पड़ा। मेरे हँसने से भी केंचुआ खीझता है। मैंने सोचा, लिख दूँ कि फर्जी नामों से दूसरे अखबारों के लिए दफ्तर में तुम जो लेख लिखा करते हो, उसका स्पष्टीकरण किसे दूँ? मैंने समकालीन साहित्य पर टिप्पणी लिखी थी। इसी अखबार में छपी है, पढ़ लेना मगर केंचुए किताब नहीं पढ़ते, अखबार भी नहीं। लेकन मैंने यह सब नहीं लिखा। मेरे भीतर कहीं कुछ मर रहा है। मैं कायर हो रहा हूँ। अखबार के जिन कवि निदेशक के माध्यम से यह नौकरी मुझे मिली थी, उनका बहुत स्नेह रहा है मुझ पर। कल उनके लड़के की शादी में जाना पड़ा। वहाँ मालिकान भी आये थे और कई बड़ी हस्तियाँ। तब से केंचुआ किसी न किसी बहाने से परेशान किये जा रहा है। उसने मेरी छवि एक शराबी के रूप में हर तरफ प्रचारित कर दी है। झूठ-मूठ। मैं उसकी हर घटिया हरकत मजाक में टालता रहा हूँ। यही शायद गलत हो गया। सुना कल केंचुए ने मुझे गन्दी-गन्दी गालियाँ दीं। सुनकर आज मैं उदास था। बुरा लगा, आँसू आ गये। सुनेत्रा ने देख लिया था, सहानुभूति जतायी। अच्छा लगा।

**दस दिसम्बर**—सुनेत्रा आज काफी सज-सँवरकर आयी। मैं उदास बैठा था। उसने मुझे भर नजर देखा। अच्छा लगा। उसका बात करने का अन्दाज मुझे भाता है। हालाँकि अँग्रेजी गलत बोलती है और अच्छी हिन्दी उसे आती नहीं। फिर भी सुन्दर है वह...

**ग्यारह दिसम्बर**—आज काफी खुश रहा। धीरे-धीरे सुनेत्रा मेरे निकट आ रही है। एक बार लगा कि कहीं मैं किसी भ्रम का शिकार तो नहीं। हो सकता है...भ्रम ही सही लेकिन सुनेत्रा का पास होना अच्छा लगता है। काफी सहारा मिलता है मुझे।

कल रात एक असाइनमेण्ट पर एक फाइव स्टार पार्टी में जाना पड़ा था। वहाँ

शराब और शवाब का भरपूर इन्तजाम था। मुझे आश्चर्य हुआ कि एक फिजूल-सी पार्टी के लिए ये लोग कैसे लाखों रुपये पानी की तरह बहा देते हैं। मुझे लगा जैसे मैं भारत में नहीं, अमेरिका या लन्दन के किसी फाइव स्टार बार में बैठा हूँ। बहुत अकेलापन महसूस हुआ वहाँ। सामने कैबरे हो रहा था फिर रशिया का अश्लील नृत्य बैली हुआ। अच्छा नहीं लगा मुझे। कहीं मेरे संस्कार आड़े आ रहे थे। मैं बौखला गया। अब इन अय्याशों की महानता पर मुझे लिखना होगा। अपना यह अनुभव आज मैंने सुनेत्रा को बताया। वह मुस्कुरायी और एक गहरी साँस लेकर बोली, ''सच, मुझे तो सुनकर भी अजीब लगता है सब। इस प्रोफेशन में यही एक दिक्कत है। न चाहकर भी हमें ऐसे तमाम काम करने पड़ जाते हैं जो हम नहीं चाहते।'' सुनेत्रा गम्भीर थी। मैंने उसे देखा उसने मुझे। हमने एक-दूसरे को आँखों ही आँखों में तौल लिया था।

**बारह दिसम्बर**, सुनेत्रा आज उदास थी। मैंने पूछा तो बोली, ''कुछ नहीं, ऐसे ही माँ की बहुत याद आती है कभी-कभी।''

''क्यों, कहाँ हैं तुम्हारी माँ?''

''नहीं हैं''

''ओह, सॉरी।'' मैंने कहा। उसकी आँख भीग आयी थी। मुझे भी अपनी माँ याद आ गयी। मेरा अकेलापन गहराने लगा। सुनेत्रा मुस्कुरा दी। इन दिनों मेरे आस-पास ही घूमती रहती है वो। बार-बार जैसे मेरे अकेलेपन के द्वार पर दस्तक दे रही हो। मैं अकसर उसे अनसुना कर देता हूँ। सचमुच मुझे अच्छा नहीं लगता। मगर क्या करूँ? मैं उसकी दिक्कतें भी तो नहीं जानता। दोपहर बाद जब सब खाना खा रहे थे, सुनेत्रा मेरे पास आयी। कैन्टीन बन्द होने के कारण आज मुझे खाना नसीब नहीं हुआ था। भूख अपनी सभी हदें पार कर गयी थी। पेट में मरोड़ होने लगा। जैसे अचानक कुछ याद आया, ठिठककर सुनेत्रा बोली, ''लंच करने का इरादा नहीं है क्या?''

''नहीं, आज कैन्टीन बन्द है, फिर मेरा भी खाने का मूड नहीं।'' मैंने मुस्कुराकर कहा। वह झुँझला गयी। सतर्क होकर चारों ओर देखा, फिर रोटी का एक कौर तोड़कर बोली, ''लो खा लिया बस, अब जल्दी से खत्म करो इसे।'' मैंने झट से पूरी रोटी खा ली। उसकी आँखों में नमी थी। वह देर तक मुझे देखती रही। मैं अघा गया। आखिर अपने नमक का कर्जदार बना ही दिया इसने मुझे।

**तेरह दिसम्बर**—मैं आज दफ्तर जल्दी पहुँच गया था। पण्डित वहाँ पहले से बैठा था। पण्डित वाकई पण्डित है। मजाक में कई बार मैं इसे पोंगा पण्डित कह जाता हूँ। यूँ है वह असली पत्रकार। जितना ज्यादा लिखता है उतना ही कम पढ़ता है। दूसरी पत्रिकाओं से लेख टीप-टीपकर अपने और बन्धु-बान्धवों के नाम से

छपवाने में तो इसे महारत हासिल है, हालाँकि इसका श्रेय वह अपने ज्योतिष ज्ञान को देता है। उसके अनुसार फ्रीलांसिंग के दौरान वह हमेशा ही दिन व मुहूर्त देखकर लेखादि टीपा करता था। यही कारण है कि अब तक उसके टीपे लेखों पर कभी सम्पादकीय संकट नहीं आया। यानी वे हू-ब-हू छप गये। पण्डित के करीबियों का तो यहाँ तक कहना है कि यह ससुरा हगने-मूतने से लेकर बीवी के पास सोने तक का समय पंचांग देखकर तय करता है। अपने इसी अनुभव के आधार पर इसने हाल ही में एक लेख लिखा, जिसका शीर्षक था—'ज्योतिष की सहायता से परिवार नियोजन कैसे करें?' लेकिन यह पण्डित का दुर्भाग्य था कि इस लेख के प्रकाशन से पहले ही पण्डित की बीवी ने उस पर नपुंसकता का आरोप लगा दिया और तलाक की माँग करने लगी। कहते हैं कि सुनेत्रा ने ही नपुंसकता के आरोप से बरी कराकर इसका तलाक रुकवाया। पण्डित तभी से सुनेत्रा को अपनी 'खास' मित्र मानता है। बहरहाल, पण्डित गर्मजोशी से मिला। मैं अपने में ही सिमटा रहा। वैसे ही दफ्तर में आज कोई खास काम नहीं था। साथियों के बीच दुनियाभर की हँसी-मजाक व शेरो-शायरी चल रही थी। मैं अवसाद में था। भाई की बेरोजगारी, बहन की शादी, माँ-बाप की इच्छाएँ, सपने सब मेरी आत्मा पर सवार थे जैसे। फैजाबाद था तो मित्र थे, परिवार था। अपने दुख, अपनी पीड़ा कह-सुनकर हल्का हो जाता था। लेकन इधर लम्बे समय से बहुत अकेलापन महसूस कर रहा हूँ। एक अजनबीपन चारों ओर। अवसाद में आदमी यूँ ही नहीं आता। पण्डित ने मेरी थकान का कारण पूछा। मैं बोला—"ठीक से सो नहीं सका आज।"

पण्डित—"क्यो?"

मैं—"यूँ ही, कुछ अकेलापन कुछ चेतना की समस्याएँ।"

पण्डित—"तुम्हारा अकेलापन कम करने का एक तरीका मेरे पास है कहो तो बताऊँ?"

मैं—"क्या?"

पण्डित—"तुम सुनेत्रा से शादी कर लो।"

मैं—(शरमाकर...फिर मुस्कुराकर)..."छोड़ो यार..." मैंने मुड़कर सुनेत्रा को देखा, उसने मुझे और मुस्कुरा दी।

पण्डित बोला, "नहीं सीरियसली... कहो तो बात चलाऊँ। उसकी बहन की शादी हो रही है। उसके बाद वह भी अकेली रह जाएगी। पिता बूढ़े हैं, बाकी तुम जानते ही हो।" मैं खामोश सोचता रहा। इसी बीच श्रीवास्तव जी भी आ गये। भले आदमी हैं। बोले, "क्यों भई, क्या पंचायत हो रही है?"

पण्डित ही बोला, "सुनेत्रा से डीके की शादी की बात चला रहा हूँ।"

श्रीवास्तव—"अरे वाह, वाकई बहुत अच्छी जोड़ी रहेगी यह तो!"

मैं कुछ नहीं बोला। इन बातों पर कभी सोचा भी तो नहीं। क्या यह खुद सुनेत्रा का प्रस्ताव है? हो सकता है सुनेत्रा से पण्डित के पुराने पारिवारिक सम्बन्ध हैं। आखिर चाहती क्या है यह लड़की। मैंने सुनेत्रा की ओर देखा। उसका चेहरा लाल था और शर्म से उसने नजरें झुका ली थीं।

**चौदह दिसम्बर**—सुनेत्रा सचमुच मायाविनी है। मैं उसे समझ नहीं पाता। आज आयी तो बाल खुले थे। उसके साँप जैसे खुले लहराते बाल अच्छे लगते हैं मुझे। बालों में अपना चेहरा छुपाकर आज कई बार मुझे देखकर वह तिरछी मुस्कान मुस्कुरायी। किसी ने उसे प्रपोज किया है शायद। सुबह फोन पर उसे समझा रही थी। वाकई सुनेत्रा समझदार है।

**पन्द्रह दिसम्बर**—आज सुबह से किसी भी चीज में मेरा मन नहीं लग रहा। बार-बार सुनेत्रा का चेहरा सामने आता है। हर कदम उसी की आहट लगती है। कहीं मैं पागल तो नहीं हो गया। ऊटपटाँग-सी हरकतें करने लगा हूँ...चाइल्डिस...! चाहता हूँ कि सुनेत्रा की उदासी कुछ कम हो। पता नहीं हमेशा खिलखिलाती रहनेवाली, सबसे सहानुभूति रखनेवाली पुरानी सुनेत्रा कहाँ चली गयी। कहीं खोयी-खोयी सी रहने लगी है अब। कभी फिजूल ही हँसने लगती है। कभी रुआँसी हो जाती है। चाहती क्या है—पता नहीं! पहले तो ऐसी नहीं थी। राकेश ने आज उससे पूछा

"तुमने कभी किसी से प्यार किया है?"

"नहीं, मेरे पास और भी ढेरों काम हैं।" उसने मुस्कुराकर मेरी ओर देखा था। उसके भोलेपन पर सचमुच कभी-कभी प्यार आता है।

**सोलह दिसम्बर**—आज फिर ठीक से नींद नहीं आयी। सोचता रहा। जाने कहाँ-कहाँ की अफलातूनी बातें। जादूगरनी सुनेत्रा अपना चेहरा बदल-बदल कर आ रही थी। सुना कि यहीं आस-पास कहीं रहती है। वैसे ही उठा और चल दिया। न पता, न ठिकाना। रात बारह बजे तक सड़कों पर पागलों की तरह घूमता रहा। सामने से आने वाली हर छाया सुनेत्रा-सी लग रही थी। जब भ्रम टूटा तो मैं हँस पड़ा। क्या था यह सब और क्यों?

ठीक ही कहा है किसी ने— बड़ी बातों की शुरुआत बेहद मामूली और मूर्खतापूर्ण चीजों से होती है। रातभर मैं सुनेत्रा को खत लिखता रहा। लिखता और फाड़ता। एक-एक लाइन लिखते हुए जैसे जान जा रही थी। क्यों...क्यों भाषा ने भी मेरा साथ छोड़ दिया? शब्द ब्रह्म है। क्या उसकी पवित्रता भंग हो गयी?

**सत्रह दिसम्बर**—सुबह-सुबह मैंने सुनेत्रा को खत दे दिया। पता नहीं ठीक हुआ या गलत। जानता हूँ खत लिखना खतरनाक भी हो सकता है, हालाँकि ऐसा कुछ लिखा तो नहीं है। फिर भी हो तो हो मेरे पास कोई चारा भी तो नहीं था...मैं

मुक्ति चाहता हूँ। जादूगरनी ने मुझे कैद कर लिया है। चेतना विचलित है। मेरे साथ उसका व्यवहार भी अजीब है। उसकी हर बात एक रहस्य बनती जा रही है। पता नहीं, कभी-कभी वह मुझे एक बन्द गुफा की तरह क्यों लगती है। जाने कितनी चीखें कैद हैं उसमें। मैं चीखता हूँ।

मैं बाहर आ गया। लगा कि खत पढ़कर सुनेत्रा और भी उदास हो गयी है। अच्छा नहीं लगा मुझे। मैं फिर दुखी हो गया। दोपहर बाद...सुनेत्रा पास आयी। खत वापस दिया और हँसने लगी। सुनता हूँ कि सुनेत्रा इस बारे में सबको बता चुकी है। मुझे कोफ्त हुई। मैं अपनी खामोशी और ख़ीझ में डूबने लगा। सुनेत्रा के आँसू आ जाते हैं। इस घटना को लेकर मैं दिनभर बेहद परेशान रहा। शाम को कैफे से उसे मेल किया। लिखा—"सॉरी टू हर्ट प्लीज फारगेट इट। आई वाण्ट टू सी यू हैप्पी।"

**अठारह दिसम्बर**—पण्डित ने मुझसे बोलना छोड़ दिया है। कल मजाक में मैंने काफी छेड़ दिया था। कहीं उसी का बुरा तो नहीं मान गया। पता नहीं, ऐसा होना तो नहीं चाहिए। फिर क्यों मुँह फुलाये बैठा है? सिर्फ पण्डित ही नहीं, दफ्तर का हर साथी अजीब-सा व्यवहार कर रहा है। सबकी आँखों में मैं एक सन्दिग्ध अपराधी की तरह क्यों दिख रहा हूँ? पण्डित से मैंने अपनी बात कहनी चाही। उसने झिड़क दिया। मैं स्तब्ध। लगा जैसे बिना अपराध बताये ही मुझे सजा सुनाई जा रही है। क्या मुझे खुद अपना सर काटना होगा? मैं हँसता हूँ। जादूगरनी सुनेत्रा जलती निगाहों से मुझे घूरती है। दफ्तर में अघोषित कर्फ्यू-सा क्यों लगा है? किसी काम में मेरा मन नहीं लग पा रहा।

**उन्नीस दिसम्बर**—तीन दिन से सुनेत्रा की उदासी और अजीब व्यवहार ने मुझे पागल कर रखा है। अजीब टिपिकल लड़की है! मेरे भीतर क्या कुछ नहीं दरका दिया इसने। दुख, अवसाद और अपराधबोध मुझ पर हावी हो रहा है। अभी कुछ दिन पहले मेरे कविता-संग्रह के प्रकाशन की सम्भावना से कितनी खुश थी सुनेत्रा। एक-एक चीज के बारे में पूछती। समर्पण देखकर मुस्कुरायी थी—"वाकई बहुत अच्छा लिखते हो तुम।" उसे खुश देखकर मुझे भी खुशी हुई। इससे पहले संग्रह के बारे में मैंने कभी गम्भीरता से नहीं सोचा था। असल में, मेरी कविताओं की लाख चर्चा हो, लेकिन उनसे बहुत उम्मीद मुझे कभी नहीं रही। अपना लिखा हमेशा सन्दिग्ध लगता है। उतना आत्मविश्वास भी कभी नहीं रहा। लेकिन सुनेत्रा की भोली खुशी में मुझे सब कुछ मिल गया। पर आज...आज जब मैंने उससे कहा, "सॉरी सुनेत्रा, मुझे वह खत नहीं लिखना था, तुम्हें दुख हुआ होगा।"

"इस बचपने की सलाह किसने दी तुम्हें?" जादूगरनी ने अपने नाखून फैलाये। मैं दहल गया। सच अब ये मेरा खून कर देगी।

'खूबसूरत चेहरे अकसर क्रूर होते है'—मुझे फिर याद आया। मैं रो पड़ा। वो निश्चल घूर रही थी मुझे। उसकी खून-सनी लपलपाती जीभ जैसे मरे घावों को छीलने लगी। बोली, "देखो, तुम मेरे लिए इतने महत्त्वपूर्ण कभी नहीं रहे।"

"मगर तुम मेरे लिए हमेशा महत्त्वपूर्ण रही हो।" मैंने कहा।

उसने फिर पलभर मुझे अपनी उन्हीं जादुई आँखों से घूरकर देखा और मुस्कुरा दी। अब न मेरे पास सवाल थे, न जवाब। खाली दफ्तर में सन्नाटा भाँय-भाँय करने लगा था। मुश्किल से मैंने अपने आँसू रोके। मैंने गुस्से में कहा, "ठीक है, आज से यह मामला दफन समझो। इस पर फिर कभी बात नहीं होगी।"

उसने कुछ नहीं कहा और खामोश बैठी रही।

रात पण्डित से फोन पर बात हुई। सुनेत्रा पण्डित की पुरानी मित्र है। पण्डित मुश्किल से बात करने को राजी हुआ। बोला, "देखो, मुझसे अब तुम कभी बात मत करना। तुम फँस चुके हो। तुम नहीं जानते सुनेत्रा को, कितनी दुस्साहसी है। हो सके तो तुम भाग जाओ यहाँ से बहुत दूर। सुना है कोई महीने भर से उसे ब्लैंक कॉल कर रहा है। अब तुम मारे जाओगे। उसने तुम्हारे पत्र की फोटोकॉपी तक करा ली है। इसकी शिकायत ऊपर तक जाएगी। पुलिस-केस भी बन सकता है। नौकरी तो गयी समझो। मैं इसमें और नहीं फँस सकता।"

"लेकिन मेरे पास तो उसका फोन नम्बर भी नहीं। मैं क्यों... ? मैं तो उसकी बहुत इज्जत करता हूँ। तुम जानते हो, प्रस्ताव तुम्हीं लाये थे।"

"बस फालतू बात नहीं।" पण्डित ने फोन काट दिया।

मैं परेशान हो गया। आखिर क्या हो रहा है यह सब? एम आई रेपिस्ट? मुझे केंचुए की याद आयी। वाह, कितने महान और धर्मात्मा लोग हैं। इन्हीं के कारण तो दिल्ली में औरतें सुरक्षित हैं। टीवी पर देखा—बलात्कारी शान से मूँछों पर ताव दे रहा था। अगली खबर एक कॉलगर्ल रैकेट के पकड़े जाने की थी। दिल्ली के एक बड़े होटल से बीस लड़कियाँ पकड़ी गयीं। सब शराब और ड्रग्स के नशे में थीं। बताते हैं कि इसमें एक सुपरमॉडल थी और तीन दक्षिण की टॉप हीरोइनें। रैकेट देह व्यापार से लेकर ड्रग्स की तस्करी तक सब करता था। इसमें एक बड़े राजनीतिज्ञ के बेटे के शामिल होने की बात कही जा रही थी। पूरे मामले में कुछ बड़े नेता, अफसर और पत्रकारों के चेहरे दागदार दिख रहे थे। मैंने टीवी ऑफ कर दिया। अब सोने की कोशिश करूँगा। मगर कैसे? जादूगरनी तो फिर छाती पर सवार होती जा रही है।

**चौबीस दिसम्बर**— पिछले पाँच दिनों से मैंने सुनेत्रा की तरफ देखा तक नहीं, न बोला। आज भी दफ्तर में दिनभर परेशान रहा। मेरी निजता सार्वजनिक हो गयी है और हास्यास्पद होता जा रहा हूँ। पूरा माहौल इस कदर बीमार और प्रदूषित है कि वहाँ साँस लेना भी अपराध लग रहा है। इस बीच मैंने नौकरी ढूँढ़नी शुरू कर दी है।

लेकिन कहीं जाने से डरता हूँ। लगता है जैसे मेरी जासूसी हो रही है। कहीं जाने और मिलने के लिए छुट्टी चाहिए जो केंचुआ मुझे देगा नहीं । कल एक्सीडेण्ट का झूठा बहाना किया। अब कुछ दिन नाटक करना पड़ेगा। चलो खैर...दफ्तर में तो हर पल मेरी हत्या हो रही है। बेआवाज...लगता है कि कहीं न कहीं कुछ गड़बड़ है लेकिन क्या? पता नहीं। मुझे नहीं लगता कि सुनेत्रा मेरी शिकायत करेगी। मैंने जब भी उससे बात की या कोई सन्देश दिया पूरे सम्मान और गरिमा के साथ। फिर वह मेरे साथ ऐसा कैसे कर सकती है?

**पच्चीस दिसम्बर**—सुनेत्रा का रूप आज फिर बदला हुआ लगा। उसके गुलाबी चेहरे पर आज निखार था। मुझे देखते ही उसने मुँह फेर लिया। आँखें भर आयीं हों जैसे। मैंने एक कविता पढ़ी, राबर्ट ब्राउनिंग की—'यू स्माइल। माई पेंटिंग इज़ कम्प्लीट।' कविता सुनकर सुनेत्रा खुश हो गयी। मैंने पहले कभी उसे इतना स्वस्थ नहीं देखा था। जी किया कि उसके सुर्ख गालों को चूम लूँ। सच, उसके चेहरे पर आज मैंने एक पवित्र आभा देखी। बस मैं चुपचाप देखता रहा। शाम को आते वक्त सुनेत्रा बड़बड़ा रही थी, मैंने सुना—'हद है, भई लोग तो जहाँ चुटिया देखी, चारा डालने लगते हैं! हाथ पकड़ने की हिम्मत तो होती नहीं, चिट्ठियाँ लिखेंगे।' मैं फिर दुखी हो गया।

**छब्बीस दिसम्बर**—आज सुनेत्रा खुद आगे बढ़कर मुझसे बोली। अन्य सहयोगियों में भी खुसर-पुसर शुरू हो गयी थी। औरतों को बकबकाने का मुद्दा मिल गया। निरुपमा ने कहा, ''पॉजिटिव लक्षण है। बढ़िया है, जोड़ी अच्छी रहेगी। सँभालकर रखना सुनेत्रा, बहुत प्यारा है वह।''

''और मैं?'' सुनेत्रा ने बड़ी अदा से पूछा।

''तुम भी बहुत प्यारी हो। दोनों प्यारे हो।'' निरुपमा बोली। बाकी जूनियर्स फिल्मी गीत गुनगुनाने लगे—'दिल है कि मानता नहीं,' एक रहस्यमय मुस्कान हर चेहरे पर थी। अच्छा लगा। मैं भी चाहता हूँ कि माहौल सहज हो, हालाँकि यह सब हल्कापन भी लगता है कभी-कभी।

सुनेत्रा ने शादी के सपने बुनने शुरू कर दिये हैं। आज पण्डित को सम्बोधित करके कहने लगी, ''पापा से बात की थी, वे राजी हैं। तुम बात कर लो।'' पण्डित कुछ नहीं बोला। बस रहस्यमय ढंग से हँस पड़ा। थोड़ी देर बाद बोला, ''बायोडॉटा, फोटो कुण्डली वगैरह तो दे दो!''

''बायोडॉटा क्या देना है। नाम जानते हैं। कद-काठी देखने वाले ने देख ही ली है। उम्र 25 साल से थोड़ी ज्यादा है। एम.ए. कर चुकी हूँ। और क्या...चाहो तो एक सोलो फोटो दे सकते हो। कोई देखना चाहे तो आ के देख ले।'' जादूगरनी मुस्कुराकर बोली।

"ये तो नहीं होगा। देखने-दिखाने की परम्परा हमारे यहाँ नहीं है।" अपनी सीट से उछलकर पण्डित उसके पास सरक आया। सुनेत्रा थोड़ा शरमायी फिर हँस पड़ी।

"भाइयो, मिठाई वगैरह मँगा लो। दफ्तर से एक तारीख को एक बारात निकलेगी।" पण्डित ने घोषणा की। सब हँस पड़े। मेरी समझ में कुछ नहीं आया।

सुनेत्रा की नजरें फिर मुझ पर ठहर गयीं। मुस्कुराकर फिर पण्डित से बोली, "ये तो पूछ लो कि कमाते-वमाते कितना हैं। शादी के बाद सब कैसे चलेगा। सोचा तो होगा कुछ। हमारी तो खुद दो रोटी मुश्किल से चलती है।"

"उसका भी इन्तजाम हो गया है। बाद में बताऊँगा।" पण्डित ने कहा।

मैं फिर बेचैन हो गया। आखिर यह सब हो क्या रहा है? सुनेत्रा चाहती क्या है—साफ-साफ क्यों नहीं कहती? पता नहीं क्यों, मुझे लगा जैसे मेरे अपमान और पतन के दिन शुरू हो गये हैं।

मैंने सुनेत्रा से उसका मोबाइल नम्बर माँगा ताकि बाद में सीधे बात करके हर चीज स्पष्ट कर लूँ। दफ्तर में कोई निजी बात नहीं करना चाहता था। दफ्तर की अपनी एक मर्यादा है। मगर सुनेत्रा तो जैसे खीझी बैठी थी। बोली, "प्लीज नाटक मत करो। मैं जानती हूँ नम्बर है तुम्हारे पास।" मैं दहल गया। कैसे बताता कि मेरे पास उसका कोई नम्बर नहीं है। सुनेत्रा टेबल पर सिर रखकर सिसकियाँ लेने लगी। मैं कुछ नहीं कर सका।

"मेरा सिर दर्द से फटा जा रहा है।" उसने कहा।

"लाओ, दबा दूँ।" मैं कहना चाहता था...मगर नहीं कहा। सुनेत्रा पैर पटकती बाहर आ गयी।

**सत्ताईस दिसम्बर** — कल रातभर फिर नहीं सो सका। आज थकान थी। रात में विकास से सुनेत्रा का फोन नम्बर लिया। मैं उसके स्वास्थ्य को लेकर परेशान था और अपराधबोध में भी। फोन पर उसकी सर्द आवाज आयी—"हैलो..."

"हाँ, सुनेत्रा, मैं डीके..."

"कहो?"

"तबीयत कैसी है तुम्हारी?"

"तुम्हें क्या फर्क पड़ता है? क्यों परेशान हो?"

"प्लीज सुनेत्रा, सुनो, तुम्हारी उदासी ने मेरा अपराधबोध गहरा दिया है। गहरे अवसाद में हूँ। मिलना चाहता हूँ। मिल सकोगी?"

थोड़ी देर तक वह खामोश रही। फिर बोली, "एक मिनट रुकना।" फोन उसने अपने पिता को दे दिया। उनसे मैं क्या कहता, सामान्य परिचय के बाद बोला, "आपसे मिलना चाहता हूँ।"

"मैं भी आपसे मिलना चाहता हूँ। कोई उलझन न हो तो बारह बजे तक आ सकते है।" सुनेत्रा के पिता मुझे शरीफ आदमी लगे, हालाँकि उनकी आवाज में एक पिता की मजबूरी और एक मध्यवर्गीय काइयाँपन दोनों था। उनसे मैं इस विश्वास के साथ मिला कि मैंने कोई अपराध नहीं किया है। सुनेत्रा नहीं दिखी। उसके बारे में उसके पिता को भी आधी-अधूरी जानकारियाँ थीं। मेरे पूछने पर उन्होंने बताया कि पत्र की तो उन्हें जानकारी है लेकिन सुनेत्रा ने किसी तरह की कहीं कोई शिकायत की है, इसकी उन्हें कोई जानकारी नहीं। "आप पढ़ने-लिखने वाले आदमी हैं। आप पर मैं भरोसा कर सकता हूँ और अपनी बेटी पर भी मुझे पूरा भरोसा है। मेरे तीनों बच्चे मुझसे कुछ नहीं छिपाते। मुझे खुशी है इस बात की। बाकी आप खुद समझदार हैं।"

मेरा मन किया कि इस आदमी की बात पर यकीन करना चाहिए। अपनी भूलों के लिए क्षमा माँगते हुए मैं वापस आ गया। चलते समय उन्होंने कहा, "कौशिक जी, दुनिया बहुत विचित्र है और बहुत सुन्दर भी। फूल खूबसूरत हो तो उसे देखिए और उसका आनन्द लीजिए। उसे तोड़ने से क्या फायदा? है कि नहीं?"

मैंने सिर हिलाकर 'हूँ' भर कहा। असल में मुझे गुस्सा आ रहा था। मैं कहना चाहता था कि फूल का सौन्दर्य और मनुष्य के सौन्दर्य में जमीन-आसमान का अन्तर है। स्त्री-पुरुष सम्बन्धों की तुलना फूल से करना सचमुच एक वाहियात बात है। खैर...बिना कुछ कहे मैं वहाँ से चला आया। वे बोले, "कोई दिक्कत आए तो फिर बात कर लीजिएगा। ठीक है!"

**अट्ठाईस दिसम्बर**—आज मेरे दफ्तर पहुँचने से पहले ही सबको यह खबर हो गयी थी कि मैं सुनेत्रा के घर जाकर उसके पिता से मिल आया हूँ। मैं फिर उलझन में आ गया। आखिर यह सब क्या हो रहा है?...सुनेत्रा...तुम ऐसा कैसे कर सकती हो? तुम क्यों मुझे सरे बाजार नंगा करने पर तुली हुई हो? कम से कम मुझे मेरा अपराध तो बता दो। दफ्तर भी कई बार नौटंकी वालों की मण्डली जैसा लगने लगता है। कोई मोहब्बत के फिल्मी गीत गा रहा है। कोई षड्यन्त्रों में मशगूल है तो किसी को अपने भीतर की गन्दगी बाहर उलीचने से ही फुर्सत नहीं। मैंने देखा, महिलाएँ भी आज दिनभर खुसर-पुसर करती रहीं। इन्हें कोई काम ही नहीं है जैसे। निरुपमा बोली, "कसम से सुनेत्रा, बहुत किस्मत वाली हो तुम। वह सचमुच तुम्हें बहुत प्यार करता है। ऐसे मर्द किस्मत से मिलते हैं।"

सुनेत्रा मुस्कुरायी, "लेकिन कहता तो कुछ नहीं।"

निरुपमा —"क्या करोगी? मर्द ऐसे ही होते हैं। हर समय वे अपना प्यार नहीं जता पाते।"

सुनेत्रा—"छोड़ो भी, उसकी जगह मैं होती तो अब तक हाथ पकड़ कर चूम

लेती। लेकिन भगवान जाने कैसा दिमाग पाया है। कल तक और देखती हूँ, वरना खुद ही कुछ करना पड़ेगा।''

सुनेत्रा फिर अपने जादुई रूप में थी। बाल खोलकर उसने उन्हें झटकना शुरू कर दिया। उसकी यह अदा भी मुझे भायी। थोड़ी देर तक तो मैं उसे देखता ही रह गया। उसके सुर्ख गालों की रंगत और बढ़ गयी। मैं तब भी नहीं बोला। वह खीझती रही। थोड़ी देर बाद उठी और पैर पटकती हुई बाहर निकल गयी।

**उनतीस दिसम्बर**—आज सुनेत्रा और मेरे बीच की खाई और चौड़ी हो गयी। दोनों तरफ चुप्पी छायी थी। न मैं बढ़ा, न वो। बाकी लोग जैसे मजा ले रहे हैं। सुनेत्रा समझती क्यों नहीं। बस, रो देती है और मैं दुखी हो जाता हूँ। सही कहते हैं लोग कि औरतों के आँसू तलवार से भी ज्यादा गहरे घाव देते हैं।

शाम को केंचुआ एक टाँग उठाए सुनेत्रा की कुर्सी के पीछे आकर खड़ा हो गया। उसकी कमर उसके नियन्त्रण में नहीं रहती। खड़ा होता है तो हमेशा हिलती रहती है। जब वह सुनेत्रा की कुर्सी के पीछे खड़ा था तब भी उसकी कमर बड़े अश्लील ढंग से हिल रही थी। मुझे अच्छा नहीं लगा। मैं नहीं चाहता कि सुनेत्रा पर केंचुएपन की छाया भी पड़े।

''क्यों सुनेत्रा, आज खाना नहीं खाया क्या?'' केंचुआ बोला।

''नहीं सर, आज मेरा व्रत है।''

''बृहस्पतिवार को तो लड़कियाँ शादी के लिए व्रत रखती हैं। तुझे भी शादी करनी है क्या?''

''सर...'' सुनेत्रा हँस पड़ी।

''तभी इतना महक रही है। सिर में आज चमेली का तेल लगाया है क्या? चल ठीक है। शादी हो जाय तो एक बार वैष्णो देवी हो आना।''

''मैंने तो मनौती भी माँगी थी सर...'' सुनेत्रा ने उदास होकर कहा।

''तब तो तेरा जाना और भी जरूरी है।'' केंचुआ बोला।

''मगर छुट्टी कहाँ मिलेगी सर?''

''मेरे रहते तू चिन्ता क्यों करती है?'' केंचुए ने कहा।

सुनेत्रा बड़ी अदा से उसकी ओर देखकर मुस्कुरायी। मैं कुढ़ गया।

**तीस दिसम्बर** —साल खत्म होने वाला है। आज उसने अपनी रैक साफ की है। मैं बराबर उसी की ओर देख रहा था। बार-बार वह एक लिफाफा उठाती। उसमें से कुछ कागज निकालकर मुझे इशारे से दिखाती और बाहर चली जाती। एक-दो बार मैं उधर गया भी और कागजों के ढेर में उस लिफाफे को ढूँढ़ने का प्रयास भी किया। मैं नासमझ था। अनुभवहीन। मेरी हरकत देख सब हँस पड़े। मेरे ऊपर घड़ों पानी पड़ गया। वह दूर खड़ी मुस्कुरा रही थी। पता नहीं वह क्या कहना

चाहती थी?

वह देर से भी आयी थी आज। जब तक नहीं आयी, मैं उदास रहा। उसने मुझे देखा और मुँह फेरकर मुस्कुरायी। मैं कुछ नहीं बोला। पण्डित कूदकर उसके पास पहुँच गया। पण्डित की बातें रहस्यमय हो चुकी हैं। उसके पास कागज के कुछ टुकड़े थे। उसने उसमें कुछ काटपीट की। कागज पहले सुनेत्रा ने पढ़ा, फिर निरुपमा, स्मृति, राकेश, विकास सभी ने। मुझसे अब कोई नहीं बोलता, पता नहीं क्यों? मैं तो यह भी नहीं जानता कि वह कैसा कागज था। हाँ, केंचुआ जरूर केबिन के बाहर आकर कह गया कि मिठाई मँगा लो, नये साल में यहाँ से एक बारात निकलेगी। सुनेत्रा की मुस्कान फिर हवा में तैरी। मैं सतर्क हो गया। पण्डित से मैंने फिर बेशर्म होकर पूछा। वह कुछ नहीं बोला। मैं किसी अनजान आशंका से भीतर तक काँप गया। श्रीवास्तव ने ढाढस बँधाया था। नहीं, कहीं तो कुछ गड़बड़ जरूर है। लौटते हुए रास्ते में राकेश भी मिला था। मुझे कुरेद-कुरेदकर दुनियाभर की बातें पूछने लगा। मैं भौंचक था, इतना सब उसे कैसे पता? पता नहीं क्यों, अब अपनी मौत का दिन मुझे कदम भर के फासले पर दिख रहा है।

**इकतीस दिसम्बर** —सुनेत्रा के चेहरे की रंगत आज फिर बदली हुई थी। कई दिनों से उसके उकसावे को मैं बर्दाश्त नहीं कर पा रहा हूँ। कल रात घर बात हुई। डैडी से सुनेत्रा का जिक्र किया। वे भड़क गये। वे फिर इस बात पर राजी हुए कि रिश्ता उनकी तरफ से आना चाहिए। मैं खुश हो गया। असल में कल सुनेत्रा ने ही कहा था कि बहुत स्वाभिमानी लड़की हूँ मैं। कोई धोखा देगा तो बर्दाश्त नहीं कर पाऊँगी।

मैं भी कहाँ धोखा देना चाहता हूँ तुम्हें लेकिन मेरी मुश्किलों को समझने की जरा कोशिश तो करो। बहुत दबाव और उलझनों में हूँ मैं। तुमने साथ नहीं दिया तो कई लोगों के साथ अन्याय हो सकता है।

कल रात सुनेत्रा को एक ग्रीटिंग मेल किया था। उसमें भी यही लिखा था— 'प्लीज, ट्राइ टू अण्डरस्टैण्ड मी!' और कहता भी क्या? मेरे हाथ से सचमुच चीजें निकलती जा रही हैं। बिल्कुल असहाय-सा महसूस कर रहा हूँ खुद को...आज शाम चार बजे उसने किसी को फोन किया। जोर-जोर से अँग्रेजी में बोल रही थी, ताकि मैं सुन लूँ। मैंने सुना—'मैं भी अब सैटल होने की सोच रही हूँ। आँ...हाँ...ही इज ए क्रिएटिव राइटर एण्ड रिनाउण्ड पोयट। ही लव्स मी वैरी मच, बट...।'

मैंने आगे नहीं सुना। इतना काफी था। मैं खुश हो गया। मेरा ग्रीटिंग कम्प्यूटर पर उसने मेरे सामने ही खोलकर देखा। अच्छा है, वह खुश रहे। मैं यही चाहता हूँ। शाम को मैंने फिर फोन किया। फोन उसी ने उठाया। उदास थी। मैं ही बोला—

''हैलो, सुनेत्रा...मैं डीके।''

''हूँ...बोलो?''

''देखो, खत लिखने के लिए फिर सॉरी। लेकिन तुम अपना फैसला तो मुझे सुना दो। बहुत दबाव में हूँ मैं। साफ-साफ अपना मन बताओ। मुझे जल्दी कुछ बड़े फैसले करने हैं।''

सुनेत्रा—''एक मिनट रुकना, हाँ...''

फोन फिर उसने अपने पिता को दे दिया। मुझे केंचुए की बात याद आयी। कहीं ये मेरा फोन टेप तो नहीं कर रही? मैं सतर्क हो गया।

पिता—''हाँ भई, क्या बात है?''

मैं—''कुछ नहीं, चीजें फिर उलझ रही हैं। आपसे मिलना चाहता हूँ।''

पिता—''ठीक है, हम जल्द मिलेंगे। लेकिन इस बीच आप ऐसा कुछ नहीं करेंगे जिससे हमारे सम्बन्ध खराब हों।''

मैं—''आप ऐसा सोच भी कैसे सकते हैं!'' बता सकते हैं कि मैंने हल्कापन कब दिखाया? फिर भी मुझे सूचना मिली है कि मेरे साथ कुछ बहुत बुरा होने वाला है। सन्दर्भ फिर सुनेत्रा है। सजा से पहले मैं सिर्फ अपना अपराध जानना चाहता हूँ।''

पिता—''मैं जल्द आपसे मिलूँगा। आप दो-तीन दिन बाद आ जाएँ।''

मैं—''ठीक है।''

बात करने के बाद अभी जैसे ही मैं कमरे पर पहुँचा, मैंने पाया, मेरी आँखों में आँसू हैं।

**एक जनवरी—नया साल : आत्महत्या से पहले**

नये साल से सचमुच बहुत उम्मीदें थीं मुझे। आज सुबह बहुत खुश और उत्साहित था। सभी मित्रों को खत लिख दिया कि नये साल में नया जीवन शुरू करने जा रहा हूँ। बहुत अराजक जीवन जी लिया अब तक। कभी चैन से घर पर नहीं रह सका। पता नहीं क्यों फिर एक बार घर बसाने की इच्छा होने लगी थी। एक ऐसा घर जहाँ मेरी बेचैन आत्मा को थोड़ी देर के लिए सुकून मिल सके। हाँ, उस घर में सिर्फ मनुष्य रहें; गधे, कुत्ते, भेडिये, केंचुए और साँप नहीं। हालाँकि आशंकाएँ भी कम नहीं। अब तक घर में घर से अजनबी बनकर रहने को अभिशप्त जो रहा हूँ। वैसे एक नयी और बेहतर नौकरी की उम्मीद बँधी है। सोचा था सुनेत्रा खुश होगी जानकर लेकिन आज जो हुआ उसने तो एक पूरी दुनिया ही उजाड़ दी मेरी। आज सुबह अपने सपनों और खुशियों के साथ जैसे ही दफ्तर पहुँचा, केंचुए ने अपने केबिन में बुला लिया। मुझे देखते ही उसने एक फाइल निकाली और जलती निगाहों

से घूरते हुए मुझसे पूछा, "क्या है यह सब?"

फाइल देखकर मैं भौंचक रह गया। उसमें मेरे एक मात्र खत और मेल की प्रतिलिपि थी, सुनेत्रा की कम्प्लेन के साथ। "तो क्या सुनेत्रा ने..."

"हाँ, सुनेत्रा ने तुम्हारी कम्प्लेन की है कि तुम उसे परेशान कर रहे हो? तुमने कल भी उसे फोन किया था।" केंचुआ बोला।

"हाँ, किया था, उसके पिता से बात हुई थी लेकिन...सुनेत्रा खुद चाहती थी कि..."

"तुम इतने गन्दे और नीच आदमी हो—मुझे नहीं मालूम था। लड़की ने खुद आरोप लगाया है। हमें कार्रवाई करनी होगी। ये राइटिंग तुम्हारी ही है न?"

—"हाँ, है और मुझे इस पर कोई सफाई नहीं देनी।" मुझे लगा कि मैं निहत्था हूँ और सिवाय शहीद होने के और कुछ नहीं कर सकता। मैं हँस पड़ा। सुनेत्रा आज भी नहीं आयी यानी हर दृश्य पहले से तय था और सबकी भूमिकाएँ भी पहले ही लिखी जा चुकी थीं, लेकिन इतने दिनों की खामोशी का सबब आखिर था क्या? फिर याद आया, सुन्दर चेहरे अकसर क्रूर होते हैं। मान गये सुनेत्रा, तुम्हारे जादुई इन्द्रजाल को।

मैं झटके से उठा और बाहर आ गया। स्तब्ध भी था और दुखी भी। पीछे केंचुआ खिसियाकर चिल्ला रहा था, "साले... भाग जा, अब कभी इस दफ्तर में मत दिखना। तेरे जैसे गन्दे लोगों की हमें जरूरत नहीं।" मैंने केंचुए को सुनकर अनसुना कर दिया। पता नहीं क्यों आज मुझे गुस्सा भी नहीं आ रहा।

मैं कमरे पर आया। बहुत दिनों बाद शराब पी और जी भरकर रोया। मैं चीखने लगा, "सुनेत्रा ये क्या कर दिया तुमने? ऐसा कैसे कर सकती हो तुम? मैं वाकई इसपर यकीन नहीं करना चाहता।"

पड़ोसियों ने मेरे चीखने की आवाज सुनी तो दरवाजा पीटा। मैं नहीं उठा। उठने की ताकत ही कहाँ है? सब तो ले गयी जादूगरनी। मौत जैसे मेरे सीने पर बैठी है। मेरी आस्था, मेरा विश्वास सब दरकने लगा है। मेरे अपमान और पतन के दिन शुरू हो गये। सुनेत्रा को फोन किया, "खुश तो हो अब?"

वह रुआँसी थी। फोन काट दिया। बिना अपराध बताये मुझे मौत की सजा दी जा चुकी है। धीरे-धीरे मैं फाँसी के फन्दे की तरफ बढ़ रहा हूँ। वाकई रात बहुत काली है। मैं हँसा। जैसे अब फिर कभी हँसना नहीं होगा। अच्छा किया सुनेत्रा कि तुमने नहीं सुना कि मैं तुमसे नफरत करता हूँ। हाँ, तुमने मुझे अपराधबोध से मुक्त होने का मौका दिया, उसके लिए धन्यवाद। आज शाम तक केंचुए ने सारे शहर में मेरे बारे में तमाम सच-झूठ फैला दिये हैं। मैं सुनकर मुस्कुरा देता हूँ। केंचुआ अब

गुबरैला बन रहा है और सुनेत्रा तुम...क्या कहूँ तुम्हें? अपने नरक में आज से तुम अकेले ही तड़पती रहोगी, मगर प्लीज़ फिर किसी के साथ ऐसा मत करना, क्योंकि हर कोई डीके नहीं होता।

**पटापेक्ष**

मित्रो, डीके ने इसके बाद ही अपनी डायरी का वह अन्तिम पन्ना लिखा था जिसमें उसका मृत्युलेख था। दो दिन तक तो किसी को उसकी कोई सूचना नहीं मिली। तीसरे दिन जब उसके कमरे से दुर्गन्ध आने लगी तब दरवाजा तोड़ा गया। डीके पंखे से लटका हुआ था। उसकी डायरी अगर दुर्योग से कथाकार को न मिलती तो अन्त तक उसकी मौत एक रहस्य ही बनी रहती। जैसा कि अब तक कहा जा रहा था कि शराब के नशे में उसने आत्महत्या कर ली थी, वह पूरा सच नहीं था और अधूरा सच झूठ से ज्यादा खतरनाक होता है। बहरहाल, डीके उर्फ देवेन्द्र कौशिक की यह कहानी अब भी अधूरी है क्योंकि सुनेत्रा का पक्ष तो कथाकार भी नहीं जानता। ऐसा नहीं कि उसने कोशिश नहीं की, कोशिश तो बहुत की थी मगर हर बार सुनेत्रा की जादुई आँखें उसे गच्चा दे जातीं। हाँ, डीके की मौत पर सचमुच का अफसोस जताते हुए उसने कहा था, 'सो सेड...बुरा हुआ...बट मैण्टली कुछ सिक भी था वो...'

पाठक चाहें तो सुनेत्रा के इस वक्तव्य के साथ कथाकार की इस मासूम उम्मीद को भी नत्थी कर सकते हैं कि कभी तो सुनेत्रा आएगी और अपना पक्ष रखकर डीके की इस अधूरी कहानी को पूरा करेगी! बहरहाल....

# खेल

"अजमेर शरीफ के नाम पर दे दे बाबा...अल्लाह तुझको बरकत देगा...।" दुमंजिले फ्लैट के नीचे से यह आवाज बार-बार मेरे कानों में गूँज रही थी। इस आवाज में भिखारियों सरीखी मुफिलिसी नहीं थी। एक अधिकार था... एक मौज थी।

शहर में इन दिनों यह चर्चा गर्म थी कि अजमेर शरीफ के नाम पर चन्दा माँगने वालों का पूरा का पूरा एक दस्ता ही इधर आया हुआ है। ये लोग तरह-तरह के जादू दिखाते, लोगों की घरेलू, शारीरिक व मानसिक परेशानियों का जिक्र करते और बड़ी आसानी से ठग कर ले जाते। यह भी सुनने में आया कि घर में अकेली औरत पाकर उन्हें लूटपाट और बलात्कार से भी कोई संकोच नहीं था।

हालाँकि ये सब उड़ती-उड़ती सी बातें थीं जो इस छोटे शहर में अकसर सुनाई देती थीं। इन बातों की खासियत यह थी कि लूटपाट और हत्या के साथ-साथ बलात्कार वाला खण्ड उड़ते-उड़ते काफी रसीला हो जाया करता था। यद्यपि अभी तक इन बातों की प्रामाणिकता संदिग्ध थी, फिर भी बातें थीं कि निरन्तर उड़ती ही रहतीं।

उस दिन मैं घर में अकेला था। लगातार टी. वी. देखते थोड़ी ऊब भी हो गयी थी, सो चाहे-अनचाहे खिड़की से झाँककर देख ही लिया। और फिर जो दिखाई दिया उस पर हँसी भी आयी। एक दुबला-पतला, मरियल-सा नौजवान अपनी घनी काली मूँछों पर हाथ फेरते हुए दहाड़ रहा था—'अजमेर शरीफ के नाम पर दे दे बाबा!'

मैं सोचने लगा कि ये क्या किसी को ठगेगा या लूटेगा। देखने में तो वह खुद ही लुटा-पिटा लग रहा था। फटेहाल, काला-सा एक चोगा, सिर पर सफेद नमाजी टोपी, गले में अनगिन मोतियों की माला और हाथ में एक झाड़ूनुमा-सी कोई चीज...कुल मिलाकर यही उसका रूप था जो उस पहली नजर में मैंने देखा।

एक तो इस वक्त मैं अपने अकेलेपन से ऊबा था दूसरा रहस्य-रोमांच-भरे उन

जादुई किस्सों का आकर्षण भी मुझे खींच रहा था जो अकसर शहर की गलियों में सुनने को मिल जाते थे। सौ मौका ताड़कर मैंने पूरी खिड़की खोल दी और झाँककर बाहर देखने लगा। आवाज सुनते ही उस नौजवान ने सिर ऊपर उठाया और मुझे देखकर बड़ी वीभत्स हँसी हँसने लगा। मुझे थोड़ा अटपटा लगा। मगर इतने में उसने तीन-चार बार अपनी झाड़ू ऊपर घुमाई और आँखें बन्द करके मेरी ओर कर दी। मैं भ्रम में पड़ गया कि ये क्या हो रहा है... ? खैर! जब तक मैं कुछ सोचता वह दनादन ऊपर सीढ़ियाँ चढ़ने लगा। न चाहकर भी दरवाजा मुझे खोलना ही पड़ा।

जिस अधिकार भाव से वह दरवाजे पर आकर बैठा, वह भी मेरे लिए कम आश्चर्यजनक नहीं था। मैंने उसे ध्यान से देखा...उसकी लाल-लाल आँखें बड़ी भयानक मालूम दे रही थीं। पान सने काले दाँत जब खुले तब असहनीय बदबू का एक झोंका कमरे के भीतर आ गया। मैं उसे देख ही रहा था कि उसने मुझे आदेश दिया—'बैठ जा...।' मैं आज्ञाकारी बालक की तरह चुपचाप बैठ गया। मेरी आँखें उसकी आँखों में थीं और उसकी आँखें मेरी आँखों में...। हम दोनों एक दूसरे को हार न मानने वाले अन्दाज में देख रहे थे। इस बीच उसने मुझसे मेरा नाम पूछा। मैं झूठ बोल गया। मैंने कहा, "हुसैन!" वो फिर हँसा और बोला, "नाम तो अच्छा है, काम अच्छा नहीं।"

मुझे प्रभावित करने के लिए उसने तमाम तरीके अपनाये। मेरी दानवीरता, बड़प्पन और महानता की जाने कितनी बातें वह एक साँस में बोल गया। मैं भी तब बड़ी मुश्किल से अपनी हँसी रोकने में कामयाब हो रहा था। कारण—एक के बाद एक झूठ मैं बोलता जाता और वह मेरे उज्ज्वल भविष्य की तमाम बातें दीवार पर लिखी इबारत की तरह बाँच जाता।

इस पूरे खेल में मैं उसे बेवकूफ बना रहा था या वो मुझे...। कहना ज़रा मुश्किल है, लेकिन तब तक निश्चित रूप से हार-जीत किसी की नहीं हुई थी।

लेकिन थोड़ी ही देर बाद भेद खुल गया। मुझे इस बात का तनिक भी आभास नहीं था कि दरवाजे के सामने ही दीवार पर दुर्गा जी का एक कैलेण्डर टँगा है। कैलेण्डर देखते ही उसने लाल-पीली आँखें तरेरते हुए मुझे देखा—"मुझसे झूठ बोलता है...सूफी फकीर से झूठ बोलता है...नालायक!"

मैं एकबारगी हक्का-बक्का...ये क्या हुआ? इतने में उसने दूसरा 'बाउन्सर' फेंका। फर्श से थोड़ी मिट्टी उठाकर अपने माथे से लगायी और कुछ बुदबुदाने लगा। मैं अभी पुराने झटके से ही नहीं उबरा था कि उसने मिट्टी वाला हाथ जोर से ज़मीन पर दे मारा। मुट्ठी खोली तो उसमें दुर्गा जी की एक मूर्ति थी। वह बड़े जोर से हँसा और बोला, "तू हिन्दू है...मुसलमान नहीं...तू झूठ बोलता है।" अब मैं समझ चुका था कि मेरा दाँव गलत पड़ा है। सचमुच मैं हिन्दू ही हूँ..., इस बात का अहसास मुझे

उसकी मुट्ठी में से निकली दुर्गा जी की मूर्ति से हुआ। मगर मैं भी कहाँ हार मानने वाला था। बोला, "बाबा शायद आपको कुछ गलतफहमी हुई है...। मेरा नाम तो उमेश है, आपने शायद हुसैन सुन लिया।"

मेरे इस जवाब से शायद वह कुछ सन्तुष्ट हुआ। फिर एक लम्बी साँस छोड़ी और गम्भीरता से बोला, "हूँ...पहले एक गिलास पानी पिला बच्चा...!" मैं उसे जल्दी छोड़ने के मूड में नहीं था इसलिए उठा और एक गिलास पानी ले आया। पानी पीकर वह बोला, "फ्रिज का पानी नहीं था क्या?"

उसके इस प्रश्न में मुझे छिपा हुआ व्यंग्य भी नजर आया। सचमुच उस समय तक हमारे यहाँ फ्रिज नहीं था। मैंने लाज छुपाने की गरज से कहा, "नहीं फ्रिज खराब पड़ा है।"

इस पर वह मुस्कराया। उसकी इस मुस्कराहट ने अन्दर तक मुझे चिढ़ा दिया। मन तो हुआ कि साले के मुँह पर एक तमाचा लगा दूँ और पूछूँ कि फकीरों को कब से फ्रिज के पानी की लत पड़ गयी। मगर मैंने ऐसा कुछ नहीं किया। अब तक मैं उसकी आँखों से भी कुछ-कुछ डरने लगा था, फिर भी हारने को कतई तैयार नहीं था। अपनी वैज्ञानिक सोच और पढ़े-लिखे होने का दम्भ मुझे ऐसा करने भी नहीं देता। खैर, पानी पिलाकर मैं चुपचाप उसके पास बैठ गया।

अब तक उसकी बातचीत का अन्दाज भी बदल चुका था। जहाँ वह पहले भरसक उर्दू का प्रयोग कर रहा था और खुदा और पैगम्बर की दुहाई दे रहा था वहीं अब 'उमेश' नाम के प्रभाव ने उसकी जुबान पर हिन्दू देवी-देवताओं को काबिज कर दिया था। मैं एकाएक उसके व्यवहार-परिवर्तन से चौंका तो जरूर मगर फिर मुझे इस खेल में मजा भी आने लगा।

"फकीर अजमेर शरीफ से आया है। बाबा अजमेर शरीफ का प्रसाद अगर मिल जाए तो बड़ों-बड़ों की किस्मत का ताला खुल जाता है। बोल बाबा का प्रसाद लेगा?"

मैं चुप रहा। यह खबीस अब जाने क्या देने वाला है। फिर सोचा, देखने में क्या हर्ज है! इतने में उसने अपना सवाल फिर दोहराया। मैंने कहा, "हूँ..." तो बोला, "हूँ नहीं। बोल बाबा अजमेर शरीफ का परसाद लूँगा।" मैंने भी उसकी इबारत दुहरा दी। इधर मैं उसकी बात दुहरा ही रहा था कि वह हँसा, "अक्कल अच्छी है मगर कभी-कभी बुद्धू बन जाता है। ठीक है, ले बाबा का परसाद ले...चमत्कार होगा।"

चमत्कार हम हिन्दुस्तानियों की कमजोरी है। अच्छे-खासे लोग भी इस चमत्कार की आस में बड़े-बड़े पापड़ बेलते देखे गये हैं। मैं तो एक अदना-सा इन्सान था। सो जैसा वह कहता गया मैं करता गया। भीतर से यही एक सन्तोष था

कि अभी तक बेवकूफ नहीं बना हूँ। वह लगातार चमत्कार पे चमत्कार कर रहा था और मैं उसे देख रहा था। अभी भी उसकी आँखें एकटक मेरी आँखों को छेद रही थीं। उन आँखों के लाल-लाल डोरे शराब की मस्ती में मस्त थे। घात-प्रतिघात दोनों तरफ से हो रहे थे और हारने को कोई तैयार नहीं था।

उसने इस बीच मेरी कुछ व्यक्तिगत परेशानियों का भी जिक्र किया; हालाँकि उसकी बातें अस्पष्ट थीं फिर भी मुझे चौंकाने के लिए उसमें काफी कुछ था। लग रहा था जैसे उसने मेरी कमजोर नस पकड़ ली है। वह धीरे-धीरे उस नस को दबाता और बड़ी आसानी से मैं उसकी गिरफ्त में आ जाता।

उसने हवा में एक हाथ घुमाया और एक मोती मेरी हथेली पर रखकर मुट्ठी बन्द कर दी। बोला, "जा तेरी जेब में सौ का एक नोट है, इसे उसमें हल्दी के साथ लपेटकर जल्दी लेकर आ... फिर देख बाबा का कमाल...।" मैंने मोती मुट्ठी में बन्द कर लिया और कमरे के भीतर आ गया।

पर्स में सौ का एक नोट निकला और उसे हल्दी के साथ लपेटकर बाहर आ गया।

अब तक मेरे मन में कई योजनाएँ पक चुकी थीं। मैंने सोचा कि अगर वह नोट छीनना भी चाहेगा तो यह उसके बस का नहीं होगा और अपने आप तो सौ का नोट मैं इसे देने से रहा। खैर! इस बीच आत्मरक्षा के कई उपाय भी मैंने कर लिये थे। मसलन आलमारी से चाकू निकालकर जेब में डाल लिया था और एक डण्डा निकाल कर दरवाजे के पीछे छिपा दिया था।

हालाँकि इस बीच किसी चमत्कार की क्षीण-सी आशा भी मेरे मन में थी, इसे कहाँ छुपाऊँ? संस्कारवश साधु-सन्तों व फकीरों के प्रति मन में इतना अविश्वास भी नहीं था। सो हर तरह से अपना बचाव करते हुए मैं नोट लेकर उसके सामने आया। उसने नोट लिया और जोर से हँसा। यह हँसना कम था, कुम्भकर्णी ठहाका ज्यादा था। ठहाका लगाते ही उसने अपना हाथ जोर से जमीन पर पटका। हाथ में लिया नोट सचमुच गायब हो चुका था। अब उसकी जगह एक ताबीज शेष रह गया था। मेरी तो जैसे साँस ही रुक गयी। बुद्धि ने काम करना बन्द कर दिया था।

इस बीच वह फकीर आँखें बन्द कर दुआएँ पढ़ रहा था और मेरे मन में अपने रुपयों को लेकर घमासान मचा हुआ था। क्षण भर में दो-तीन योजनाएँ मन में कौंध गयीं और मैं सतर्क हो गया। इतने में उसने आँखें खोलीं और खीस निपोरता हुआ बोला, "जा बाबा ने तेरा काम पक्का कर दिया है। महीने की पन्द्रह तारीख तक तेरे पाँचों काम पूरे हो जाएँगे।"

मैं कुछ समझा, कुछ नहीं क्योंकि अभी भी मेरे दिमाग में अपने सौ रुपये के नोट को लेकर उथल-पुथल मची हुई थी। मैंने तुरन्त झपटकर उसका झोला उठा

लिया और तैश में आकर बोला, "नाटक मत करो अब बहुत हो चुका। मेरे सौ रुपये वापस करते हो कि नहीं...।"

इतना सुनना था कि उसकी आँखों के लाल-लाल डोरे और लाल हो गये। "अरे बदजात! बाबा ने तेरा पक्का काम कर दिया है। पैसा तो हाथ का मैल होता है, मैं तो उसे अपने बाल बराबर भी नहीं समझता।" वह लगातार बक रहा था और अश्लील गालियाँ दे रहा था। इधर मेरी जुबान पर सिर्फ एक बात थी कि मेरे पैसे वापस करते हो कि नहीं।

अभी तक जो चीज मेरे लिए महज एक खेल थी, वह अचानक मेरी अस्मिता का प्रश्न बन चुकी थी। मैं तैयार था कि अगर उसने कुछ गड़बड़ की तो मैं दरवाजे के पीछे छिपा अपना डण्डा उठा लूँगा। अब सोचता हूँ तो लगता है कि इन सारी बौद्धिक क्रियाओं के पीछे मेरी राजनीति ही काम कर रही थी। आखिर जीतना मुझे ही था और इसके लिए मैं किसी भी सीमा तक आ सकता था।

शायद वह मेरे इस खेल को समझ गया था इसलिए उसने एक अन्तिम दाँव खेला। ताबीज मेरे हाथ से लेकर फिर एक बार हवा में हाथ घुमाया और मेरा नोट मेरे हाथ पर रख दिया। मेरी जान में जान आयी, मगर खेल अभी खत्म नहीं हुआ था। बाबा अजमेर शरीफ़ की दुहाई अभी भी जारी थी। बीच-बीच में लक्ष्मी, दुर्गा या जय श्रीराम का उद्घोष भी हो जाता।

अब वह सौ रुपये से उतरकर पचास पर आ गया और अजमेर शरीफ पर चादर चढ़ाने की बात कहने लगा। जय श्रीराम के उद्घोष के बीच बाबा अजमेर शरीफ का सम्प्रदायीकरण करने पर भी वह तुल गया था। मगर मैं उसकी किसी भी दलील से नहीं पसीजा। आखिर उसने विशुद्ध व्यावसायिक तरीके से सौदेबाजी भी शुरू कर दी। जैसे-जैसे रेट गिरते उसके चेहरे के भाव भी बदलते जाते। अब उसमें पहले की तरह आक्रामकता नहीं थी, एक दयनीय याचना थी।

इस याचना में छिपे अर्थशास्त्र को भी अब मैं समझने लगा था। दो भिन्न अर्थशास्त्रों के अन्त:संघर्ष अपनी अन्तिम परिणति पर पहुँचते, इससे पहले ही एक ने हार मान ली और बड़प्पन दिखाते हुए उठ खड़ा हुआ।

अब बाजी मेरे हाथ में थी। यही एक मौका था जब मैं अपनी दयालुता और दानवीरता का सार्वजनिक प्रदर्शन कर सकता था। मैंने झट अपनी जेब में हाथ डाला और पाँच का नोट उसके हाथ पर रखते हुए बोला, "बाबा अजमेर शरीफ के नाम...।"

उसने एक फीकी मुस्कान के साथ नोट मेरे हाथ से ले लिया और जल्दी-जल्दी सीढ़ियाँ उतरने लगा। मैं फिर अपने कमरे में आकर टी.वी. से चिपक गया। फ्लैट के नीचे से अब भी वही अधिकारभरी मौजूँ आवाज आ रही थी, "अजमेर शरीफ के नाम पर दे दे बाबा...अल्लाह तुझको बरकत देगा...।"

# सजा

शाहिदा आपा पिछले चार-पाँच दिनों से बहुत परेशान हैं। कॉलेज मैनेजमेंट में भी उन्हें लेकर दो गुट बन चुके हैं। एक मानता है कि शाहिदा खान अच्छी टीचर हैं और उन्हें इस तरह ज़लील करके कॉलेज से नहीं निकाला जा सकता। दूसरा गुट इसे कॉलेज की प्रतिष्ठा का प्रश्न मानता है। उसका कहना है कि शाहिदा खान का मामला अब राजनीतिक रंग ले चुका है और कॉलेज में शाहिदा खान का रहना कॉलेज के लिए खतरनाक है।

अभी परसों ही हिन्दू रक्षा मंचवाले कॉलेज में कच्छा प्रदर्शन कर गये थे। कोई सौ-सवा सौ लोगों की भीड़ थी। सबके हाथ में त्रिशूल और माथे पर चन्दन का टीका था। कुछ लोगों ने भाँग भी चढ़ा रखी थी।

भीड़ का रेला जब कॉलेज कैम्पस में घुसा, तब प्रिंसिपल कामिनी शर्मा तो एकदम सकते में ही आ गयीं। उनके हाथ-पैर फूल गये। उन्होंने देखा कि नंग-धड़ंग सौ-सवा सौ लोग 'शाहिदा खान मुर्दाबाद' का नारा लगाते हुए मेन गेट से घुसे आ रहे हैं। उनके शरीर पर सिर्फ कच्छे थे और हाथों में था त्रिशूल। प्रिंसिपल शर्मा ने जब पुलिस को फोन करना चाहा तो भीड़ की तरफ से छः फुट का भारी-भरकम आदमी अचानक उनके सामने आकर खड़ा हो गया। उसकी आँखों से अंगारे बरस रहे थे। लगभग जबरदस्ती उसने फोन पर हाथ रखकर कनेक्शन काट दिया। मिसेज शर्मा सकपकाकर एक तरफ छिटक गयीं।

उसने लगभग गुर्राते हुए कहा, "नहीं मैडम नहीं, पुलिस नहीं.... बिल्कुल नहीं! वैसे भी यहाँ पुलिस नहीं आएगी, उसका यहाँ क्या काम? हम तो इस कॉलेज में धार्मिक आधार पर हो रहे भेदभाव के खिलाफ शान्तिपूर्ण प्रदर्शन करने आये हैं। आप बस एक बार मैडम शाहिदा खान को हमारे सामने कर दें। बाकी हम खुद निपट लेंगे।"

"लेकिन आप लोग कॉलेज कैम्पस में घुसे कैसे? ये तो सरासर गुण्डागर्दी है।" प्रिंसिपल शर्मा ने हकलाते हुए कहा।

'और जो उस शाहिदा खान ने किया वह? मैडम एक तेरह-चौदह साल के बच्चे को इस ठण्ड में नंगा करके बाहर खड़ा कर देना कहाँ की इन्सानियत है? शाहिदा खान ने उस बच्चे के साथ ऐसा इसलिए किया क्योंकि वह हिन्दू था। क्या वे कभी किसी मुस्लिम बच्चे को भी इस तरह नंगा कर सकती हैं?'

प्रिंसिपल शर्मा ने बहुत चाहा कि वह आदमी अपने दल-बल के साथ वापस चला जाय। कॉलेज में इस तरह की नंगई अच्छी नहीं है। यह भी बता दिया कि मिस शाहिदा खान को उनकी इस हरकत के लिए सजा जरूर मिलेगी, उन्हें मेमो दे दिया गया है, मैनेजमेण्ट उनके केस पर अब विचार करेगा।

इस तरह प्रिन्सिपल शर्मा जाने क्या-क्या बोलती रहीं, मगर हिन्दू रक्षा मंचवाले अपनी जगह से नहीं डिगे।

'शाहिदा खान मुर्दाबाद!' 'हिन्दू अब और अपमान नहीं सहेगा, नहीं सहेगा।'—जैसे नारे हवा में दहशत फैला रहे थे। उस दिन कॉलेज में कोई पढ़ाई नहीं हो सकी। बच्चों के लिए यह एक विचित्र तमाशा था। सारी टीचर्स स्टाफ रूम में जमा हो गयी थीं। तरह-तरह की बातें, तरह-तरह की अफवाहों का बाजार गर्म था।

इन सबके बीच गुमशुम शाहिदा आपा अपनी चेयर पर बैठी कुछ सोच रही थीं। उन्हें समझ में नहीं आया कि यह सब क्या हो रहा है!

शाहिदा आपा दस साल पहले इस कॉलेज में आयी थीं पी.जी.टी. की टीचर बनकर। कॉलेज का नियम था कि हर लेक्चरार को जूनियर की भी एक क्लास लेनी होगी। शाहिदा आपा को यह अच्छा लगा। बड़ी क्लास से ज्यादा छोटी क्लास को पढ़ाना उन्हें अच्छा लगता था।

शाहिदा आपा की अभी तक शादी नहीं हुई। वे कुँवारी थीं। शादी होती भी कैसे? कोई सरपरस्त जो नहीं था।

छोटी बहन जिया को पढ़ा-लिखाकर उन्होंने उस का निकाह अकरम मियाँ से कर दिया था। वे इसी में खुश थीं। जिया और अकरम की खुशी ही अन्ततः उनकी खुशी बन गयी। अकरम ने भी इसी शहर में अपना तबादला करवा लिया था। वह बिजली विभाग में जे. ई. था। शाहिदा आपा के लिए यह बड़ी खुशी की बात थी कि अब जिया और अकरम हमेशा उनके साथ रहेंगे।

जिया जानती है कि आपा ने शादी क्यों नहीं की। जवानी में आपा भी एक खूबसूरत नौजवान से इश्क करती थीं। चाहती थीं कि शादी भी हो मगर वह इस लायक नहीं था। एक दिन शाहिदा आपा को छोड़कर कहीं भाग गया। भाई सब पाकिस्तान चले गये। बहुत कहा कि आपा शादी कर लो। मर्द का साथ जरूरी है मगर आपा ने एक न मानी। एम. ए. किया, बी. एड. किया। फिर इस कॉलेज में आ गयीं।

दस साल लम्बा समय होता है। कॉलेज का बच्चा-बच्चा शाहिदा मैडम को चाहने लगा था। स्टाफ में तो वे सबकी आपा ही थीं। शाहिदा आपा!

शाहिदा आपा को जब कभी किसी फार्म वगैरह में अपना रिलीजन लिखना होता तो वे बहुत सकुचातीं। कभी नमाज तक तो अदा की नहीं, किस आधार पर वे खुद को मुस्लिम कहें? फिर उनका धर्म क्या था—वे खुद नहीं जानतीं!

'औरत का अपना कोई धर्म नहीं होता। अगर वह किसी हिन्दू से शादी कर ले तो हिन्दू हो जाएगी। क्या फर्क पड़ता है।' यही सोचकर वे खुद को समझातीं।

मगर नहीं, कॉलेज में वे अकेली मुस्लिम टीचर थीं। शुरू में तो उन्हें इस बात का अहसास नहीं हुआ मगर धीरे-धीरे यह बात शीशे की तरह साफ हो गयी कि वे तमाम हिन्दू टीचर्स के बीच अकेली मुसलमान हैं, सो भी कुँवारी!

सारी टीचर्स कॉलेज में खूब सज-धज कर आतीं। कॉलेज में साल भर पहले दो जेण्ट्स टीचर्स भी आये थे। तब से तो इनका सजना-सँवरना और बढ़ गया। शाहिदा आपा देखतीं और मुस्करा देतीं! कभी-कभी अकेली होतीं तो गहरे तक खीझतीं भी।

इसी साल कॉलेज में को-एजूकेशन शुरू हुई थी। बड़ा अटपटा लगा शाहिदा आपा को। लड़कियों के साथ लड़कों को पढ़ाना खासा मुश्किल लगता था। दस साल से वे सिर्फ लड़कियों को ही पढ़ा रही थीं।

क्लास में कोई ऐसी-वैसी बात होती तो आपा खीझ जातीं। कई बार तो मारे गुस्से से उन्होंने क्लास ही छोड़ दी। स्टाफ में और भी कई टीचर्स थीं—नकचढ़ी और मनचली। किसी को भी इस बात से मतलब नहीं था कि उनके स्टूडेण्ट्स क्या करते हैं। अव्वल तो वे क्लास में ही बड़ी मुश्किल से जातीं और जातीं भी तो जल्दी-जल्दी कोर्स पूरा करके छुट्टी पा लेतीं!

शाहिदा आपा ऐसी नहीं थीं। उन्होंने जो भोगा, नहीं चाहती थीं कि उनकी स्टूडेण्ट्स भी वही सब भोगें। सो, वे जल्दी ही कॉलेज की हिटलर बन गयीं। लड़कियों ने तो उनके बारे में जाने कितने मजाक गढ़ रखे थे। लड़के उन्हें 'सेक्स परवर्सन' का एक अप्रतिम उदाहरण मानते। इन सबसे अनभिज्ञ शाहिदा आपा अपनी धुन में व्यस्त थीं।

कॉलेज में जो नये जेण्ट्स टीचर आये थे, उन्होंने कई बार शाहिदा आपा के साथ थोड़ी छूट लेने की कोशिश की मगर हर बार आपा उन्हें ऐसे टालतीं जैसे कोई बिगड़े हुए बच्चे को मनाता है।

शाहिदा आपा को थोड़ी-बहुत भनक तो थी ही कि उनके कुलीग्स उनके बारे में क्या सोचते हैं। एक बार जब शाहिदा आपा स्टाफ रूम के बाहर कारीडोर से गुजर रही थीं तब पिघले शीशे की तरह मिसेज चन्दोला के ये शब्द उनके कान तक आ

गये—'अरे शाहिदा....हुँह छोड़ो भी.... नौ सौ चूहे खाकर बिल्ली हज को चली... हमें क्या मालूम नहीं कि इस ढलती उम्र में कहाँ-कहाँ मुँह मारती फिरती है।' शाहिदा आपा का रोम-रोम जलने लगा। आखिर ऐसा क्यों होता है? शाहिदा आपा सोचने लगीं, 'अकेली औरत को क्यों लोग हमेशा सेक्स की भूखी शेरनी समझते हैं? ये शादीशुदा औरतें—क्या इन्हें इसके सिवा और कोई काम नहीं।'

शाहिदा आपा की दिक्कत यह है कि वे सोचती बहुत हैं और शायद इसीलिए चिड़चिड़ी भी हैं। जब किसी मर्द की जरूरत उन्हें थी, तब थी, अब तो वे अपने पैरों पर खड़ी हैं फिर क्यों लोग हमेशा उन्हें निरीह बनाये रखना चाहते हैं।

शाहिदा आपा सोसायटी वगैरह को लेकर भी काफी सेंसटिव रहती। उन्हें हमेशा यह चिन्ता साले रहती कि लोग उनके बारे में क्या कहते हैं—क्या सोचते हैं?

क्लास में जब कभी वे जातीं—यह कहतीं कि लड़के-लड़कियाँ फिजूल की बातों में अपना सिर न खपाएँ। पढ़ें और सिर्फ पढ़ें। पढ़ाने से ज्यादा क्लास में उनका उपदेश ही चलता। तो ऐसी थीं शाहिदा आपा। एक दिन टेन्थ क्लास की शेफाली की नोटबुक से उन्होंने रमेश ग्रोवर के नाम एक इश्किया खत पकड़ा। उनकी जगह कोई और टीचर होती तो नेग्लेक्ट कर देती मगर शाहिदा आपा बिगड़ गयीं। शेफाली को उन्होंने खूब डाँटा। क्लास के बाद शेफाली खूब भुनभुनाई। कहने लगी—'अपने तो सूखी डाँठ की तरह जिन्दगी गुजार दी, एक मर्द तक का तो जुगाड़ कर न पायीं। चाहती हैं कि हम भी उन्हीं की तरह सूख जाएँ—छिनाल कहीं की।'

रमेश ग्रोवर इस साल इलेवंथ में आया था। शहर के एक बड़े व्यापारी का बेटा था। इसे संयोग की कहिए कि इलेवंथ की क्लास भी उन दिनों शाहिदा आपा ही देख रही थीं।

पता नहीं क्या था कि शाहिदा आपा को रमेश से नफरत-सी हो गयी। एक दिन वह क्लास में नोटबुक नहीं लाया। शाहिदा आपा ने मारे गुस्से के उसे दो डण्डे लगा दिये। रमेश ग्रोवर बड़े घर का बिगड़ैल लड़का था। कहाँ से झेलता? अचानक उसके मुँह से निकला—

'मैडम हैव नॉट यू सेक्स लास्ट नाइट?'

शाहिदा आपा इतना सुनते ही जैसे पागल हो गयीं। भरी क्लास में उन्होंने रमेश को खूब पीटा। तेरह-चौदह साल का लड़का और यह हिमाकत!

शाहिदा आपा उसे पीट रही थीं और रो रही थीं। सारी क्लास स्तब्ध! चाहकर भी कोई नहीं हँसा था उस दिन। रमेश को आपा ने उस दिन इतना मारा कि उसकी शर्ट फट गयी और वह नंगे बदन क्लास से बाहर हो गया। उस दिन ठण्ड भी कुछ ज्यादा थी। गुस्से में आपा को ध्यान ही नहीं रहा कि रमेश ग्रोवर की शर्ट फट गयी

है और ब्लेजर उसने उतारकर चेयर पर रख दिया है। पूरा एक घण्टा रमेश बाहर ठण्ड में खड़ा रहा। आपा भी क्लास में बैठी रोती रहीं।

इसके बाद तीन-चार दिन तक रमेश कॉलेज नहीं आया। चार दिन बाद रमेश के पिता मिस्टर एस. के. ग्रोवर रमेश को लेकर अपनी गाड़ी से आये। सीधे वे प्रिंसिपल शर्मा से मिले और बताया कि आपके यहाँ की एक मुस्लिम टीचर ने द्वेषवश उनके लड़के को पीटा है और नंगा करके ठण्ड में बाहर खड़ा कर दिया, जिसके चलते रमेश को निमोनिया हो गया।

फिर क्या था—शाहिदा आपा तलब की गयीं। बार-बार मिस्टर ग्रोवर शाहिदा आपा को उनके मुस्लिम होने का अहसास दिलाते। शाहिदा आपा चाहती थीं कि बताएँ उनके लड़के ने किया क्या है। मगर क्या बतातीं?—'मैडम हैव नाट यू सेक्स लास्ट नाइट' इस वाक्य से ही उन्हें घिन थी। जब भी वे इसे होठों पर लाना चाहतीं, लगता कि उबकाई आ जाएगी।

तो लब्बोलुवाब यह कि शाहिदा आपा कुछ न कह सकीं! और प्रिंसिपल रूम में खड़ी चुपचाप ज़लील होती रहीं। गुस्सा तो उन्हें बहुत था मगर क्या करतीं? प्रिंसिपल शर्मा ने कहा कि मिस खान आप इस कॉलेज में दस साल से हैं और मुझे मालूम है कि आप मेहनती और काबिल टीचर हैं। आखिर ऐसी गलती आपने क्यों की?

मिसेज शर्मा ने इशारा कर दिया था कि मिस्टर ग्रोवर शहर के सम्मानित और रसूखदार आदमी हैं। उन्हें नाराज करना आपको महँगा पड़ेगा।

शाहिदा आपा शाम को जब घर आयीं तब भी उनकी मानसिक हालत ठीक नहीं थी। वे अपनी लड़ाई खुद लड़ना चाहती थीं, मगर भीतर-ही-भीतर डर भी रही थीं। जिया उनके लिए चाय लायी तो उन्होंने बेमन से चाय पी और अपने कमरे में आकर रोने लगीं।

न जिया को, न अकरम को, किसी को भी पता नहीं था कि आखिर आपा के साथ क्या हुआ? जिया सोचती थी कि शायद अपने उतरते दिनों के चलते आपा उदास और चिड़चिड़ी हो गयी हैं। चालीस की औरत के लिए यह स्वाभाविक भी था। मगर आपा को रमेश और उसके पिता के सवाल मथ रहे थे। एक का सवाल सेक्स पर था तो दूसरे का रिलीजन पर। आपा को लगा जैसे दोनों एक ही थाली के चट्टे-बट्टे हैं।

दूसरे दिन जब सुबह आपा सोकर उठीं तो अखबार देखकर भौचक थीं। लिखा था कि 'एक मुस्लिम अध्यापिका ने अपने एक हिन्दू छात्र के साथ इन्सानियत के तमाम कायदों को ताक पर रखते हुए हैवानियत का नायाब नमूना पेश किया है। हुआ यूँ कि बीते मंगलवार को लिटिल फ्लावर्स इण्टर कॉलेज की अध्यापिका मिस

शाहिदा खान ने अपने एक हिन्दू छात्र रमेश ग्रोवर को मात्र नोटबुक न लाने के कारण बड़ी बेरहमी से पीटा और उसे नंगा करके ठण्ड में बाहर खड़ा कर दिया। अध्यापिका शाहिदा खान के इस बहशीपन के कारण छात्र रमेश ग्रोवर शारीरिक और मानसिक रूप से बीमार हो गया है। शहर के तमाम सांस्कृतिक संगठनों ने शाहिदा खान के इस द्वेषपूर्ण कृत्य की कड़े शब्दों में निन्दा की है।' इसके बाद रमेश के पिता मिस्टर एस. के. ग्रोवर का बयान भी छपा था।

शाहिदा आपा से आगे नहीं पढ़ा गया। वे स्तब्ध थीं और समझ नहीं पा रही थीं कि यह सब क्या हो रहा है। खबर जिया और अकरम ने भी पढ़ी और वे दोनों भी इससे क्षुब्ध थे। अकरम ने पूछा, "आपा, आखिर हुआ क्या था?"

अब आपा क्या जवाब दें! क्या कहें अकरम से... उन्होंने कुछ नहीं कहा। जिया रोने को थी और रुँधे गले से लगभग चीख रही थी।

"नहीं...आपा ऐसा नहीं कर सकतीं...कुछ करो अकरम...कुछ करो।" अकरम पशोपेश में था। सारा मामला सियाशी रंग ले चुका था। अखबारों में इस तरह की खबरें रोज आ रही थीं। ईसाइयों और मुसलमानों पर रोज हमले हो रहे थे दिलीप कुमार उर्फ युसुफ साहब को तो बम्बई में लोगों ने घेर ही लिया था। अकरम को कुछ समझ नहीं आता कि आखिर लोग चाहते क्या हैं? हिन्दू-मुस्लिम इस देश में दो कौमें कब से हो गयीं? शाहिदा आपा तो नमाज तक नहीं पढ़तीं!

शाहिदा आपा को क्लास लिये अभी आधा घण्टा भी नहीं हुआ था कि यह वाकया घटा। हिन्दू रक्षा मंचवालों ने कॉलेज में जो उत्पात मचाया था, उसकी खबरें अखबार में बड़ा रस ले-लेकर छपीं। कुछ ने कहा कि रक्षा मंच के समर्पित कार्यकर्ता मिस शाहिदा खान को उनके कृत्य के लिए शर्मिन्दा करने की गरज से उनके घर पर भी कच्छा प्रदर्शन कर आये हैं। एक सांस्कृतिक-कर्मी ने तो आत्मदाह की धमकी भी दी है।

यह सब कुछ किसी चालू फिल्म की तरह महज दो दिनों में घट गया। कॉलेज मैनेजमेण्ट की आपात बैठक बुलायी गयी। चार घण्टे के विमर्श के बाद तय हुआ कि शाहिदा खान अपने कृत्य के लिए माफी माँगे। आपा जानती थी कि उन्होंने ऐसा नहीं किया तो उन्हें कॉलेज से निकाल दिया जाएगा। भारी मन से उन्होंने माफीनामा लिखा। हालाँकि इसमें उन्होंने अपना पक्ष भी दिया था फिर भी माफीनामा लिखते वक्त उनके दिमाग में रमेश के वे शब्द घूम रहे थे—'मैडम हैव नाट यू सेक्स लास्ट नाइट!'

दूसरे दिन माफीनामे की प्रति अखबारों को भी दी गयी। मगर इस बीच कई ऐसे संगठन और उग आये जिन्हें इतने भर से सन्तोष नहीं था। मुस्लिम कौमी मूवमेण्ट के मौलाना सगीर बेग ने इसे इस्लाम पर बाकायदा एक सोचा-समझा

हमला बताया। उधर अकरम भी कई बड़े मुस्लिम नेताओं से मिल चुका था। सभी इस बात पर सहमत थे कि यह इस्लाम पर हमला है। शाहिदा आपा से किसी को कोई सहानुभूति नहीं थी। उनका कुँवारापन और बेबाक बातें किसी के गले नहीं उतरीं।

जैसे-जैसे समय बीतता गया—माहौल गर्म होता गया। अब यह शाहिदा आपा और रमेश ग्रोवर का मामला नहीं था, दो कौमों के अस्तित्व का मसला बन गया था।

मैनेजमेण्ट में फिर बात उठी। निश्चय हुआ कि मिस शाहिदा खान या तो कॉलेज से खुद इस्तीफा दे दें या फिर उन्हें बर्खास्त किया जाय। ऐसी हालत में कॉलेज में उनका रहना खतरनाक है।

आखिरकार प्रिंसिपल शर्मा ने शाहिदा आपा से कहा, "शाहिदा इस्तीफा दे दो। ज़लील होने से यही अच्छा है।"

आपा क्या कहतीं! रो पड़ीं। कितना तो ज़लील किया था अब और क्या बचा?

शाम को आपा थके-हारे कदमों से घर आयीं। जिया और अकरम से बात की। अकरम उसे कोर्ट में ले जाने को कहता था। जिया भी गुस्से में थी मगर आपा ने फैसला कर लिया कि अब और लड़ाई नहीं। मिसेज चन्दोला की फब्तियाँ उन्हें इस मौके पर खूब याद आयीं।

रात ही को आपा ने इस्तीफा तैयार किया। दस साल के अपने प्यार को इस तरह एक झटके में तोड़ना आसान काम नहीं था। लिखते-लिखते वे कई बार रोयीं। काग़ज़ पर आँसू की बूँदों ने स्याही को मटमैला कर दिया था।

सुबह आपा कॉलेज गयीं—खूब बन-सँवरकर। आज अन्तिम बार उन्हें कॉलेज जाना था। सोचती लगीं कि कैसे दस साल गुजर गये, पता ही नहीं चला। अब कैसे कटेगी जिन्दगी?

— 'हैव नाट यू सेक्स लास्ट नाइट?' हथौड़े की तरह ये शब्द उनके दिमाग में गूँजे और वे तेज कदमों से कॉलेज की तरफ चल दीं।

प्रिंसिपल शर्मा को उन्होंने अपना इस्तीफा रिसीव कराया। उस वक्त शाहिदा आपा हँस रही थीं—मिसेज शर्मा को हँसी नहीं आयी।

शहर ठण्डा हो गया। शाहिदा आपा को कॉलेज से निकाल दिया गया। आपा सोचती हैं कि आखिर उनकी खता क्या थी—कुँवारा होना या मुस्लिम? नहीं—! 'हैव नाट यू सेक्स लास्ट नाइट?' हथौड़े की तरह ये शब्द फिर उनके ज़ेहन में गूँजे और वे जिन्दगी में पहली नमाज के लिए बैठ गयीं।

# चौदह क्वार्टर

कथा बहुत पुरानी नहीं, हाल-फिलहाल की है। यही कोई दस-बारह साल पहले की। शहर के पश्चिमी भाग में बने चौदह सरकारी क्वार्टरों में यह कथा पनपी थी। ये क्वार्टर बहुत पुराने हैं। शायद जब शहर नया-नया बस रहा था, तभी बनाये गये थे। इनकी प्राचीनता का अन्दाजा आज की इनकी हालत देखकर भी आसानी से लगाया जा सकता है। दीवारों के पलस्तर तक उधड़ चुके हैं। पुताई-वुताई का तो खैर सवाल ही नहीं उठता। फर्श कच्चा है। बारिश में छत भी टपकती है।

अँग्रेजी के अक्षर 'यू' की शक्ल में बने ये चौदह क्वार्टर शहर के इतिहास में अपनी क्रान्तिकारी भूमिका के गवाह भी हैं और एक तरह से उसके नियन्ता भी।...होने को ये सरकारी क्वार्टर हैं मगर हमारे देखे अभी तक इनमें सिवा बाबूराम गुप्ता के कोई सरकारी आदमी नहीं आया।

बाबूराम गुप्ता नगर पालिका में चपरासी थे। अस्सी के दशक में उनकी बड़ी तूती बोलती थी। शरीर से जबर थे और दारू पीने के बाद हुड़दंग भी खूब करते थे। इन चौदह क्वाटरों में दो पर बाबूराम गुप्ता का ही कब्जा था। आज भी है हालाँकि अब बाबूराम गुप्ता रिटायर हो चुके हैं और कुछ-कुछ चिड़चिड़े भी, मगर इन दोनों क्वार्टरों पर उनका कब्जा बदस्तूर कायम है।

चौदह क्वार्टरों में पाँच घर मुसलमानों के थे। चार घर कुम्हारों के। दो में ठेकेदार चमनलाल का कब्जा था तो एक में साठ साल की एक बुढ़िया अपनी दो जवान लड़कियों के साथ रहती थी। पूरी कहानी के केन्द्र में यह बुढ़िया और उसकी दो जवान लड़कियाँ ही हैं। जब यह पहले-पहल यहाँ आई तो इसके बारे में हर चीज एक रहस्य थी। न यह किसी से मिलती-जुलती, न किसी से बात करती। दिन भर इसका बस एक ही काम होता, अपने कमरे की दहलीज पर बैठकर भगवान को गालियाँ देना। कमरा बन्द कर कभी-कभी तो वह अपनी लड़कियों को इतना पीटती कि चौदह क्वार्टरों का हर बन्दा त्राहि-त्राहि कर उठता। हालाँकि इस

मार-कुटाई में लड़कियाँ भी कम न थीं। बुढ़िया भी खासी मार खाती और फिर दहलीज पर बैठकर भगवान को गालियाँ देने लगती।

यह रोज का चलन था और चौदह क्वार्टर वालों को अब इसकी आदत भी हो गयी थी।

प्रथम चरण :

चौदह क्वार्टरों की कहानी का प्रथम चरण शुरू होता है ठेकेदार चमनलाल द्वारा कब्जाये दो कमरों को किराये पर उठाने से। किरायेदार थे रोशनलाल अरोरा। रोशनलाल क्या करते थे, कहाँ के रहने वाले थे? किसी को नहीं मालूम। उनकी शान शौकत व बाह्याडम्बर से चौदह क्वार्टर इतने अभिभूत थे कि किसी ने यह जानने की जरूरत भी नहीं समझी।

यूँ भी चौदह क्वार्टरों में रहनेवाला लगभग हर आदमी कामकाजी था। एक तरह से दैनिक मजदूर कह लीजिए। दिन-भर की कमरतोड़ मेहनत के बाद रात को दो रोटियों का इन्तजाम होता था। ऐसे में थक-हारकर लोग जब रात को आठ-नौ बजे घर आते तो चौदह क्वार्टरों में हंगामा बरपा रहता। कुम्हारों के छोटे लड़के छोटेलाल को उन्हीं दिनों दारू की लत पड़ गयी थी। बाबूराम गुप्ता तो पहले ही पियक्कड़ों की जमात में शामिल थे।

चौदह क्वार्टरों के आपसी सम्बन्ध जितने गहरे थे उतने ही नाजुक भी। जरा-जरा सी बात का बतंगड़ बन जाया करता था। एक बार की बात है दो जवान लड़कियों वाली रहस्यमय बुढ़िया को एक दिन, दिन-दहाड़े ही पेट में मरोड़ उठा। उन दिनों चौदह क्वार्टरों में फ्लश की लैट्रिन नहीं थी। चार डण्डे गाड़कर एक बोरा लपेटा गया था और उसके बीच में दो ईंटें जमाकर एक ऐसी कृत्रिम व्यवस्था की गयी थी जहाँ लोग अपनी इस महती जरूरत को पूरा कर सकते थे।

दिक्कत तब आती जब बरसात में चौदह क्वार्टरों के चारों ओर पानी भर जाया करता और नालियाँ बजबजाने लगतीं। मेहतरानी भी तब दो-दो दिनों के लिए गायब हो जाती। ऐसे में जाहिर है कि चौदह क्वार्टरों में रहनेवालों के लिए खाने के बाद का दूसरा सर्वाधिक महत्त्वपूर्ण काम किसी सजा से कम न होता होगा।

शायद ऐसे ही किसी मौके पर उस रहस्यमय बुढ़िया को अपना हाजमा दुरुस्त करने की तलब लगी और वह बड़ी बेसब्री से पाखाने की ओर लपकी। पाखाने में घुसते ही जैसे बुढ़िया को हिस्टीरिया का दौरा पड़ा और वह भनभनाती हुई बाहर भागी। बड़बड़ाने की तो बुढ़िया की पुरानी आदत थी सो किसी ने खास ध्यान भी नहीं दिया। दो-तीन घण्टे की बड़बड़ाहट के बाद बुढ़िया खामोश हो गयी मगर पेट क्योंकर खामोश होता, सो उसमें मरोड़ उठने लगे। धीरे-धीरे यह मरोड़ बुढ़िया की

सहनशक्ति से बाहर हो गये और मौका ताड़कर बुढ़िया चौदह क्वार्टरों के आँगन के एक कोने में ही निपट आयी।

बुढ़िया ने अपनी इस पूरी कार्रवाई में इतनी सतर्कता बरती थी कि किसी को कानों-कान भनक भी न लगी। मगर कब तक? शाम होते-होते सभी चौदह क्वार्टरों में यह बात हवा की तरह फैल गयी कि आँगन के कोने में मानव मल का ढेर सुशोभित हो रहा है। एकाएक चौदह क्वार्टरों में हलचल बढ़ गयी। खोनबीन से पता चला कि यह मल किसी वयस्क व्यक्ति का ही हो सकता है, बच्चे का नहीं!

उन दिनों जब चौदह क्वार्टरों में जरा-जरा सी बात पर लाठियाँ निकल जाती थीं, यह एक बड़ी घटना थी। हर आदमी सन्देह के घेरे में था।

बिना नाम लिये इस कुकर्म करने वाले की थुक्का-फजीहत होने लगी। खून और पेट की गन्दगी को माँ, बहन और बेटी की इज्जत से जोड़ा जाने लगा। वह रहस्यमय बुढ़िया भी जो अब तक खामोश थी, अचानक बाहर आयी और खुले में ऐसा करने वाले को कोसने लगी।

''आग लगे ऐसे पेट में ... जरा भी लाज-शरम ना रही ... अरे ऐसो ही हतो तो हग आतो अपनी अम्मा की गोद में ... नासपिटो!''

जितने लोग उतनी बातें। कोई कहता कि यह हरकत किसी बाहर वाले की है तो कोई इसे चौदह क्वार्टरों के ही किसी हरामखोर की हरकत मानता। कई ऐसे भी थे जिन्हें अब भी यह भरोसा नहीं था कि यह हरकत किसी आदमी की ही है।

''अरे कौन इतना बेहया होगा कि दिन-दहाड़े खुले में बैठ जाय ... कोई कुत्ता-सुत्ता आ गया होगा ... बेकार बात का बतंगड़ बना रखा है।''

फिलहाल, इस एक घटना ने चौदह क्वार्टरों में काफी उथल-पुथल मचा दी थी। दिन भर यही चर्चा रही। शाम को जब रोशनलाल अरोरा ने अपने कमरे का दरवाजा खोला, तब भी बातों का मजमून यही था।

रोशनलाल को जब हर आदमी ने तफसील से दिन भर की घटना का ब्योरा दिया तो रोशनलाल बिगड़े कि अब तक गन्दगी उठाई क्यों नहीं?

''कौन उठाता ... जमादारन रण्डी तो चार दिनन से गायब है।'' किसी ने कहा।

रोशनलाल इस बात पर गम्भीर थे। सोचकर बोले कि सब मिलकर एक फ्लश की लैट्रिन क्यों नहीं बनवा लेते? रोज-रोज जमादारनी का बवाल भी नहीं रहेगा। रोशनलाल की इस बात पर बाबूराम गुप्ता एकदम से फट पड़े। बोले, ''साहब... यह बड़े लोगों के चोंचले हैं। हम तो अब तक जैसे हगते आये हैं वैसे ही हगेंगे ...फिर फ्लश की लैटिरन में पैसे भी तो कित्ते लगते हैं—किसके पास हैं यहाँ?''

रोशनलाल, बाबूराम की इस बात से तनिक भी विचलित नहीं हुए और बड़े

धैर्य के साथ उन्होंने सबको फ्लश की लैट्रिन के फायदे बताये। वैसे भी सुबह की किच-किच से हर आदमी बचना चाहता था—उस पर जब रोशनलाल ने खुद लैट्रिन के लिए आधे पैसे देने की बात कही तो हर कोई मान गया।

लैट्रिन जब बनकर तैयार हुई तो चौदह क्वार्टरों मे उत्सव मना। इसी उत्सव में चौदह क्वार्टरों ने पहले-पहल वीडियो के दर्शन किये थे। उन दिनों शहर में एक ही पिक्चर हाल था और उसमें भी पुरानी घिसी-पिटी फिल्में ही आती थीं। फिर हाल में पिक्चर देखना चौदह क्वार्टर में रहनेवाले के बूते की बात भी नहीं थी।

इति वीडियो कथा :

टी. वी. और वीडियो के फर्क को उन दिनों चौदह क्वार्टर ज्यादा नहीं समझते थे। उड़ती-उड़ती सी बातें होतीं। कोई कहता कि टी. वी. में 'फोटू' आसमान से आते हैं और वीडियो में...। इस तरह की जाने कितनी बातें चौदह क्वार्टरों में सुनने को मिल जाती थीं। दरअसल, टी. वी. और वीडियो उन दिनों चौदह क्वार्टरों के लिए एक फन्तासी थे...एक अतिमानवीय चमत्कार। और जब यह चमत्कार चौदह क्वार्टरों के लिए सम्भव हुआ तो बाकायदा पण्डाल सजाकर घेराबन्दी की गयी। बाबूराम गुप्ता ने अपनी योजनानुसार आस-पास के हर फिल्म-प्रेमी के लिए दो रुपये प्रति व्यक्ति के हिसाब से फिल्म देखने की व्यवस्था भी सुनिश्चित कर दी। चौदह क्वार्टरों में इतने बड़े आयोजन का यह पहला अवसर था सो हर व्यक्ति रोमांचित था। घरों में रात का खाना शाम चार बजे ही बनकर तैयार हो गया। औरतों, बच्चों और मर्दों में उस पूरे दिन फिल्मों की ही बातें होती रहीं। बच्चे तो इतने खुश थे जैसे उन्हें सचमुच चाँद मिल गया हो। अफरीदी और रफीक के बच्चे दिन भर इसी बात पर लड़ते रहे कि वीडियो उनके अब्बू ला रहे हैं या उनके...! वीडियो पर कौन-कौन सी फिल्में देखी जाएँ—इस पर भी चौदह क्वार्टरों में काफी मतभेद थे। एक वर्ग 'मुगले आजम', 'ताजमहल' और 'पाकीजा' जैसी फिल्मों के पक्ष में था तो दूसरा अमिताभ बच्चन की फिल्मों का खैरख्वाह था।

इन दोनों के बीच बाबूराम गुप्ता के अपने तर्क थे। अपनी छिटपुट जानकारियों के आधार पर उन्होंने 'घर-द्वार', 'खानदान' और 'जै सन्तोषी माता' जैसी घरेलू और धार्मिक फिल्मों की माँग कर डाली।

शाम के सात बजे तक चौदह क्वार्टरों में इसी बात पर बतकही होती रही कि कौन-कौन सी फिल्में आयें। इस बतकही के बीच कई बार माहौल भी खराब हुआ। जब-जब इस तरह माहौल खराब होता तो औरतों और बच्चों की तो जैसे साँस ही रुक जाती। उनके लिए वीडियो का न आना जिन्दगी में बहुत कुछ नष्ट होने जैसा था। ऐसे में हर औरत अपने-अपने खसम को किवाड़ की ओट से ही कुछ न कुछ

हिदायतें दे रही थी। सिर्फ वह रहस्यमय बुढ़िया और उसकी दो जवान लड़कियाँ ही उस दिन अपने कमरे से बाहर नहीं निकलीं। उनके किवाड़ अभी तक बन्द थे।

ससपेंस :

इधर वीडियो पर अमिताभ बच्चन की फिल्म 'मर्द' चल रही थी, उधर रोशनलाल अरोरा की नजरें उस रहस्यमय बुढ़िया के कमरे की दहलीज पर टिकी थीं, जिसके किवाड़ अब तक बन्द थे। रोशनलाल समझ नहीं पा रहे थे कि बुढ़िया या उसकी दो जवान लड़कियों में से अब तक कोई फिल्म देखने क्यों नहीं आया! पता नहीं, वह कौन सा आकर्षण था जो रह-रहकर रोशनलाल को चौदह क्वार्टरों के उस अन्तिम क्वार्टर की ओर खींच ले जाता। जब हर आदमी शोर और हुड़दंग के बीच फिल्म देखने में तल्लीन था, रोशनलाल उठकर चुपचाप उस रहस्यमय बुढ़िया के कमरे की ओर चले आये।

एक अँधेरे कोने में रोशनलाल खड़े थे और सिगरेट फूँक रहे थे। कभी उन्हें खुद अपने सवाल बेचैन करते, कभी बुढ़िया की दो जवान लड़कियाँ। एक बार... दो बार... थोड़ी देर तक रोशनलाल दरवाजा खटखटाते रहे, फिर एक आहट हुई और दरवाजा खुला।

दरवाजा खुलते ही रोशनलाल भौचक...। सामने एक 'मर्द' था। रूखा-सूखा... नशे में सुर्ख आँखें और अस्त-व्यस्त कपड़े। रोशनलाल कुछ सोच पाते, इससे पहले ही वह बोला, 'क्या है?' बड़ी क्रूर और बेरुखी आवाज थी। रोशन लाल जहाँ थे वहीं से वापस हो लिये।

फिल्म अब भी चल रही थी मगर रोशनलाल का मन कहीं और था। वे सिगरेट फूँकते और सोचते।

दूसरे दिन चौदह क्वार्टरों में जिन्दगी देर से आई थी। खुद रोशनलाल भी दोपहर तक सोते रहे। जब उठे तब बदन अकड़ा हुआ था। शरीर बुखार में तप रहा था। बड़ी मुश्किल से रोशनलाल ने खुद को बिस्तर से नीचे उतारा। मुँह-हाथ धोने के लिए जैसे ही खड़े हुए लगा कि चक्कर खाकर गिर जाएँगे। वे फिर धम्म से बिस्तर पर गिर गये। उन्हें सचमुच समझ नहीं आ रहा था कि सहायता के लिए किसे पुकारें। इस समय तक चौदह क्वार्टरों का हर आदमी अपने-अपने काम-धन्धे पर निकल चुका था। बड़ी असमंजस की स्थिति थी। ऐसी हालत में रोशनलाल ने अपने ठीक सामने वाली उसी रहस्यमय बुढ़िया को आवाज दी। पूरी ताकत बटोरकर उस वक्त रोशनलाल ने कहा, "माताजी, जरा एक गिलास पानी देना।"

## पानी की कहानी

बुढ़िया की आँखों का पानी शायद अब तक बचा था सो उसने उस दिन न केवल रोशनलाल को पानी पिलाया बल्कि अपनी दोनों लड़कियों के साथ उनकी जमकर तीमारदारी भी की। चौदह क्वार्टरों के लिए यह भी एक ऐतिहासिक क्षण था क्योंकि न तो इससे पहले कोई ऐसा बीमार हुआ, न ऐसी सामाजिकता देखने को मिली। बुढ़िया की दोनों लड़कियाँ बन्तो और सन्तो रोशनलाल की ठीक वैसी ही सेवा करने लगीं जैसी स्वर्गलोक की अप्सराएँ कभी इन्द्र की किया करती थीं।

बुढ़िया और उसकी दोनों लड़कियों में आया यह आकस्मिक परिवर्तन उन दिनों चौदह क्वार्टरों को चौंकता भी था और चिढ़ाता भी। चौदह क्वार्टरों की चिन्ता का कारण न रोशनलाल थे, न बन्तो, न सन्तो। चौदह क्वार्टर खौफ खाते थे तो उन दिनों की उस हवा से जो उसके अनुकूल न थी। इस प्रतिकूल हवा के बीच ही पानी की कहानी भाप बनकर उड़ रही थी। दरअसल, इस एक हफ्ते में ही बन्तो और सन्तो ने रोशनलाल पर इस कदर जादू कर दिया था कि फिर उन्हें दुनिया में उन दोनों के सिवा और कोई दिखाई ही न दिया। खाने-पीने से लेकर ओढ़ने-बिछाने तक हर तरह से बन्तो और सन्तो उनकी मजबूरी बन चली थीं।

हालाँकि वह वीडियो वाली रात भी अभी तक रोशनलाल को भूली न थी, दिल में एक खटका तो था ही फिर भी वे उसे दबा जाते। उस रहस्यमय बुढ़िया (जिसे रोशनलाल 'माताजी' कहते) का एहसान रोशनलाल पर इस कदर हावी था कि अब वे इस परिवार के खिलाफ कुछ भी कहने या सोचने से संकोच करने लगे।

रोशनलाल जब अपनी हफ्ते भर की बीमारी से उठे तब सभी चौदह क्वार्टरों में यह अफवाह गर्म थी कि बुढ़िया और उसकी दोनों लड़कियों ने रोशनलाल को बुरी तरह फाँस लिया है।

चौदह क्वार्टरों में वीडियो की आवाजाही अब एक साप्ताहिक समारोह बन चुकी थी। किसिम-किसिम के लोगों की भागीदारी ने रोशनलाल से समारोह के नियन्त्रण का वह अधिकार भी छीन लिया जिसमें मुख्य भूमिका कभी रोशनलाल निभाया करते थे। कहने का मतलब यह कि धीरे-धीरे अब रोशनलाल हाशिये पर जा रहे थे और उन्हें इसका कोई गम भी न था। उन्हें गम था तो सिर्फ उस रात का जब पहली बार वीडियो एक फन्तासी के रूप में चौदह क्वार्टरों में आया और उत्साह के अतिरेक में उन्होंने उस रहस्यमय बुढ़िया के बन्द दरवाजों को खुलवाया था।

## बन्द दरवाजों का खुलना :

दरअसल, जिस रात रोशनलाल ने बुढ़िया के बन्द दरवाजे खुलवाये, ठीक और ठीक उसी रात भविष्यवाणी हुई। यह भविष्यवाणी भी संयोग से रोशनलाल के सपनों में

ही हुई। कहा गया कि जब बन्द दरवाजे खुलते हैं तो भूचाल आता है और रोशनलाल के देखते-देखते चौदह क्वार्टरों में एक भूचाल आ गया। रोशनलाल जब भी उस भूचाल की कल्पना करते, सहम जाते। खुद उनके सपने अब उन्हें डराने लगे थे। नतीजा यह हुआ कि रात अँधेरे ही रोशनलाल चौदह क्वार्टरों से निकल जाते और दिन डूबते आते।

इधर बुढ़िया की दोनों लड़कियाँ बन्तो और सन्तो दिन भर मदमाती घूमतीं। रोशनलाल ने अब अपने कमरे में ताला लगाना भी छोड़ दिया था। ये कमरे जैसे बन्तो और सन्तो की खानदानी मिल्कियत हो गये थे। उन दोनों की चाल में जो ठसक थी, उसे देखकर कुछ लोगों की छाती पर साँप लोटते तो कुछ को मिर्गी चढ़ जाती।

शायद यह इसी मिर्गी का नतीजा था कि एक दिन छोटेलाल ने भरी दुपहरी में सन्तो को धर दबोचा। थोड़ी देर की लपटा-झपटी के बाद सन्तो तो भाग गयी मगर चौदह क्वार्टरों में हड़कम्प मच गया।

तुरत-फुरत बाबूराम गुप्ता ने एक मीटिंग बुलाई और निर्णय लिया कि बुढ़िया और उसकी दोनों लड़कियों का चौदह क्वार्टर में रहना ठीक नहीं है। बाबूराम गुप्ता उस दिन ठीक आशाराम बापू की आवाज में बोल रहे थे। लग रहा था जैसे तमाम नैतिकता और समाज सुधार का जिम्मा फिलवक्त बाबूराम गुप्ता के कमजोर कन्धों पर ही आ पड़ा है। वे जब भी इन लड़कियों के चरित्र के बारे में बोलते तो आँखें झुका लेते और कनखियों से इधर-उधर देखते।

चौदह क्वार्टरों के इस नैतिक पतन का सूत्र भी उन्होंने खोज लिया था। उनके अनुसार इस सारे व्यभिचार की जड़ फ्लश की बनी पक्की लैट्रिन थी। उन्होंने बहुत धीरे, लगभग फुसफुसाते हुए यह बात कही थी कि कई बार उन्होंने इस लैट्रिन में फेंके हुए कण्डोम के टुकड़े भी देखे हैं।

### किस्सा ए कण्डोम :

कण्डोम उन दिनों चौदह क्वार्टरों के लिए लगभग अपरिचित और मायावी-सी चीज थी। उसकी कम समझ ही चौदह क्वार्टरों में बन्द दरवाजा खुलवाने में कारगर साबित हुई यह भी एक तथ्य है। दरअसल, जब लोग कण्डोम के बारे में तरह-तरह के सवाल कर रहे थे और अपनी जिज्ञासा के लिए कल्पना का सहारा ले रहे थे, तभी यह बात आयी थी कि कण्डोम सही मायने में 'मर्द' की मर्दानगी और औरत की नादानी का नतीजा है।

उस समय चौदह क्वार्टरों में कोई मुल्ला-मौलवी या पण्डित-फकीर नहीं था। होता तो जाने कौन सी व्याख्या देता। मगर चौदह क्वार्टरों ने जो व्याख्या दी वह

सर्वथा नवीन थी। चौदह क्वार्टरों ने कहा कि मर्द की मर्दानगी और औरत की नादानी का यह नतीजा दरअसल बन्द दरवाजों के खुलने से ताल्लुक रखता है। अगर है कोई माई का लाल तो इन बन्द दरवाजों को खुलने से रोके।

—चौदह क्वार्टरों का यह वक्तव्य हर उस कान तक गया जो सुनने में सक्षम थे।

ऐसे मौके पर, बजाय इसके कि चौदह क्वार्टरों से कोई माई का लाल आता; देखते-देखते कण्डोम दिक्-दिगन्त तक व्याप्त हो गया और 'फटाक' से उस रहस्यमय बुढ़िया के बन्द कमरे का दरवाजा खुला।

दरवाजा खुलते ही मोर्चा सँभाला था उस रहस्यमय बुढ़िया ने जो अपनी लाल-लाल आँखों के साथ दरवाजे से बाहर आयी थीं और अपनी मिर्ची-सी जबान से चौदह क्वार्टरों की माँ-बहन एक कर रही थी। हर घर का कच्चा चिट्ठा उसके पास था और उन सबको उसने खोलकर रख दिया।

चौदह क्वार्टरों के तमाम मेहनतकश लोगों के पास अब तक जो इज्जत नाम की पूँजी थी उसकी भी चिन्दी-चिन्दी कर उस बुढ़िया ने उनके उन सारे भ्रमों को तोड़ दिया, जिसके सहारे वे जिन्दा थे। यह असह्य था। खासकर चौदह क्वार्टरों के लिए जहाँ भ्रम महज भ्रम नहीं रहते थे, मूल्य हो जाते थे।

तो इस तरह चौदह क्वार्टरों में दिन भर जो हंगामा बरपा वह रात को फलीभूत हुआ जब रोशनलाल अरोरा शराब के नशे में झूमते हुए आये। इन दिनों रोशनलाल दारू कुछ ज्यादा ही पीने लगे थे। आँखों में एक दहशत लिये हमेशा बहकी-बहकी बातें करते।

बाबूराम गुप्ता ने जब उन्हें गुजरे दिन का किस्सा सुनाया तब भी उनकी आँखों में वही दहशत थी। चाह के भी वे किसी को कुछ नहीं कह पा रहे थे... बस टुकुर-टुकुर कभी सन्तो को ताकते, कभी बाबूराम गुप्ता को। उनकी जबान पर जैसे ताला पड़ गया था। थोड़ी देर तक तो सन्तो ने देखा, फिर अचानक जैसे फट पड़ी और बोली, ''चाचा, तुम मर्दों की जात तो निरी कुत्ते की जात। तुम का जानो असली कण्डूम का किस्सा का है... हरामी चोली देख के तो भड़क उट्ठें!''

बाबूराम उत्तेजित हो गये, बोले, ''सन्तो, जुबान पे काबू रख। तेरो छिनरप्पन मेरे यहाँ न चलने का...।'' इस पर सन्तो बमककर खड़ी हो गयी, ''चचा कूदो क्यों हो... सच्ची बात तो जे है कि...''।

''चोप्प साली!!'' सन्तो की बात पूरी भी न हुई थी कि रोशनलाल दहाड़े। कमरे में एकदम से जैसे सन्नाटा छा गया। इस घटना को दो दिन हो गये और दो दिन तक किसी ने भी उस रहस्यमय बुढ़िया के कमरे का दरवाजा खुलते हुए नहीं देखा। रोशनलाल की आवाजाही भी उस घर में अब बन्द हो गयी थी। सच बात तो यह थी

कि चौदह क्वार्टरों में अब वे किसी से भी मिलना-जुलना पसन्द नहीं करते थे।

चौदह क्वार्टरों में वीडियो अब भी आता था। जश्न अब भी मनते थे मगर जाने क्या था कि इन दिनों चौदह क्वार्टरों में एक अजीब मुर्दा खामोशी तारी रहा करती थी। कुछ दिन ऐसे ही गुजरे। रोशनलाल के दिन पर-दिन गिरते स्वास्थ्य और दारू पीने की उनकी बढ़ती रफ्तार देखकर लोग सिर्फ एक ठण्डी आह भरते और अफसोस जताते। यूँ भी उनकी इस गिरती हालत पर चौदह क्वार्टर सिर्फ अफसोस ही जता सकता था।

एक दिन लोगों ने देखा कि सन्तो और बन्तो दोनों मिलकर रोशनलाल को झाड़ू से पीट रही थी और धक्के दे-देकर अपने कमरे से बाहर निकाल रही थीं। लोगों ने यह भी देखा कि रोशनलाल बिना किसी प्रतिरोध के चुपचाप मार खा रहे थे। उस वक्त उनकी नाक से खून बह रहा था और होठ फटे हुए थे।

चौदह क्वार्टरों में यह पहला अवसर था जब लोगों ने इस तरह की किसी घटना पर अपने दरवाजे नहीं खोले। कुछ जो आधे खुले थे, वे भी तुरन्त बन्द हो गये। शराब के नशे में झूमते रोशनलाल किसी तरह अपने कमरे तक आये। चौदह क्वार्टरों ने उस वक्त सिर्फ उनके कमरे के बन्द होने की आवाज सुनी थी।

अंतिम चरण :

चौदह क्वार्टरों की कहानी का यहाँ से अन्तिम चरण शुरू होता है और शायद बढ़ते हुए शहर की कहानी का प्रथम चरण। उस रात रोशनलाल ने एक वसीयत लिखी थी और पूरे इत्मीनान के साथ पंखे से लटककर आत्महत्या की थी। वसीयत में उन्होंने लिखा कि वे पूरे होशो-हवास में आत्महत्या कर रहे हैं और इसकी जिम्मेदारी सिर्फ और सिर्फ उनकी है। आगे उन्होंने लिखा कि बन्तो और सन्तो से उन्हें प्रेम है और सन्तो के पेट में उनका बच्चा भी पल रहा है। रोशनलाल ने अपने बाद अपना उत्तराधिकारी बन्तो और सन्तो को बनाया था और अपनी सम्पत्ति में बराबर का वारिस भी। यह अलग बात है कि सम्पत्ति के नाम पर उस वक्त रोशनलाल के कमरे से शराब की कुछ बोतलें मिलीं और एक बिस्तर। चौदह क्वार्टरों ने इन दोनों बातों को नोट किया और अपने कबाड़खाने में डाल दिया।

रोशनलाल के मरने के दस दिन बाद उस रहस्यमय बुढ़िया ने भी मय लड़कियों के अपना बोरिया-बिस्तर बाँध लिया और शहर छोड़कर चली गयी।

इसके बाद चौदह क्वार्टरों में बहुत से लोग आये, गये। बहुत सी प्रेम कहानियाँ बनीं, मिटीं। मगर चौदह क्वार्टरों की झरती दीवारें गवाह हैं कि फिर वहाँ कोई रोशनलाल न आया, न बन्तो, न सन्तो! यद्यपि बुढ़ाते-सठियाते बाबूलाल आज भी पूछते हैं कि आखिर कण्डोम का असली किस्सा था क्या? मगर हर बार उनका

प्रश्न अनुत्तरित रह जाता है। फिर चौदह क्वार्टरों में अब वीडियो भी तो नहीं आता, न पहले जैसा जमघट लगता है। घर-घर में टी.वी. आ गया है और बहुत जल्दी शहर में इण्टरनेट आने की सम्भावना है।

# चक्रव्यूह

सम्भावित हमले को लेकर दोनों ही पक्ष सतर्क थे लेकिन पहल कोई नहीं चाहता था। पहले हम दोनों एक-दूसरे की वास्तविक ताकत को भाँप लेना चाहते थे। इसलिए बीच-बीच में एक तरह से अघोषित युद्धविराम की भी स्थिति आ जाती थी।

मुझे मालूम था कि उसकी असली ताकत उसके फुर्तीले पंख और विषैले डंकों में है। भले ही मेरे पास उससे सौ गुना बड़ा शरीर और ताकत हो, लेकिन उसकी उड़ सकने की क्षमता अन्ततः मुझे परास्त कर सकती थी।

बमुश्किल एक इंच का यह कीड़ा मुझे कितना गहरा घाव दे सकता है, इसका अन्दाजा मुझे था। मैं उसका स्वाद चख चुका हूँ। अभी चार दिन पहले ऐसे ही किसी कीड़े ने रात को सोते वक्त मेरी जाँघ के नीचे इतनी जोर का डंक मारा कि मैं बिलबिला उठा था। आप कल्पना नहीं कर सकते कि उस समय मेरी क्या हालत हुई थी। नींद से औचक उठ गया था और दर्द से कराह रहा था।

बाद में ध्यान से देखा तो पाया कि जाँघ के नीचे एक गोलाकार लाल चकत्ता पड़ गया है। उस पूरी जगह पर सूजन आ गयी थी। खुजली के मारे बुरा हाल था। ससुरे ने काटा भी तो ऐसी जगह था कि किसी को दिखाते हुए भी शर्म आये। खैर...उस दिन जिन्दगी में पहली बार मैंने इनके छापामार हमले को काफी निकटता से देखा था। सोचता हूँ कि स्वतन्त्रता आन्दोलन में क्रान्तिकारी कार्रवाई की छापामार रणनीति कहीं इन्हीं को देखकर तो नहीं बनाई गयी थी। वैसे, मैंने कहीं पढ़ा था कि अँग्रेज भारत में 'गर्मी, मच्छर, कीड़े और क्रान्तिकारी'—इन चार चीजों से ही ज्यादा डरते थे।

उस दिन मेरी भी हालत लगभग अँग्रेजों जैसी ही हो गयी थी। डंक की मार से तो बिलबिला ही रहा था, बचने का भी कहीं कोई मार्ग सुझाई नहीं देता था। झुण्ड-के-झुण्ड हमले हो रहे थे और मैं अपनी शुतुरमुर्गीय रणनीति के तहत खुद को बार-बार चादर से लपेट लेता था। लेकिन चादर भी ऐसे मौकों पर कहाँ काम

आती है। दुश्मन कमबख्त इतना चालाक होता है कि कहीं-न-कहीं से तो घुस ही आता है। खैर...दो रातें तो किसी तरह आँखों-ही-आँखों में कटीं...लेकिन समस्या बरकरार थी।

बाद में जब मित्रों से मैंने इस पर चर्चा की तो उन्होंने हँसकर टाल दिया। एक ने तो मजाक में नाना पाटेकर का डायलॉग ही दे मारा कि 'एक मच्छर भी साला आदमी को हिजड़ा बना देता है।' दूसरे ने अपनी विद्वता का रौब झाड़ते हुए एक वैज्ञानिक शोध का हवाला दे दिया और कहा कि मच्छर और कीड़े सेक्सी लोगों को ही ज्यादा काटते हैं।

अब मेरी समस्या की फिक्र तो किसी को थी नहीं, उन्हें सेक्स, मच्छर और कीड़ों के अन्तर्सम्बन्धों में ही ज्यादा मजा आ रहा था। आखिर मैंने निर्णय किया कि मैं अपनी समस्या का निराकरण खुद ही करूँगा और मैंने बहुत बारीकी से इन कीड़ों की रणनीति का अध्ययन करना शुरू करा दिया। मैंने पाया कि रात को इनके हमले की तैयारी सरेशाम ही शुरू हो जाती है। ये रोशनी को चाहने वाले लोग हैं इसलिए रोशनी के आस-पास रहना इनकी फितरत है। यह अलग बात है कि सूरज की रोशनी से इन्हें डर लगता है और सुबह उसके निकलते ही ये युद्ध-विराम की घोषणा कर अपने-अपने घरों में वापस चले जाते हैं।

अपनी सुरक्षा के लिहाज से मैंने सोचा कि इन्हें रोशनी से दूर ही रखा जाए। इन कमबख्तों का तो अँधेरे में रहना ही ठीक है। रोशनी पाकर ये गड़बड़ शुरू कर देते हैं। इनकी छापामार कार्रवाई की शुरुआत यहीं से होती है। तो मैंने भरसक कोशिश की कि घर की बत्तियाँ कम-से-कम जलें और जलें भी तो पूरी किलेबन्दी के बाद जिससे कोई अनचाहा दुश्मन मेरे इस 'प्रकाशपूर्ण सुखी साम्राज्य' के भीतर अपनी घुसपैठ न कर सके। बस, फिर क्या था शाम होते ही घर से खिड़की-दरवाजे कायदे से बन्द हो जाते। एक जाली भी लाकर खिड़कियों पर टाँग दी गयी थी जिससे खिड़कियाँ खुली भी रहें तो हवा के अलावा और कुछ भीतर न आ सके। अब प्रकाश हमारे पास चाहे जितना हो, खुली हवा की जरूरत तो हमें हमेशा ही रहती है। जाली की जरूरत भी इसीलिए महसूस की गयी थी।

लेकिन मेरी समझ में नहीं आता कि इतने एहतिहात और घेरेबन्दी के बाद भी आखिर यह कमबख्त अन्दर घुस कैसे आया और इसकी हिम्मत तो देखो कि सीधे आकर मेरे कान के पास ही भिनभिना रहा है। वैसे जब-जब यह मेरे पास आता है, डर के मारे मेरे रोंगटे खड़े हो जाते हैं। जरा-सी लापरवाही मुझे इसके विषैले डंक का शिकार बना सकती है। और साहब, मैं जानता हूँ कि उसके डंक का क्या मतलब होता है...भुक्तभोगी हूँ न! एक ही वार में चारों खाने चित्त कर देगा और आप उठ भी न सकेंगे।

वैसे मेरा यह दुश्मन जितना विषैला है, उससे कम खूबसूरत नहीं है। इसके पंख इतने सुन्दर और रंगीन हैं कि देखते ही बनता है! आँखों की मासूमियत के तो क्या कहने! एक लम्बी-सा पूंछ है जिसे बार-बार हिलाकर वह अपनी आँखें ऐसे मिचमिचाता है मानो मेरी मूर्खता पर हँस रहा हो। या हो सकता है कि ऐसा करके वह मुझे युद्ध के लिए खुली चुनौती ही दे रहा हो। अगर ऐसा है तो सचमुच यह एक इंची कीड़ा बहुत दु:साहसी और गुस्ताख है।

पहले मैंने इसे एक अखबार से मारकर भगाने की कोशिश की लेकिन वह भागा तो नहीं, उड़ जरूर गया और छत के पास जाकर पंख फड़फड़ाकर मुझे खिझाने लगा। फिर मैंने इस पर एक कपड़ा फेंककर इसे फँसाया लेकिन तब भी यह मेरे हाथ नहीं आया। कपड़े में वह फँस तो गया था लेकिन इसे मेरी मूर्खता कहिए कि मैंने उसे उसी में कुचल नहीं दिया। दरअसल, मुझे उससे ज्यादा अपने कपड़े का खयाल था कि खामख्वाह इतना महँगा कपड़ा इस नीच के खूने से रँग जाएगा। सो मैंने उसे कपड़े से बाहर निकालकर जूते से मारने की कोशिश की। इससे पहले कि मेरा जूता उसका कचूमर निकालता, वह उड़ चुका था और उड़कर आलमारी की छत पर आराम फरमा रहा था।

उसे पकड़ने के चक्कर में मैं अब तक काफी थक चुका था। साँसें फूलने लगी थीं लेकिन तभी मैंने ध्यान दिया कि वह बीच-बीच में मौका ताड़कर एकाध चक्कर बिजली के बल्ब के पास काट आता है। उसे रोशनी के पास देखकर पता नहीं क्यों मेरे भीतर एक तरह का पागल गुस्सा उभर आया। मैंने जूता उठाकर उसे वहीं बल्ब के पास दे मारना चाहा लेकिन अफसोस! जूते से वह तो नहीं मरा, बल्ब जरूर फूट गया। उस वक्त मेरी हालत देखने लायक थी। न हँसा जा रहा था, न रोया।

उसके डंक मारने का डर तो था ही साथ ही, अब यह डर भी गहरा गया था कि कहीं टूटे हुए बल्ब के टुकड़े मेरे पैरों में न धँस जाएँ। लेकिन साहब, उसने भी अपनी तरफ से पूरी ईमानदारी बरती। अँधेरे का फायदा उठाकर उसने मुझ पर कोई वार नहीं किया। वो तो जब मैंने मोमबत्ती जलाई तब देखा कि वह बिलकुल मेरे पास मेज पर घात लगाये बैठा है। डर के मारे मेरे पसीने छूट गये थे। मोमबत्ती की झीनी रोशनी में उसकी आँखें किसी शैतान की तरह चमक रही थीं। मुझे लगा कि उसका कद कुछ बढ़ गया है। गिरगिट की तरह उसका रंग भी बदलने लगा था। वह मुझे ऐसे घूर रहा था जैसे अभी खा जाएगा। मुझे लगा कि मैं मोर्चा हारने वाला हूँ। हार का यह दंश सचमुच बहुत पीड़ादायक था।

डरकर मैं कमरे से बाहर चला आया। भागते समय मेरे पैर में चोट भी लगी। सच बात तो यह है कि उस वक्त मैं अपने होश में ही नहीं था। जैसे भी हो, इस शैतान से मुझे निजात पानी ही थी। अचानक मुझे खयाल आया कि घर में एक कीड़े

मारने की दवा भी रखी है। क्या तो नाम है उसका..हाँ, बेगॉन स्प्रे।

अब यही एक ऐसा अन्तिम हथियार था जिससे मैं अपने इस भयानक दुश्मन का खात्मा कर सकता था। मुझे पहले इसका खयाल क्यों नहीं आया?...खैर..मैं बदहवास-सा भागकर बरामदे में आया और आलमारी में 'बेगॉन' की बोतल ढूँढ़ने लगा। बड़ी मुश्किल से तो वह मिली लेकिन उसके पम्प की स्प्रिंग शायद कुछ ढीली थी, सो उसे ठीक करने में ही पाँच मिनट निकल गये।

कमरे की मोमबत्ती अब तक खत्म होने लगी थी। मैंने देखा कि खत्म होती मोमबत्ती की झीनी रोशनी में उसका आकार काफी बढ़ गया है। उसके सुनहरे पंख काफी लुभावने लग रहे हैं। वह बार-बार मोमबत्ती की रोशनी की तरफ लपकता है और खुद को उसकी आग में झुलसा लेता है। मानो खत्म होती रोशनी को वह अपनी अकिंचन देह में सहेज लेना चाहता हो। एक बार तो मुझे, उसकी इस मूर्खतापूर्ण कार्रवाई पर हँसी भी आयी लेकिन मैं काफी डरा हुआ था और उस डर के कारण कुछ भी सोचने-समझने की स्थिति में नहीं था।

आखिर पम्प से मैंने 'बेगॉन' का स्प्रे उसके ऊपर कर ही दिया। दवा अब उसके सुनहरे पंखों में चिपक चुकी थी और वह उड़ने के काबिल नहीं रह गया था। मुझे लगा कि अब उसकी असली ताकत खत्म हो चली है और मैं जीत गया हूँ। मैंने ताबड़तोड़ पम्प मारना शुरू कर दिया। पूरी मेज भीग गयी, दवा की तेज गन्ध पूरे कमरे में छा गयी लेकिन वह हार मानने को अब भी तैयार नहीं था। तड़पता, छटपटाता वह जब भी उड़ान भरने की कोशिश करता, गिर पड़ता। दवा के असर ने उसे लगभग अपाहिज बना दिया था। अन्तिम प्रयास के तहत वह यहाँ-वहाँ उछलने लगा और जहाँ-तहाँ अपने विषैले डंक मारने लगा। उस वक्त मैं ज्यादा सतर्क था। जानता था कि घायल दुश्मन कहीं ज्यादा खतरनाक होता है।

मैंने एक जूता उठाकर अपनी भरपूर ताकत से उसके ऊपर प्रहार कर दिया। साँसें तो उसकी पहले ही उखड़ चुकी थीं, अब कचूमर भी निकल गया। उसके सुनहरे पंख उसकी देह के लिसलिसेपन में सिकुड़कर रह गये थे।

मैंने देखा कि मोमबत्ती की रोशनी अब धीमी पड़ती जा रही थी और बुझने के करीब थी। लेकिन वह पूरी तरह खत्म हो चुका था। इसका मुझे भरोसा नहीं था। सो, मैंने उस पर एक-दो बार और प्रहार किया। मोमबत्ती की रोशनी धीमी होकर आखिर बुझ गयी। कमरे में घनघोर अँधेरा छा गया। मेरे डर का चरम रूप अब मेरे सामने था। मुझे लगा कि वह अभी मरा नहीं था। वह मायावी इतनी आसानी से नहीं कर सकता। डर के मोर मैंने 'बेगॉन-स्प्रे' का पम्प अन्धाधुन्ध पूरे कमरे में चलाना शुरू कर दिया।

थक-हारकर जब मैं बिस्तर पर लेटा तब मुझे लगा कि वह एक इंची कीड़ा

अब एक विराट दैत्य में तब्दील हो गया था। उसके आठ-दस भयानक पैर थे। तपे सोने की तरह बड़ी-सी एक गोलाकार मुण्डी थी जिसके ऊपर दो सींग...दो भयानक आँखें...और बरछी की तरह तेज विषैले डंक था। उसकी देह का दूसरा भाग इतना विराट था कि उसे मैं पूरी तरह देख भी नहीं पाया। उसके सुनहरे पंख तो लगता था जैसे कमरे की छत को ही उड़ा देंगे। वह मेरे सीने पर चढ़ बैठा था और मुझे मार डालने को उतावला था। मेरे हाथ-पैर सुन्न हुए जा रहे थे और चेतना शिथिल...। फिर क्या हुआ मुझे नहीं मालूम। कब मुझे नींद आयी, कब मैं सोया।

सवेरे जब सोकर उठा तब काफी थका हुआ था। मेज पर उस एक इंची कीड़े की कुचली हुई लाश पड़ी थी। लेकिन वह अकेला नहीं था। दवा के प्रभाव से उसके और भी कई साथी धराशायी हो चुके थे, जिन्हें कल रात मैं देख नहीं पाया था।

'यानी घुसपैठिये और भी थे...' मैंने सोचा और डर गया। मेरा यह डर अब मेरी चेतना पर छाने लगा है। मेरी रातों की नींद गायब हो चली है। मुझे लगता है कि कभी भी ये कीड़े फिर उठ खड़े होंगे और मेरे प्रकाशपूर्ण सुखी साम्राज्य को अपनी अराजक कार्रवाइयों का अड्डा बना देंगे। मेरी समझ में नहीं आता कि अब मैं क्या करूँ। इस चक्रव्यूह से बाहर निकलने का कोई मार्ग भी तो नहीं दिखता!

# शिल्पहीन

उदासी और अवसाद की यह शिल्पहीन कहानी खाँ साहब की चाय की दुकान से ही शुरू हुई थी। अपनी जिन्दगी की कई हसीन और थरथराती हुई शामें मैंने यहाँ गुजारी हैं। हनुमान मन्दिर के सामने कुछ कदम बायीं ओर जहाँ अब श्री हनुमान मन्दिर समिति का बोर्ड लगा है, खाँ साहब की दुकान पहले वहीं थी। दुकान और मन्दिर के बाएँ हाथ पर ही रेलवे स्टेशन था। अब वहाँ भी एक अजीब-सी उदासी रहती है। खाँ साहब की हत्या के बाद वैसे भी मेरा उधर जाना कम हो गया है। पता नहीं क्यों... उधर जाते हुए अब डर-सा लगता है।

खाँ साहब की चाय की दुकान के ठीक सामने ही बजरंगी पहलवान का पान का खोखा था। हालाँकि खोखा वह तभी तक था जब तक कि बजरंगी पहलवान थे। उनके मरने के बाद जब से उसे उनके बेटे मुन्ना ने सँभाला, वह बाकायदा शाही पान की दुकान में तब्दील हो गया। मुन्ना यानी मुन्ना भाई। बजरंगी पहलवान के सबसे बड़े लड़के। मैट्रिक में चार बार फेल हुए तो बाप ने जैसे-तैसे करके शादी कर दी। शादी के बाद तीन-चार सालों में ही दो-तीन बच्चे हो गये। मुन्ना भाई बाप की तरह पहलवान भले न हुए हों, लेकिन दबंगई करना खूब जानते थे और जब तक बाप जिन्दा रहे उन्होंने वही किया भी। बाप यानी बजरंगी पहलवान के मरने के बाद मजबूरन उन्हें पान की यह दुकान सँभालनी पड़ी और जब से उन्होंने यह दुकान सँभाली, खाँ साहब उनकी आँख की किरकिरी बने हुए थे। वैसे यह कोई नयी बात नहीं थी क्योंकि बाप के जिगरी दोस्त होने के बावजूद खाँ साहब मुन्ना भाई को पहले भी कभी नहीं भाये थे। खासकर नूरजहाँ की शादी के बाद से तो वे उनसे नफरत ही करने लगे थे। नूरजहाँ यानी खाँ साहब की बड़ी बिटिया, जो अमरोहा के किसी घड़ीसाज के यहाँ ब्याही थी और जिससे कभी मुन्ना भाई बेहइन्तहा मोहब्बत किया करते थे। लोग कहते हैं कि नूर भी उन पर जान छिड़कती थी। यह तब की बात है जब इस देश में इमरजेंसी लगी थी और जिसके बाद से किसिम-किसिम के

लोगों द्वारा किसिम-किसिम की क्रान्तियाँ होने लगीं। खैर, यह हमारा नहीं खाँ साहब का तकिया कलाम था जिसे बात-बेबात वे हर जगह घुसेड़ ही दिया करते थे। वैसे उनकी बातें खासी मजेदार होती थीं। उनकी बेंच कर बैठकर आप चाय पिएँ या न पिएँ लेकिन दीन-दुनिया का तमाम हाल चुटकी बजाते ही जान सकते थे। तकरीबन पैंसठ-सत्तर की उम्र में उन्होंने चश्मा लगाना शुरू किया था और उसी के बहाने उन्होंने दुनिया-भर के न जाने कितने किस्से हमें सुना डाले। एक दिन कहने लगे — 'साब, हमारे वास्ते तो अब चश्मा ही खुदा की आँख बन गया है। बजरंगी भैया तो हेठी में मारे गए, चश्मा लगा लिया होता तो काहे को हमसे पहले जाते। वल्लाह क्या बदन पाया था उस फरिश्ते ने भी। पचास की उमर में बदन पर शिकन तक नहीं आयी थी लेकिन आँख ने जवाब दे दिया था। पाव भार खोया और पाँच-पाँच लीटर दूध एक झटके में साँस रोककर पी जाया करते थे। फिर पाँच सौ दण्ड-बैठक करते और साहब सब हजम। अब तो खुदा ने उस नस्ल के आदमी ही बनाने बन्द कर दिये हैं। उनके खानदान का बड़ा ऐसान है हम पर। अब्बा हुजूर बताते थे कि उनके अब्बा को बजरंगी 'पेलवान' के दादा ही इस शहर में ले के आये थे, मय कुनबे के। शायद अलीगढ़ से उजड़े थे जब 'पेलवान' के दादा हुजूर ने उन्हें आसरा दिया था यहाँ इसी शहर में। तब शहर तो क्या रहा होगा ये, बस कहने को शहर था। मेरे देखते ही देखते तो बालिश्त भर के बच्चे से इत्ता बड़ा शहर बन गया यह। यह जो सड़क है न जहाँ आप बैठे हैं, मानो तो यही शहर था और यही बाजार। बस यह एक रेलवे स्टेशन था जहाँ कभी-कभार कोई गाड़ी रुक जाया करती थी। हमारे छुटपन की ही बात है। तब इस शहर में 'भोत' होंगे तो पाँच सौ घर रहे होंगे। पचास घर मुसलमानों के मान लो। तो यह शहर बालिश्त भर का बच्चा ही था तब। बाबा हुजूर के जमाने की तो बात ही दूसरी होगी। ...हाँ हुजूर एक मिनट...।''

हालाँकि खाँ साहब की बात अभी खत्म नहीं हुई थी, लेकिन किसी ग्राहक को चाय देने की मजबूरी ने उसे कुछ देर के लिए स्थगित जरूर कर दिया था। आश्चर्य इस बात पर था कि चाय देकर जब वे वापस लौटे तो चश्मे की मजबूरी से शुरू हुआ वह किस्सा अपने पूरे परिप्रेक्ष्य के साथ उनके दिमाग में हू-ब-हू दर्ज था, और जहाँ से उन्होंने उसे छोड़ा था, शुरू भी फिर वहीं से किया था।

...तो साब, में के रिया था के 'पेलवाल' के खानदान के कित्ते ऐसान थे हम पे। जे बात हमें हमारे अब्बा ने बतायी थी। अब मुसलमान की बात पे तो आप यकीन करोगे नहीं, लेकिन सरकार कलेट्टर गरीसन की बात पे तो करोगे। लिखत में है जो बात। न हो आप खुद ही देख लो गजट में। हमने तो साब कभी पढ़ना-लिखना सीखा नहीं। लेकिन अब्बा को पढ़ना-लिखना दोनों आवे था। उन्ने ही बताया कि जने कित्ते साल पहले गरीसन बहादुर याँ के कलेट्टर हुआ करे था। अंग्रेज सरकार ने

बाको पचास हजार रुपये दिये। अब आप जानो सरकार कि तब के पचास हजार अबके पचास लाख तो हो ही जावें। तो हुजूर कलेट्टर गरीसन ने तब एक चाल चली। उन्ने हमारे बाबा और बजरंगी भैया के दादा को अलग-अलग बुलाके पचीस-पचीस हजार पकड़ाये और हुकुम दिया के हिन्दू-मुसलमान को आपस में लड़ा दो। इत्ता सुनना था साब कि हमारे बाबा और पण्डजी दोनों ने रुपये की थैली गरीसन के मुँह पे मारी और चले आये। अब्बा ने बताया था साब कि इस वाकए के बाद गरीसन ने अंग्रेज सरकार को लिख दिया कि इस इलाके में तो खुदा भी हिन्दू-मुसलमाँ को न लड़ा पाएगा। ...खैर, साब ये सब तो बीते जमाने की बातें हैं अब खुदा ही जाने कि इसमें कित्ता सच था और कित्ता झूठ। ...लेकिन साब, मैं जो चश्में वाली बात के रिया था न, वो तो पूचो ही मत। यूँ तो 'पेलवान' से मेरी बचपन की यारी थी। वो भी क्या दिन थे सरकार। एक रुपये में किलो भर घी खाओ। दूध-दई की तो पूचो ही मती। उन सस्ते दिनों के बदौलत ही बजरंगी पेलवान हो पाए सरकार, वरना तो हो चुकी थी उनकी पेलवानी। वैसे हुजूर वो भी पेलवान का ही जिगरा था कि पचीस बरस तक पक्का बरमचारी रहा। एक आजकल के लौंडे हैं। साले अम्मा के पेट से ही हत्थी मारते हुए आवें। जभी एक लौंडिया ना सँभाली जावे इनसे। हमने तो सरकार तीन-तीन करीं और सब चकाचक्क। पेलवान बड़ा हड़काया करै था तब हमें। कए था कि साले यूँ ही धात खराब करता रहा तो भरी जवानी में मर जावेगा। मगर किसे पता था सरकार कि वो शेर बच्चा हमसे पेले चला जावेगा और मौत मरी सत्तर की उमर में भी हमें न आवेगी। ...मैं कैता रे गिया हरामी से कि चश्मा बनवा ले मगर कमबखत चश्मा पैन लेता तो जिन्दगी भर की पेलवानी की नाक न कट जाती। लेकिन होनी को कौन टाल सकता है सरकार। उस दिन सुबो-सुबो ही आ गिरा था दुकान पे। जोड़ों में भी भतेरा दर्द होवे था तब उसके। दिन भर ही बैठकर अपना सुख-दुख बाँचता रहा। भाभी तो भौत पेले ही गुजर गयी थी। मुन्ना की बहू थी पेट से। दुखते जोड़ों पर तेल मलने वाला भी न था कोई मेरे यार का। हमारी बेगम भी तब अल्ला को प्यारी हो चुकी थी। घर पे नूर थीं, मैंने भतेरा कहा मगर मेरा यार उससे तेल मलवाने को राजी ना हुआ। शाम हुई तो बिना कुछ कहे-सुने उठा और चल दिया। मोतियाबिन्द की बीमारी थी। अँधेरे में ठीक से दिखता भी ना था। याँ से बाएँ कू जाने पर जो नाला पड़े है ना। उसी में रपट गया मेरा यार। तीन दिन बाद लाश मिली...। बस, वो अन्तिम दिन था, जब तीन पीढ़ियों का वो रिश्ता पल भर में खत्म हो गया। ...अल्ला जाने किस शैतान की नजर लग गयी उसे। ये मुन्ना जो कभी मेरी गोद में खेला-कूदा, अब मेरी ही जान का दुश्मन हो गया है।' ...खाँ साहब ने गरम चाय की केतली उतारते हुए उदास होकर कहा था।

वैसे यह पूरी कहानी खाँ साहब ने मुझे कई एक बैठकों में सुनाई थी, दूसरे और तमाम किस्सों के साथ-साथ। कुछ दिनों से मैं महसूस करने लगा था कि खाँ साहब के जीवन में मैं काफी गहरे तक उतर चुका हूँ। अब वे अकसर अपने निजी जीवन की तकलीफें और सुख-दुख भी मुझसे कह लिया करते थे। मुझे याद है उस शाम दफ्तर जाते समय जब मैं उनकी दुकान पर चाय पीने के लिए रुका था तब काफी देर तक वे कुछ नहीं बोले थे। मुझे अजीब लगा तो मैंने उनसे पूछा कि आखिर मामला क्या है? अपनी उदास आँखों से एकटक देखते हुए उन्होंने बिना कुछ बोले एक कागज मेरी ओर सरका दिया था। उसे उठाकर मैंने पढ़ना शुरू किया तो चौंक पड़ा। यह हनुमान मन्दिर कमेटी की तरफ से खाँ साहब के लिए कोर्ट का नोटिस था, जिसमें उनसे दस दिन के भीतर वहाँ से अपनी दुकान हटा लेने को कहा गया था। खाँ साहब के हाथ-पैर बेतरह काँप रहे थे। मेरे आश्वासन देने पर तो उनके आँसू भी छलक आये। कहने लगे, 'सरकार, मन्दिर की ये कौन सी कमेटी है, वो मैं नहीं जानता। मुझे तो इस जगह पर मेरे यार बजरंगी पेलवान ने लाकर जमाया था। तब हमारे बाप की हालत भोत खराब थी। हिजड़ों के चक्कर में पड़ के घर-बार तो उन्होंने बेचा ही, जने कौन-कौन सी बीमारियाँ भी मोल ले ली थीं। हमारे बाबा हुजूर मौलवी थे लेकिन अब्बा को तो किसी ने मज्जिद तक में न घुसने दिया। अब आप जानो कि वो कैसी भुखमरी के दिन थे हमारे। पेलवान तब पकड़ के लाया था मुझे यहाँ। उन दिनों टेशन पर कई गाड़ियाँ रुकना शुरू हो गयी थीं। बालिश्त भर का शहर भी खासा बड़ा हो गया था। पेलवान ने ला के यहाँ मुझे चाय की दुकान करवा दी। बड़ा सहारा हो गया था। और ये हनुमानजी की ही किरपा थी सरकार कि दुकान कभी खाली न रही। और जब से इस मन्दिर का इत्ता नाम हुआ हुजूर, तब से तो सारे दुख-दलिद्दर ही मिट गये। पेलवान के ही कहने पे सरकार दुकान पे मैंने परसाद के लिये लड्डू भी रखने शुरू किये और झूठ क्या बोलूँ सरकार कि उसी कमाई से नूर बिटिया का ब्याह कर पाया मैं। लेकिन अब...

...लगता है जैसे शहर के साथ-साथ अपने वे हनुमान बाबा भी बदल गये। ...ये आठ-दस दिन पहले की बात है। मैंने आपकूँ बताना ठीक नहीं समझा था, फिर बात भी ऐसी कुछ खास न थी। मुसलमान तो मैं हूँ ही लेकिन उन लौंडों के रंग-ढंग कुछ ठीक नहीं लगे साब। पहले कभी ऐसा नहीं हुआ। वो गालियाँ देते हुए आये और कहने लगे कि मुल्ला होके मैं हनुमानजी का परसाद कैसे बेच रहा हूँ। बरसों से हनुमानजी को मेरी इसी दुकान का परसाद चढ़ाया जा रहा है साब, तो अब क्या हो गया? मेरी तो कुच्छ समझ में नहीं आता...'

उस दिन खाँ साहब की बहकी-बहकी सी बातें सुनकर मैं काफी परेशान हुआ, लेकिन कर भी क्या सकता था। खाँ साहब इस सबके लिए मुन्ना को दोषी

ठहरा रहे थे और शायद इसे लेकर एक-दो बार उनकी मुन्ना से जोरदार लड़ाई भी हुई। मैंने भी अपने स्तर से मन्दिर कमेटी के बारे में पता कराया। लेकिन जो खबरें मिली थीं वे अपने आप में एक बहुत बड़ा फर्जीबाड़ा थीं। रिकॉर्ड में वो जमीन जहाँ मन्दिर बना था, रेलवे की सम्पत्ति में चली गयी थी। जिन लोगों ने यह कमेटी बनाई थी, वे सचमुच शहर के ताक़तवर लोग थे और पिछले कई दिनों से मुन्ना की पान की दुकान पर उनका आना-जाना बढ़ गया था। वे लोग अकसर रात में आते थे, नशे में धुत्त। स्टेशन के आस-पास के अराजक तत्त्वों से भी उनकी काफी रब्त-जब्त थी। मुझे जो जानकारियाँ मिलीं, उनके अनुसार स्टेशन के आस-पास चोर-उचक्कों, हत्यारों और अपराधियों की एक बस्ती थी जहाँ नशा और देह व्यापार बाकायदा एक उद्योग के रूप में स्थापित हो चुके थे। हालाँकि यह एक ऐसी सामान्य सूचना थी जिसे हिन्दुस्तान के किसी भी रेलवे या बस स्टेशन के लिए आप कह सकते थे। लेकिन तब इन सबके बारे में मैं वाकई कुछ नहीं जानता था। दफ्तर में मेरी ड्यूटी अक्सर नाइट शिफ्ट में ही हुआ करती थी और मैं अकेले देर रात घर लौटा करता था, लिहाजा ये सब जानकर मैं अब डरने भी लगा था। खाँ साहब से अब शाम को जाते हुए मुलाकात कम ही हो पाती थी क्योंकि वे अब कोर्ट-कचहरी के चक्कर में पड़ चुके थे। रात में लौटते हुए जरूर कभी-कभार दुआ-सलाम हो जाती। शायद वह छह दिसम्बर की ही भीषण जाड़े की रात थी (भगवान के लिए इसे अयोध्या से न जोड़ा जाए) जब अन्तिम बार मेरी उनसे दुआ-सलाम हुई। उस दिन सचमुच बहुत कोहरा था। ठण्ड हड्डियों को भी गलाने लगी थी। दफ्तर से लौटते हुए मुझे रात के दो बज गये। कँपकँपाते-कँपकँपाते बड़ी मुश्किल से मैं खाँ साहब की दुकान तक पहुँचा था। दुकान पर खाँ साहब अकेले थे। मेरे पहुँचते ही नशे में धुत्त चार-पाँच लोग वहाँ और आ गये थे। वे सब जोर-जोर से ठहाके लगा रहे थे और अश्लील गालियाँ बक रहे थे। उनके बीच से उठकर मैं खाँ साहब के पास खिसक आया था। असल में वे काफी दिनों बाद मुझे इतने खुश और फुर्सत में मिले थे। इस बीच की हर घटना-दुर्घटना के बारे में मैं उनसे जानना चाह रहा था, लेकिन यह भी सच है कि उन नशेड़ियों के कारण मैं कतई सहज नहीं हो पा रहा था। खाँ साहब बड़ी मुश्किल से ही मुझे बता पाए कि आज थोड़ी देर बाद वे दुकान बन्द कर चले जाएँगे क्योंकि उनकी बिटिया नूरजहाँ अपने ससुराल से आ रही है। ट्रेन लेट हो गयी वरना तो वे इस वक्त मिलते भी नहीं। बहरहाल, वे यही सब बता रहे थे कि इसी बीच ट्रेन आ गयी और खाँ साहब की बिटिया भी। उसे मैंने पहली बार देखा था, लेकिन जब देखा तो वाकई भौंचक रह गया था। खाँ साहब के कहने पर उसने सिर झुकाकर मुझे सलाम किया। मैं कुछ कहता इससे पहले ही खाँ साहब नूर को मेरे पास छोड़कर दुकान के भीतर चले गये और उन बदमाशों से बोले, ''दुकान बन्द करनी

है, अब तुम लोग भी निकलो यहाँ से।''

खाँ साहब ने बस इतना ही कहा था कि एक ने उनकी दाढ़ी पकड़कर खींच ली, ''भो...के हमें निकालेगा। कहाँ निकालेगा बे... हैं... हैं... कटुए साले। मादर...'' इस बीच उसने लात मारकर खाँ साहब को वहीं गिरा दिया। नूर दुकान के बाहर अपने अब्बू को पिटते हुए देख रही थी। वह चिल्लाते हुए उन्हें बचाने जैसे ही अन्दर भागी कि चारों ने उसे भी पकड़ लिया। एक ने उसे बाँहों में भरते हुए कहा, ''आ... आ... झम्मकछल्लो इत्ती देर से तो हम तेरा ही इन्तजार कर रहे हैं...।'' खाँ साहब इस बीच उठकर खड़े हो गये थे और नूर को उनके हाथों से खींच रहे थे। अब तक मैं भी अन्दर आ गया था और उन सबको समझाने की कोशिश कर रहा था। यकीनन उस वक्त मेरी हर हरकत हास्यास्पद साबित हो रही थी। उनमें से एक मुझे बाहर की ओर धकियाते हुए बकने लगा, ''तू कौन है बे और हमारे मामले में टाँग क्यूँ अड़ा रिया है... है? ये तेरा माल है क्या... है? भाग यहाँ से।'' कैसी अजीब हालत थी कि वह मुझे मार रहा था और मैं बेबस उसे समझाने का प्रयास कर रहा था। इसी बीच दूसरा चिल्लाया, ''अबे छोड़ उस हरामजादे को।''

''इसे देख क्या जोरदार माल हाथ आया है। कुछ भी कहो गुरू... इन कटुओं की लौंडिया होती मजेदार हैं।'' ''अबे, कटरा खाती हैं न... कटरा।'' दुकान में एक जोरदार ठहाका गूँजा। इस बीच खाँ साहब को इतनी लात और घूँसे पड़ चुके थे कि वे अपनी चेतना ही खोने लगे। इधर मेरी भी सिट्टी-पिट्टी गुम थी और चाहकर भी मैं चीख नहीं पा रहा था। असहाय-सी नूर अपने हत्यारों के हाथ-पैर जोड़ रही थी। इसी बीच उनमें से एक ने उसका ब्लाउज खींचकर फाड़ दिया। ब्लाउज के फटने के साथ-साथ नूर की मरणान्तक चीख भी निकल गयी। इसके बाद वहाँ जो कुछ हुआ, वह सामान्यत: जिन्दगी में नहीं होता, इसलिए समझ नहीं पा रहा हूँ कि उस हुए को मैं कैसे बयाँ करूँ, क्योंकि उस दिन जो कुछ हुआ वह तब तक सिर्फ फिल्मों में ही होता था।

बदमाशों ने नूर की साड़ी खींचकर उसके बदन से अलग कर दी थी। वह लगातार चीख रही थी और यहाँ-वहाँ हाथ-पैर मार रही थी। खाँ साहब के सिर से खून बह रहा था और वे बेहोश जमीन पर पड़े थे। बदमाशों में से एक ने पहले तो नूर का मुँह चूमा। फिर धीरे से उठकर दुकान का शटर गिराने की कोशिश करने लगा। लेकिन... ठीक और ठीक इसी समय दुकान में बजरंगी पहलवान के बड़े लड़के और खाँ साहब के जानी दुश्मन मुन्ना भाई की एण्ट्री हुई। उसके हाथ में लट्ठ था। थोड़ी देर तक बदमाशों से उसकी मुठभेड़ भी हुई (यह मुठभेड़ असली थी या नहीं, कहना मुश्किल है लेकिन नकली मुठभेड़ तो यह यकीनन नहीं थी)। इस

तकरीबन दस-पन्द्रह मिनट की मुठभेड़ के बाद बदमाश उसे धमकाते और गरियाते हुए भाग गये। नूर रोते हुए मुन्ना के गले लग गयी। यानी पूरा फिल्मी क्लाइमेक्स!!

लेकिन रुकिए हुजूर, यह अन्त नहीं है। ये तो शुरुआत है। इसीलिए मैंने शुरू में कहा था कि यह एक ऐसी कहानी है जिसे समझदार लोग हर्गिज नहीं लिखते। असल में यह कहानी मुन्ना द्वारा नूर को बचाने के उस भावुक और फिल्मी सीन से ही शुरू हुई थी, जिसके कुछ दिनों बाद मुन्ना मार दिया गया। मुन्ना की हत्या के बाद नूर भी यह शहर छोड़कर अपनी ससुराल चली गयी और उसके जाने के कुछ ही दिनों बाद खाँ साहब को भी किन्हीं अज्ञात लोगों ने मार डाला। इन दोनों के हत्यारों का पता अन्त तक नहीं चला। हाँ, इस बीच उन दोनों के ही नाम से शहर में दो-चार अज्ञात कुलशील संगठन जरूर उग आये जो आज भी अपने-अपने ढंग से अपनी-अपनी खिचड़ी राजनीति शहर में चला रहे हैं। और हाँ, पिछले दिनों डिस्ट्रिक लाइब्रेरी में शहर का इतिहास खोजते हुए मुझे वह गजट भी मिल गया जिसके बारे में कभी खाँ साहब को उनके अब्बा ने बताया था। उनका कहा एक-एक शब्द सही था। इतिहास गवाह है कि इस शहर में कभी भी साम्प्रदायिक दंगा नहीं हुआ। हालाँकि खिचड़ी राजनीतिवालों ने अभी हार नहीं मानी है। उन्हीं के लोग बताते हैं कि उनके हौसले बुलन्द हैं क्योंकि न सही खाँ साहब और उनके बजरंगी 'पेलवान', हनुमानजी तो अभी हैं ही और खण्डहर हो चली वह मस्जिद भी, जहाँ कभी खाँ साहब के बाबा मौलवी हुआ करते थे। लेकिन छोड़िए... ये फिजूल की बातें हैं, आइए चाय पीते हैं।

# एक बूढ़े की मौत

कहानी लिखने के लिए कहानी ढूँढ़नी पड़ती है। पता नहीं, यह कितना सच है मगर अब तक हर कहानी लेखक ने मुझसे यही कहा है कि कहानी लिखना खासा मुश्किल काम है। कभी-कभी मुझे भी ऐसा ही लगता है, कारण कि जो चीज हमारे सबसे ज्यादा नजदीक होती है वही इतनी दूर होती है कि हम उसके बारे में कोई निर्णय नहीं कर पाते। मगर यहाँ निर्णय किसे करना था? हम तो उस दिन एक अदद कहानी की तलाश में थे। एक ऐसी कहानी जो सिर्फ कहानी हो और कुछ नहीं...हाँ, कई बार ऐसा होता है कि कहानी उपन्यास भी हो जाती है, कविता भी और...खैर, जाने दीजिए, हम क्यों बेवजह कहानी का पुराण खोलें। सौ बात की एक बात यही कि कहानी कभी विशुद्ध नहीं होती, 'बहुत कुछ' होती है। इस 'बहुत कुछ' के बीच ही हमें एक कहानी तलाशनी थी। कहानी का विषय था—एक बुड्ढा मर गया। अब भला बताइए कि ये भी कोई विषय हुआ? बुड्ढे तो मरते ही रहते हैं। उनका क्या!

मगर नहीं—बात इतनी आसानी से टालना उस वक्त हमारे वश में नहीं था। रह-रह कर एक ही बात दिमाग में आती कि आखिर बुड्ढा मरा क्यों? 'बूढ़े मरते ही क्यों हैं' जैसे मूर्खतापूर्ण सवाल भी तब हमारे जेहन में कौंध रहे थे। इस बीच बूढ़ों की मौत के सम्बन्ध में कई सम्भावनाएँ भी हमने ब्यौरेवार खोज निकालीं। मसलन—बुढ़ापा स्वयं में एक रोग है जो धीरे-धीरे शरीर और मन-मस्तिष्क को क्षीण करता जाता है। अन्तत: मौत की त्रासद नियति ही उसका सार्थक उपचार है। या—बुढ़ापा जवानी की गलतियों का नतीजा होता है परिणामस्वरूप मौत उसका पलायन बिन्दु...।

एक सम्भावना और थी जो कि बम्बइया हिन्दी फिल्मों से उठायी गयी थी यानी बुढ़ापे में आदमी नाकारा हो जाता है, बच्चे उसे घर से निकाल देते हैं और वह आत्महत्या जैसा जघन्य कदम उठा लेता है।

सम्भावनाएँ अपार थीं, उतनी ही जितनी कि आसमान में तारे होते हैं और हम इन तमाम सम्भावनाओं से रू-ब-रू होते हुए एक से एक शानदार बूढ़ों की जन्मपत्रियाँ खोल रहे थे। आप यकीन नहीं करेंगे—इस बीच हमने इतने बूढ़ों की जन्मपत्रियाँ खोलीं कि एकबारगी तो हमें शक ही हो गया कि हिन्दुस्तान कहीं बूढ़ों का ही देश तो नहीं। एक ढूँढ़ो तो हजार मिलते हैं और फिर जवानी में बुढ़ापा और बुढ़ापे में जवानी के किस्से भी यहाँ कम नहीं।

कुल मिलाकर कहानी लिखने के लिए सारे हालात कन्फ्यूजन पैदा करने वाले थे। ऐसे में बाबू जानकी प्रसाद सिंह का मिलना एक सुखद संयोग ही कहा जाएगा...हालाँकि यह दुःखद भी कम नहीं था, लेकिन वह दूसरा किस्सा है, फिलहाल, छोड़िए उसे...।

तो जिस अस्पष्ट से बूढ़े की हमने अब तक कल्पना की थी, जानकी बाबू उससे ठीक विपरीत चुस्त-दुरुस्त और सुलझे हुए इन्सान थे। फिर जैसी आज के बूढ़े से आशा की जाती है ठीक वैसे ही सूट-बूट की तमाम आधुनिकता से लैस जानकी बाबू सत्तर-पचहत्तर की उम्र में भी खासे जवान दिखते थे। जिस सधी हुई राजसी चाल से वे चलते उसे देख कर लगता जैसे पुराने राजवंशों का इतिहास एकाएक पलटी मार कर आज के उत्तर आधुनिक युग में पहुँच गया है। हालाँकि यह बीसवीं सदी का अन्त था और सारा देश इक्कीसवीं सदी में जाने को तैयार था, तब भी सदी के अधिकतर बूढ़े अभी तक अट्ठारहवीं सदी के आगे नहीं बढ़ पाये थे। उनके चेहरे की झुर्रियाँ सदियों के फासले की गवाह थीं।

ऐसे में जानकी बाबू झण्डू च्यवनप्राश के विज्ञापन के बूढ़े नायक की तरह हमारे सामने अवतरित हुए। अपने वंश और कुल गोत्र के सम्बन्ध में एक बार उन्होंने मुझसे कहा था कि 'विशुद्ध क्षत्रियों के सूर्यवंशी कुल में जन्मा, वत्स गोत्र में उत्पन्न एक अविवाहित कुमार हूँ मैं...!'

अगर कुमार हैं तो अविवाहित होंगे ही मगर इन दो शब्दों पर उनके विशेष जोर ने हमारे सामने कई अनुत्तरित सवाल छोड़ दिये थे। उस वक्त हमने सोचा कि ठाकुर साहब अब शायद अपने अखण्डित ब्रह्मचर्य की कथा कहेंगे। मगर उन्होंने कुछ नहीं कहा...सिर्फ शून्य में ताकते रहे।

यह जानकी बाबू की आदतों में शुमार था कि जरा-सा असहज होने पर वे झटपट विषयान्तर कर देते या फिर शून्य में ताकने लगते। वे काफी पढ़े-लिखे थे और अच्छी अँग्रेजी बोल लेते थे। शायद इसीलिए जब कभी अपनी बात कहते तो बात में दम लाने के लिए किसी न किसी विश्व प्रसिद्ध पुस्तक या लेखक का नाम जरूर लेते। 'फलाँ लेखक ने भी यही कहा है' वाला भाव उनकी बातचीत का स्थायी भाव था। वैसे जानकी बाबू बोलते कम ही थे, इतना कम कि कई बार तो

लोग उन्हें गूँगा या बहरा तक समझ लेते।

इतनी सब खासियतों के बावजूद जानकी बाबू अकेले थे। हालाँकि अपने अकेलेपन का दुःखड़ा उन्होंने कभी किसी के सामने नहीं रोया फिर भी लोग मानते थे कि वे अकेले हैं और अकेलापन उन्हें सालता है। नाते-रिश्तेदार और मित्रों से कटे जानकी बाबू की दिनचर्या सुबह चार बजे से शुरू होती जब उठकर वे नहाते-धोते, पूजा-पाठ करते और फिर घूमने निकल जाते। प्रातः भ्रमण का यह शौक उन्हें कब से लगा, कोई नहीं जानता लेकिन हाँ, लोगों ने जब से उन्हें घूमते देखा है पीतल की मूँठ वाली खूबसूरत छड़ी हमेशा साथ देखी है। एक तरह से यह छड़ी जानकी बाबू की पहचान थी क्योंकि जानकी बाबू जिस सुबह अपने कमरे में मरे हुंए पाये गये तब भी यह छड़ी उनके हाथ में ही थी।

इस छड़ी का प्रयोग भी वे किसी तलवार की तरह ही करते थे। कभी-कभी राह चलते कुत्ते जब उन्हें घेर लेते तो उन्हें लगता जैसे दुश्मनों ने उन पर हमला कर दिया हो और वे चक्रव्यूह में फँस गये हों...फौरन उनकी तलवार यानी पीतल की मूँठ वाली छड़ी सक्रिय हो जाती। ऐसे अनेक किससे जानकी बाबू के साथ जुड़े थे। इस तरह के किस्सों के पीछे मूल भाव यही था कि ठाकुर साहब आज भी खुद को मध्यकालीन राजवंशों का एक कुल दीपक ही मानते थे। हर वक्त उन्हें यही शक रहता कि कहीं न कहीं, कोई न कोई उनके खिलाफ षड्यन्त्र कर रहा है। हमारा खयाल है कि शायद अपनी शादी भी उन्होंने इसीलिए नहीं की वरना जानकी बाबू में कमी क्या थी! खैर, यह हमारा एक कयास ही है। इस सम्बन्ध में हमारी उनसे कोई विशेष बात नहीं हुई।

जानकी बाबू की मौत के ठीक एक दिन पहले मैं उनसे मिला था। गजब का उत्साह था उस दिन उनमें। शायद यह खबर उन तक पहुँच गयी थी कि सुदूर अमरीका के किसी भू-भाग में एक विलक्षण चेतनाशील वैज्ञानिक ने मानव क्लोन का आविष्कार कर लिया है। क्लोनिंग की मोटी-मोटी जानकारी भी अब तक जानकी बाबू को हस्तगत हो चुकी थी।

अखबारों की कटिंग और पत्रिकाओं का पुलिन्दा लिये जानकी बाबू उस दिन अपनी स्टडी में बैठे कुछ सोच रहे थे। सोच क्या रहे थे, शून्य में ताक रहे थे जैसी कि उनकी आदत थी। हमारे यूँ अचानक पहुँच जाने से भी उनकी मुद्रा में कोई विशेष परिवर्तन नहीं आया। सिर्फ उनके हाथों ने कुछ हरकत की और एक तरह से हमें बैठने का इशारा कर दिया।

याद नहीं हम कितनी देर तक यूँ ही बैठे रहे...कभी मेज पर पड़े काग़ज़ों को उठाते पढ़ते, कभी जानकी बाबू को देखते। हमने देखा कि उस वक्त जानकी बाबू के चेहरे पर एक गहरी उदासी छायी हुई थी। अचानक उनके मुख से कुछ अस्फुट

से शब्द हवा में लहराने लगे। 'न हन्यते हन्यमाने शरीरे...' सूक्ति से उठने वाले आरोह–अवरोह के बीच उनकी आवाज जैसे काँप रही थी। चेहरे का भाव कुछ ऐसा था कि ढूँढ़ने वाले उसमें करुणा भी ढूँढ़ लेते, भय भी, साहस भी...और किसी सीमा तक भविष्य भी।

''नाभिकीय अन्तरण विधि के द्वारा शरीर की किसी कोशिका के नाभिक को यान्त्रिक रूप से निकालकर तत्पश्चात् नाभिक रहित अण्डाणु में प्रतिस्थापित कर हल्की विद्युत तरंगें प्रवाहित करो। कोशिका का तीव्र विभाजन होगा, फिर तीव्र विकसित अण्डाणु को माँ के गर्भ में प्रतिस्थापित कर दो। लो, तैयार हो गया क्लोन...।'' हल्की वेदनामय मुस्कान के साथ जानकी बाबू ने कहा। उन्हें जैसे यह अहसास ही नहीं था कि मैं भी वहाँ बैठा हूँ। उनकी नजरें शून्य में अटकी हुई थीं और पूरे राजसी अन्दाज में जानकी बाबू की वाणी कमरे के कोने–कोने में गूँज रही थी। उनके हाथों की गति वाणी की लयात्मकता के साथ जैसे एकाकार हो गयी। मैं कुछ पूछना ही चाह रहा था कि जानकी बाबू अचानक फुर्ती से मेरी ओर मुड़े और एक जड़ नजर के साथ मुझे घूरने लगे।

उनकी इस नजर में एक सम्मोहन था, एक जादू। मुझे लगा जैसे मेरे शरीर की त्वचा पारदर्शी हो चुकी है और जानकी बाबू की जड़ नजरें उसके आर–पार देख रही हैं। हृदय की धड़कन एकाएक बढ़ गयी और शरीर में रक्त का प्रवाह असन्तुलित हो उठा। एक पल को तो लगा जैसे साँस ही रुक जाएगी मगर जल्द ही खुद को व्यवस्थित करते हुए मैंने जानकी बाबू से पूछ ही लिया कि आखिर उनकी बेचैनी का राज़ क्या है?

''राज़!'' वे धीरे से मुस्कराये—''जानते हो, जिन्दगी में मृत्यु का आना कितना जरूरी है...।''

''हूँ!'' मैंने अनचाहे हामी भरी।

''नहीं, तुम कुछ नहीं जानते। उस फूल को देखो और मेरी बात ध्यान से सुनो।'' जानकी बाबू ने गमले में लगे एक गुलाब के फूल की ओर इशारा किया और एक गहरी साँस छोड़ी। (यहाँ जानकी बाबू ने शायद महाकवि टेनीसन का सन्दर्भ दिया था जिनका कहना था कि यदि मैं फूल को उसके स्वयं में जान जाऊँ तो जान जाऊँगा कि मनुष्य क्या है और ईश्वर क्या है!)

जैसे कोई आदमी किसी पहाड़ की चोटी से छलाँग लगाने को तैयार हो और अपनी बीती जिन्दगी पर अफसोस कर रहा हो, ठीक वैसे ही जानकी बाबू की हर साँस जिन्दगी के प्रति गहन प्रेम और विरक्ति की सूचना एक साथ थी। मैं उनकी ठहरी हुई जड़ आँखें देख रहा था और वे बोल रहे थे...लगातार।

''बचपन में हम एक किस्सा सुना करते थे। एक राजा था, एक रानी। उनकी

एक सुन्दर-सी बिटिया थी, बिल्कुल फूल जैसी कोमल। राजा धर्मात्मा था और प्रजा सुखी। प्रजा सुखी हो या दु:खी राजा तो हर हाल में दूर-दूर तक प्रसिद्ध हो ही जाता है। मगर यहाँ राजा प्रसिद्ध था तो प्रजा भी सुखी थी। प्रजा और राजा के सुख का यह आलम था कि पड़ोसी राज्य का दु:खी राजा इसी बात से दु:खी रहता। होता है...ऐसा भी होता है। अकसर लोग दूसरों के सुख से ही दु:खी होते हैं। तो पड़ोसी राजा तमाम सुखों के बीच भी दु:खी था। उसका यह दु:ख तब और घना हुआ जब उसने सुखी और प्रसिद्ध राजा की सुन्दर फूल-सी बिटिया को देखा।

पड़ोसी और दु:खी राजा तमाम जुगत लगाकर भी जब सुखी राजा की फूल-सी बिटिया को न पा सका तब उसने अपने दु:ख के चरम पर आकर आत्महत्या कर ली। दु:खी राजा मर गया मगर उसका दु:ख जिन्दा रहा और उसने एक राक्षस का अवतार लिया। यह राक्षस इतना तेज और ताकतवर था कि बड़ी-बड़ी फौज भी उसका सामना करने से डरती थी। वह बार-बार मारा जाता फिर बार-बार जी जाता। उसके जीने-मरने की यह कहानी बरसों तक चलती रही। इस बीच वह सुखी राजा भी मर गया और उसकी फूल-सी बिटिया भी। कहते हैं कि एक बार एक ऋषि से उसका झगड़ा हुआ और ऋषि ने उसे भस्म हो जाने का शाप दे दिया। राक्षस भस्म तो हो गया मगर उसकी आत्मा कलपती रही। यह कलपती आत्मा लम्बे समय तक किसी शरीर में न रह पाने के लिए आज भी अभिशप्त है मौत तो सबको आती है न बाबू, सो वह राक्षस हर रोज जाने कहाँ-कहाँ मरता रहता है...मगर अब?

जानकी बाबू एकाएक खामोश हो गये। उनकी यह अनर्गल-सी बिना किसी सन्दर्भ की कहानी मुझे बड़ी अटपटी लगी। (हालाँकि यहाँ भी उन्होंने प्रसिद्ध दार्शनिक सार्त्र का सन्दर्भ दिया था और कहा था कि आदमी स्वतन्त्र है किसी भी स्थिति में। वह अपना निर्माता और सृष्टा स्वयं ही है।) मगर उस वक्त जानकी बाबू की इस कहानी से मैं कुछ ठोस और भौतिक तत्त्व निकालना चाहता था, सो मैंने सोचा कि क्या कभी जानकी बाबू भी किसी फूल-सी राजकुमारी को चाहते थे? हो सकता है कि वह राजकुमारी किसी कारणवश उन्हें न मिल पायी हो और उनका प्रेम किसी अन्धे मोड़ पर आ कर आत्महत्या कर बैठा हो। कुल मिलाकर उस वक्त यही अनुमान लगाया जा सकता था कि जानकी बाबू का मृत प्रेम उसके बाद विध्वंसक हो गया और राक्षस के प्रतीक में इस कहानी में जीने लगा।

जो हो, जानकी बाबू अपनी रौ में बहे चले जा रहे थे। कहने लगे, "महाशय, जीवन के बाद पुनर्जीवन होता है या नहीं—मुझे नहीं मालूम, लेकिन इतना तो निश्चित है कि इस जीवन का खत्म होना बहुत जरूरी होता है।"

"क्यों?" मैंने पूछा। फिर मुझे अपने ही सवाल पर शर्म भी आयी, कारण कि कई बार नैराश्य के चरम क्षणों में मैं भी इस बात का हामी हुआ हूँ कि इस जीवन का

खत्म होना जरूरी है। लेकिन यह अच्छा ही हुआ कि जानकी बाबू ने मेरा 'क्यों' नहीं सुना वरना मुझे और जाने क्या-क्या सुनना पड़ता।

उस रात की बात का कुल लब्बोलुवाब यही था कि जानकी बाबू अपने कथा नायक राक्षस के पुनर्जीवन की आशंका से व्यथित थे। यह तो हमें बाद में पता चला कि वह राक्षस कौन था और जानकी बाबू उसके पुनर्जीवन की आशंका से क्यों व्यथित थे? उस रात जब हम बिना कुछ समझे-बूझे लौटने लगे तो जानकी बाबू ने हाथ पकड़कर रोक लिया और कहा, "अभी मेरी बात पूरी नहीं हुई, पता नहीं पूरी होगी भी या नहीं। फिलहाल ये डायरी तुम ले जाओ। पढ़ लोगे तो समझ जाओगे कि यह बूढ़ा मरने को इतना उतावला क्यों है?"

मैंने डायरी ले ली और चुपचाप चला आया। सुबह उठा तो सुना कि जानकी बाबू अपने घर में मरे पाये गये। सचमुच यह खबर सुन कर मेरे रोंगटे ही खड़े हो गये थे। कारण कि उस रात जानकी बाबू से मिलने वाला अन्तिम व्यक्ति शायद मैं ही था। पुलिस कभी भी मेरा दरवाज़ा खटखटा सकती थी। इस कदर अफ़रातफ़री मची कि खयाल ही नहीं रहा कि जानकी बाबू की डायरी मेरे पास पड़ी है।

इस डायरी को पढ़ने का समय भी हमें तब मिला जब हम तमाम पुलिसिया झंझटों से बरी हुए। ज्यादा विस्तार में न जाते हुए क्या यह कहना पर्याप्त नहीं होगा कि पुलिस को कइयों पर शक था। आस-पड़ोस से लेकर दूध वाला, धोबी, काम वाली बाई...कोई भी तो नहीं बचा था उन शक्की निगाहों से। मगर जब कुछ नहीं मिला तो हार कर जानकी बाबू की मौत आत्महत्या मान ली गयी। हालाँकि अन्त तक पुलिस यह भी नहीं बता पायी कि अगर यह आत्महत्या ही थी तो आखिर हुई कैसे?

न तो जानकी बाबू के शरीर पर कोई खरोंच का निशान था और न उन्होंने फाँसी का फंदा ही लटकाया था। पोस्टमार्टम रिपोर्ट भी कुछ ऊलजलूल-सी बातों के सिवा कुछ खास नहीं कर पायी। यद्यपि कि इन ऊलजलूल बातों में ही जानकी बाबू की मौत के सूत्र थे तथापि पुलिस उन सूत्रों को पकड़ने में असफल रही या हो सकता है कि इन बेकार की बातों की जरूरत ही न समझी गयी हो। खैर...

जानकी बाबू की डायरी में एक क्रमवार कहानी थी और उस कहानी में थी एक क्रमवार डायरी। पिछले दो महीनों से जानकी बाबू की मानसिक हालत का अन्दाजा इस कहानीनुमा डायरी से लगाया जा सकता था। पहले पेज पर 1997 की कोई तारीख थी। लिखा था—'आज अचानक सावित्री की याद आ गयी। सड़क से गुजरते हुए खयाल आया कि पास की झाड़ी में एक अकेला फूल पड़ा है...चम्पा का। स्मृति पचास साल पहले घिसटती चली गयी जब चम्पा के फूल की सफेदी मन में प्रेम की पवित्रता भर देती थी। सावित्री को देखकर चम्पा की याद आती और

चम्पा को देखकर सावित्री की...श्वेत धवल बादलों पर मन मयूर उड़ा करता था तब...'

इसके बाद डायरी के पाँच पृष्ठ खाली थे। छठे पर लिखा था—'पिछले पाँच दिनों से अन्दर की व्यथा लगातार गहरी होती जा रही है। बार-बार बचपन में सुनी दु:खी राजा की कहानी याद आती है...राक्षस के पुनर्जीवन की आशंका व्यथित कर रही है। अब जीना सम्भव नहीं और मरना और भी मुश्किल! स्मृतियाँ लगातार पीछे मुड़ रही हैं...कैनवास पर बने चित्र खण्ड-खण्ड हो रहे हैं और जिन्दगी को रेशा-रेशा बुनने की ताकत हाथों से चुकती जा रही है। यह क्या होता जा रहा है मुझे? क्या यह आने वाली मौत की धमक है या...। सावित्री कहा करती थी कि जिनमें जीने का जज्बा होता है वे कभी नहीं मरते मगर मरने की इच्छा ढोता यह अभिशप्त जीवन न जीने देता है न मरने एक-एक कर सब साथ छोड़ते जा रहे हैं...सारे मित्र, हितैषी, सारे सपने! बोलता हूँ तो लगता है कि शब्द पराये हैं। फिर बोलना, बोलना नहीं रहता, आत्मालाप हो जाता है। इस अन्त समय में जब इच्छाओं का अन्त हो जाना चाहिए वे बढ़ती जा रही हैं। बीते जीवन को ले कर मन में नित नवीन सम्भावनाएँ भी उठती हैं।' बीते जीवन का रोना है—'ऐसा न होता तो कैसा होता? काश! कि वैसा होता। शादी कर ली होती तो आज जिन्दगी क्या होती? सोचता हूँ तो मन भ्रमित हो जाता है। अब वैसा रोमाण्टिक भाव भी नहीं रहा। उस वक्त तो मन पर चरम आदर्श का मुलम्मा चढ़ा था। सपने थे कि आँखों के सामने दिन में भी लहराते हुए लगते। और फिर जब क्रान्तियाँ जगहँसाई बन गयीं तब भ्रम टूटा। क्षत्रिय कुल गोत्र में उत्पन्न ठाकुर जानकी प्रसाद सिंह तुम मान क्यों नहीं लेते कि पूर्वजों की कीर्ति पताका फहराने का जीवट तुममें नहीं था...तुम एक हारे हुए राजा की तरह आगे युद्ध न करने की कीमत पर महज पेन्शनयाफ्ता होकर रह गये।...''

फिर अगले पेज पर लाल रंग की स्याही से लिखा था—'जीने के लिए कुछ तो ऐसा होना ही चाहिए जो जीवन को प्रेरणा देता रहे...कोई सपना...कोई आदर्श। मगर देखता हूँ कि इधर हर चीज बिछलकर टूट रही है। जिस जवानी से कभी प्रेरणा लेता था उसकी बातें भी अब समझ से बाहर होती जा रही हैं। रोज नये-नये शब्द जो कभी हमने सुने ही नहीं थे, आँखों के आगे छाते जा रहे हैं। मन जाने किस मायालोक में पहुँच गया...समझ नहीं आता।''

इस प्रकार पृष्ठ-दर-पृष्ठ बाबू जानकी प्रसाद सिंह की कहानी आगे बढ़ रही थी। यह एक ऐसी कहानी थी जिसमें किसी तरह का कोई उतार-चढ़ाव नहीं था। सावित्री नामक जिस चरित्र का जगह-जगह जिक्र था, उसके बारे में भी कहानी में कोई पूर्व सूचना नहीं थी सिवा इसके कि सावित्री के साथ जानकी बाबू ने एक बार सम्भोग किया था। कहानी में एक अजीब अन्तर्विरोध यह भी था कि सावित्री के

लिए जानकी बाबू घृणा और प्रेम का इजहार लगभग साथ-साथ कर रहे थे।

'सावित्री तब जवान थी और मैं उससे प्रेरणा लेता था...' जैसे वाक्य डायरी में कई जगह बिखरे हुए थे। सच पूछिए तो जानकी बाबू की यह प्रेरणास्रोत सावित्री एक वेश्या थी। वेश्या और प्रेरणास्रोत? बात कुछ अटपटी है लेकिन यह सच था क्योंकि सावित्री एक मँजी हुई वेश्या थी।

यह उस समय की बात है जब जानकी बाबू किशोर वय के थे और राष्ट्रीय स्वतन्त्रता आन्दोलन में भाग ले रहे थे। डायरी में खोजबीन से पता चला कि उस समय जानकी बाबू कभी नेहरू की तरह बोलते तो कभी गाँधी की तरह! बात-बात में राष्ट्र, स्वतन्त्रता और स्वाभिमान उनके चिर परिचित जुमले हो गये थे। घर पर एक बड़ी कोठी थी, जमीन-जायदाद थी, नौकर-चाकर और कारिन्दों की तो खैर कोई कमी ही न थी। एक खास सामन्ती ठसक के बीच जानकी बाबू का बचपन बीता था। संस्कार थे कि छुड़ाये न छूटते। खादी के वस्त्रों के बीच भी स्वर्ण खचित अंगवस्त्रम् का ख्याल आता। उस समय भी उनके घर में एक हाथी था और पिता बताया करते कि दादा ने मरते वक्त घर पर पाँच हाथी छोड़े थे। हाथी, घोड़े, तलवार और कोड़ों की दुनिया से निकलकर किस तरह से एक किशोर खादी की दुनिया में आया, यह एक लम्बी कहानी है। उस संघर्ष के समय में ही शायद कभी जानकी बाबू की सावित्री से मुलाकात हुई होगी। जानकी बाबू द्वारा सुनाये उस मिथक के अनुसार यहाँ हम अटकलें ही लगा सकते हैं कि शायद सावित्री किसी बड़े घर की बिटिया रही हो, राजकुमारी-सी लगती हो, फिर किसी कारणवश वेश्या बन गयी हो। या हो सकता है कि वह वेश्या ही हो। अपने अहम् की तुष्टि के लिए जानकी बाबू ने उसे राजकुमारी का दर्जा दे दिया हो। जो हो—इसमें एक शब्द कॉमन है—'वेश्या,' जिसका जिक्र सावित्री के लिए जानकी बाबू कई बार अपनी डायरी में कर चुके थे। तो जानकी बाबू का सावित्री के साथ ठीक उसी दिन सम्भोग हुआ जिस दिन दिल्ली के वायसराय हाउस में वायसराय लार्ड इरविन ने प्रवेश किया था। (साभार : जानकी बाबू की डायरी)

पुराने समय में जब कोई राजा अपने नये महल में प्रवेश करता था तो जनता खुशियाँ मनाती थी। वायसराय लार्ड इरविन के गृह प्रवेश के समय जानकी बाबू खुशियाँ तो न मना सके...हाँ सावित्री के साथ सम्भोग जरूर किया। इस घटना का वर्णन करते हुए वे लिखते हैं, 'गुस्से से खून खौल रहा था शिराओं में उत्तप्त रक्त का प्रवाह एक अजीब हलचल-भरी उत्तेजना पैदा कर रहा था मन करता था कि एक झटके में सब नष्ट-भ्रष्ट कर दूँ। सावित्री को बाँहों में ले कर जब मैंने उस विध्वंसक प्रक्रिया को जानना चाहा तो पाया कि मेरा गुस्सा नपुंसक है।''

इस नपुंसक गुस्से के साथ जानकी बाबू एक तरफ सावित्री में चम्पा के फूल

की धवल पवित्रता का पान करते तो दूसरी तरफ उसी शरीर से भयानक दुर्गन्ध का अहसास भी उन्हें कचोटता रहता। मगर ये सब बातें गौण थीं। जानकी बाबू की मौत के असली कारण दूसरे थे।

जानकी बाबू जब मरे तब उनके हाथ में एक छड़ी थी। जैसा कि कहा जाता है—'अन्धे की लाठी' (एकमात्र सहारा) ठीक उसी तरह यह छड़ी उनका एकमात्र सहारा थी। जवानी में यह कभी भाँजने के काम आती थी। बुढ़ापे में तो हमने उसे सहारे के रूप में ही देखा। जानकी बाबू से बात करते समय लगता कि देश, दर्शन, समाज और संस्कृति सभी कुछ जैसे उनकी छड़ी के सहारे ही खड़े हों। जब वह छड़ी हवा में घूमती तो लगता कि दुनिया शेषनाग के फन पर नहीं बल्कि जानकी बाबू की छड़ी के सहारे ही टिकी है।

अपने बारे में इस तरह के जाने कितने भ्रम उन्होंने पाल रखे थे। डायरी के ही किसी पृष्ठ पर लिखा था कि वे सावित्री के गहन प्रेम में जब पड़े तब सारी दुनिया उन्हें अपने आस-पास घूमती हुई-सी लगती। सावित्री के बौद्धिक तेज से वे कई बार सम्मोहित भी हुए...कई बार आहत भी। एक वेश्या के इस बौद्धिक तेज ने उन्हें इतना अभिभूत कर रखा था कि बस, पूछिए मत! उसके शरीर से खेलते हुए भी उन्हें यही लगता जैसे वे किसी रहस्यमय डाकिनी के संसर्ग में हैं। वैसे, सावित्री कुछ थी भी ऐसी। उसका कमरा एक आम वेश्या की तरह इत्र-फुलेल से सराबोर नहीं रहता था और न ही ग्राहकों से ज्यादा लपड़-झपड़ होती थी। उसके कुछ खास ही ग्राहक थे जो उसके मुरीद भी थे। उसके इन ग्राहकों/मुरीदों के बारे में भी जानकी बाबू के बड़े दुरुस्त विचार थे। उन्होंने लिखा था—"ये अक्खड़-फक्कड़ से लोग जब आते तब सावित्री खुशी से खिल जाती थी। ये अजीब लोग थे। न कभी दारू पीते न प्यार-मोहब्बत की सस्ती बातें करते। ये हमेशा कुछ अल्लम-गल्लम बतियाते जो उस वक्त तक मेरी समझ में नहीं आता था।"

एक बार जानकी बाबू ने सावित्री के कमरे में बारूद और कुछ तमंचे देखे थे। उन्हें बहुत आश्चर्य हुआ और जब सावित्री से पूछा तो उसने हँस कर टाल दिया। सावित्री को चम्पा के फूल बहुत पसन्द थे और जानकी बाबू रोज उसके लिए चम्पा के फूल की एक माला ले जाया करते थे। यह रोज का क्रम था। इसमें व्यवधान तब पड़ा जब एक दिन सावित्री ने जानकी बाबू से कमल के फूल की माँग कर डाली।

यह भी एक पुराना तरीका था कि गुरुदक्षिणा में शिष्य वही कुछ देने को बाध्य होता जिसकी गुरु इच्छा करता। सो जानकी बाबू कमल के फूल की तलाश में निकल पड़े और चार दिन बाद जब जानकी बाबू को कमल का फूल मिला तब उन्होंने सावित्री के घर की राह पकड़ी। और लीजिए साहब, कहानी में यहाँ से एक नया मोड़ आ गया। जानकी बाबू के अनुसार जब वे प्रथम स्वतन्त्रता संग्राम का

प्रतीक चिह्न यानी कमल का फूल लिये हुए सावित्री के घर गये तो देखा कि बारूद के एक भयानक विस्फोट से सावित्री का शरीर तार-तार हो चला है। खून के धब्बे दीवारों पर उस हादसे का बयान दे रहे थे। जानकी बाबू ने किसी तरह खुद को सँभाला और कहा, 'न हन्यते हन्यमाने शरीरे'। उस वक्त उनके हाथ में कमल का फूल था और उसी से उन्होंने सावित्री को श्रद्धांजलि दी। इस घटना पर जानकी बाबू ने अपनी डायरी में लिखा कि 'कीचड़ में ही कमल खिलता है।'

जो होना था, हो चुका। सावित्री मर गयी और जानकी बाबू को पागल कर गयी। जानकी बाबू पागल हो गये और शहर छोड़कर क्रान्तिकारी हो गये। कभी इस शहर तो कभी उस शहर दर-बदर भटकते जानकी बाबू ने उस दौर में कई खतरनाक कारनामे अंजाम दिये थे। गाँधी जी से उनका मोहभंग हो चुका था और देश का एक बड़ा तबका जल्द से जल्द अपने सपनों को साकार करने की उतावली में था। जानकी बाबू ने एक कुशल योद्धा की तरह इस युद्ध में भाग लिया और बहुत जल्द अपने लोगों के बीच हीरो बन गये। एक नहीं कई-कई बार जानकी बाबू मौत के मुँह से बाहर आये थे। मगर उनका गर्म खून था कि कभी हार ही न मानता।

फिर देश स्वतन्त्र हो गया। अपनी सरकारें आयीं। एक लम्बे समय तक जानकी बाबू गुमनाम रहे। शायद यह गुमनामी का वही दौर था जब जानकी बाबू ने दुनिया भर की तमाम किताबें चाटी थीं।

उस समय सुभाष चन्द्र बोस की मृत्यु के सम्बन्ध में सारे देश में एक भ्रम फैला हुआ था। लोग यह मानने को तैयार ही नहीं थे कि सुभाष बाबू मर भी सकते हैं। गली-मोहल्लों में यह बात अकसर उठती कि सुभाष बाबू मरे नहीं बल्कि अँग्रेजी सरकार को चकमा देकर कहीं गायब हो गये हैं। सही समय पर वे सामने आएँगे और देश को अँग्रेजी पिट्ठुओं से बचाएँगे।

सुभाष बाबू के बारे में यह अफवाह और जानकी बाबू का वह गुमनामी जीवन लगभग एक ही समय की दो प्रमुख घटनाएँ थीं। इन दोनों घटनाओं के बीच का सूत्र यह था कि जानकी बाबू की कद-काठी कुछ-कुछ सुभाष बाबू की तरह ही लगती और लोग अकसर उन्हें सुभाष बाबू का ही रूप समझ लेते। उन दिनों जानकी बाबू अयोध्या में एक कुटिया बनाकर रहा करते थे। दाढ़ी बढ़ा ली थी और हमेशा एक रामनामी दुपट्टा ओढ़े रहते।

जानकी बाबू लिखते हैं कि उन्होंने करीब बीस वर्ष तक लोगों की इस आशावादिता का सम्मान किया और अपने बारे में तमाम तरह की अफवाहें सुनते रहे।

फिर एक दिन की बात—जानकी बाबू सरयू के किनारे खड़े थे। सूर्य अस्ताचल में था। चारों ओर एक अभूतपूर्व शान्ति बिखरी हुई थी सिवा एक बाँसुरी की धुन के,

जो रह-रहकर उनके कानों तक आती और लौट जाती। मन्त्रमुग्ध से जानकी बाबू इस बाँसुरी की धुन में खोये रहे। जब चेतना लौटी तो पाया कि उनके शान्त पड़े खून में फिर से गरमी आ गयी है। उन्होंने जब उस बाँसुरीवादक की खोज की तो पाया कि सरयू किनारे एक बुढ़िया हाथ में बाँसुरी लिये अकेली बैठी है। जानकी बाबू को फिर अचानक सावित्री की याद आयी और देखा कि उस बुढ़िया के चेहरे में सावित्री का चेहरा लहरा रहा है।

बिना किसी सामान्य शिष्टाचार के जानकी बाबू ने जब उससे कहा कि बहन, तुम्हारी बाँसुरी में मुझे पहली बार प्यार के नहीं, घृणा के स्वर सुनाई दिये तो बुढ़िया बोली कि 'भैया ये बाँसुरी, एक युद्ध का तुमुलघोष है।'

जानकी बाबू हत्प्रभ देखते रहे और बुढ़िया अन्तर्ध्यान हो गयी।

जानकी बाबू ने लिखा है कि इसके बाद उन्होंने अयोध्या छोड़ दी और काशी आ कर बाँसुरी बजाना सीखने लगे। वर्षों तक जानकी बाबू बाँसुरी सीखते रहे मगर कभी भी उन्हें वह स्वर पकड़ में नहीं आया जो उस बुढ़िया ने बजाया था।

कहते हैं कि बाँसुरी की ईजाद कृष्ण ने की थी और इसके जरिये प्रेम का अपना सन्देश दिया था। जानकी बाबू ने भी बाँसुरी का उपयोग किया और युद्ध का सन्देश दिया।

वे जब भी बाँसुरी बजाते तो उन्हें लगता कि दुनिया में कहीं न कहीं किसी न किसी कोने पर विद्रोह का बिगुल बज उठा है। वे खुश होते और फिर दूने जोश से बाँसुरी बजाते।

जानकी बाबू को अपने जीवन में दो चीजों से विशेष प्रेम था। एक तो पीतल की मूँठ वाली छड़ी, दूसरा उनकी बाँसुरी। छड़ी भीतर से खोखली थी और जानकी बाबू अपनी बाँसुरी को छड़ी के खोखल के भीतर ही छुपाकर रखते मानो वह कोई अवैध हथियार हो।

(जानकी बाबू के अन्तिम वक्त में भी यह बाँसुरी उनकी छड़ी के खोखल में ही थी)

जानकी बाबू ने लिखा कि 'जब रोम जलता था तो नीरो बाँसुरी बजाता था। मैं भी बजाता हूँ क्योंकि दुनिया में कहीं न कहीं तो यह आग जलनी ही चाहिए।' तो इस तरह अपनी अन्तिम साँस तक जानकी बाबू बाँसुरी बजाते रहे और जलते हुए रोम को अपना आशीर्वाद देते रहे।

जानकी बाबू ने लिखा कि 'दुनिया जो है उसे वैसा ही नहीं होना है। चीजों को बदलना होगा। चीजें बदलती भी हैं। मगर सवाल बदलाव के हथियारों का है। सारी दुनिया अपने-अपने हथियारों के लिए लड़ रही है।'

इस लड़ाई में जानकी बाबू अपने हथियार को कितना सुरक्षित रखते थे, यह तो

जाहिर हो ही गया। अब दूसरी बात कि लड़ते हुए जानकी बाबू ने आत्महत्या क्यों की और किस तरह की? तो, जानकी बाबू की हत्या या आत्महत्या का किस्सा कुछ इस तरह है—

उस रात जब जानकी बाबू मानव क्लोन के आविष्कार से हतप्रभ थे और निराशा के उस दौर में मुझे दुःखी राजा की कहानी सुना रहे थे, ठीक और ठीक उसी रात एक घटना घटी।

जानकी बाबू अपने कमरे में बैठे जीवन और मृत्यु की सम्भावनाओं पर विचार कर रहे थे। उनके हाथ में जापानी यौगिक क्रियाओं की एक पुस्तक थी। अपने गुमनामी के दौर में जानकी बाबू ने इस तरह की यौगिक क्रियाओं का खासा अध्ययन किया था और उनका व्यावहारिक प्रयोग भी। सिर्फ एक 'हाराकीरी' ही थी जिसका उन्होंने कभी कोई प्रयोग नहीं किया, हमेशा विचार ही करते रहे। उन्होंने सुना था कि 'हाराकीरी' करने वाला आदमी मरता नहीं सिर्फ शरीर छोड़ता है। अपने तमाम कर्मों की स्मृति के साथ सही समय पर वह नये शरीर में प्रवेश करता है। उसकी यात्रा फिर वहीं से शुरू होती है जहाँ से उसने छोड़ी थी।

जानकी बाबू ने लिखा—'मैं कर्म-बन्धन से मुक्ति नहीं चाहता। अभी मुझे बाँसुरी के उस स्वर को पकड़ना है जो उस बुढ़िया ने सरयू किनारे बजाया था।'

और फिर जानकी बाबू उस छड़ी के खोखल से अपनी बाँसुरी निकाल कर बजाने लगे जो उनके हाथ में थी। यह रात के नौ बजे का समय था। लोग अपने-अपने घरों में दुबक चुके थे। जानकी बाबू की बाँसुरी की धुन ने जैसे उन सबको एकाएक सोते से जगा दिया। कुछ खीझे, कुछ बौखलाये, कुछ ने शराब का सहारा लिया तो कुछ टी. वी. की हाई वाल्यूम पर सब कुछ भूलने का प्रयास करने लगे। कुछ ऐसे भी थे जो गुस्से से झींकते जानकी बाबू का दरवाजा पीटने लगे। जानकी बाबू ने उस वक्त लिखा—'लगता है मानव क्लोन आ गये हैं। अब लड़ाई अपने अन्तिम दौर में है।'

दरवाजा पीटते लोगों का शोर जब ज्यादा बढ़ गया तब जानकी बाबू उठे। दरवाजा खोला तो देखा बीसियों तमतमाये चेहरे उनका स्वागत कर रहे हैं। जानकी बाबू को उन सब चेहरों में धुँधलाता हुआ सावित्री का चेहरा भी दिखाई दिया। जानकी बाबू इससे पहले कुछ कहते कि लोगों ने उनके हाथों से बाँसुरी छीन ली और उसके दो टुकड़े कर दिये। काफी देर तक लोग बड़बड़ाते रहे और जब बड़बड़ाते हुए गये तब जानकी बाबू ने टूटी हुई बाँसुरी के टुकड़े उठाये और फिर उन्हें अपनी छड़ी के खोखल में सहेजकर रख लिया। इस बार उन्होंने उसे किसी हथियार के रूप में नहीं बल्कि किसी पुरातात्त्विक स्मृति-चिह्न के रूप में सहेजा था।

मैं शायद इस घटना के बाद ही उनसे मिला था। अपनी डायरी में उन्होंने जो

अन्तिम बात लिखी, उसका कुल सार यही था कि क्या आदमी को अपनी जान लेने का अधिकार है? यह एक गम्भीर दार्शनिक सवाल था जिसे वे मानव क्लोनों की मायावी दुनिया के बीच से पूछ रहे थे। उन्होंने लिखा कि क्लोन भी लड़ाई का एक हथियार होगा जो अन्ततः दुनिया की तमाम बाँसुरियों को तोड़ देगा। फिर न जलता हुआ रोम होगा न बाँसुरी बजाने वाला नीरो...।

जानकी बाबू ने उस रात अपने नाभि प्रदेश के नीचे किसी निश्चित बिन्दु पर सुई चुभोकर हाराकीरी की थी। अन्तिम समय तक उनका यह विश्वास बरकरार रहा कि उन्हें फिर आना है मानव क्लोनों की इस दुनिया में और बाँसुरी की उस धुन को पकड़ना है जो बुढ़िया ने सरयू के किनारे बजायी थी। इसके बाद जानकी बाबू ने काण्ट का यह प्रसिद्ध वाक्य लिखा कि 'वस्तु स्वलक्षण अज्ञेय है।'

जानकी बाबू मर गये मगर हम सबको एक गहरा अपराध बोध दे गये। मैं आज भी सोचता हूँ कि उनकी इस हत्या या आत्महत्या का जिम्मेदार कौन है? इधर सुनने में आया है कि सरकार सुभाष बाबू की अस्थियाँ जापान से अपने देश लाने की तैयारियाँ कर रही है। अब सचमुच सुभाष बाबू के बारे में प्रचलित वे तमाम अफवाहें खत्म हो चली हैं जिनमें यह विश्वास था कि सुभाष बाबू मर नहीं सकते। वे छिपे हैं। सही समय पर वे फिर आएँगे और..।

# काला गुलाब

## सूखते झरने का जलस्रोत यानी गुलाब का ग

हवा में नमी थी। उतनी ही जितनी कि बारिश के बाद होती है। बारिश का होना न होने जैसा बिलकुल नहीं था। बारिश हुई थी और दिन के दूसरे पहर तक रुक भी गयी थी। बारिश का होना कई एक स्त्रियों की समवेत खिलखिलाहटों के जैसा था और बारिश का रुकना, उन तमाम खिलखिलाहटों पर पड़नेवाले उल्कापात के जैसा...।

बारिश में धुली-पुँछी साफ-शफ्फाफ सड़कें बता रही थीं कि इस खामोशी का भी एक अर्थ है जैसे प्रेम का एक अर्थ होता है... जैसे घृणा का एक अर्थ...।

किसी भी अनर्थ की सूचना इन धुली-पुँछी साफ-शफ्फाफ सड़कों पर नहीं थी। वह थी तो सिर्फ शरद की उन आँखों में जहाँ एक मृत ज्वालामुखी न फट पाने की अपनी विवशता के साथ जी रहा था।

शरद को वहाँ आये अभी महज चौबीस घण्टे ही हुए थे यानी एक पूरा दिन... इस पूरे दिन का कुल किस्सा सड़कों पर बिखरी हुई वह खामोशी थी जो कभी कभार रह-रहकर शरद के भीतर उतर जाती। खामोशी के साथ-साथ शरद के भीतर एक अर्थहीन कोलाहल भी था जो कभी इस खामोशी का अतिक्रमण करता तो कभी उसके डर से चुप हो जाता।

कोलाहल जब चुप हो जाता तो उसकी जगह फिर वही खामोशी पसर जाती और खेल चलता रहता...।

शरद को लगा जैसे वह इस खेल में रेफरी बन गया है। खामोशी और कोलाहल के बीच की किसी जगह पर वह कहीं खड़ा है और इस खेल का मजा ले रहा है। क्या सचमुच खामोशी और कोलाहल के बीच कहीं कोई स्पेस था जहाँ वह खड़ा था? पता नहीं...।

थोड़ी ही देर में शरद को खीझ-सी होने लगी। वैसी ही जैसी सुबह-सुबह उसे होटल के अपने कमरे में घुसते समय हुई थी। कमरे का ताला उसकी लाख कोशिशों के बाद भी नहीं खुल रहा था। बार-बार की-होल में जाकर चाबी फँस जाती। शरद बार-बार चाबी निकालता और उसे फिर लगाता मगर ताला था कि खुल ही नहीं रहा था।

शरद को लगा कि यह चाबी पिछले बीस वर्षों से इसी ताले में फँसी हुई है। बीस वर्ष पहले भी वह इस शहर में आया था, अपने बूढ़े बीमार पिता के साथ...। होटल भी यही था और...।

...और एक पूरी कहानी थी जिसमें शरद के अलावा सब कुछ था। एक छोटे से उजाड़ शहर की खूबसूरती... थोड़ा-सा खुला आसमान... हवा... पानी... परिन्दे... धूप... बारिश... चाँदनी का एक टुकड़ा... और भी जाने क्या-क्या...।

हाँ, उसमें उसके पिता की बीमारी और उसकी अपनी बेरोजगारी भी तो थी...।

'कितना कुछ बदल गया इन बीस बर्षों में'...—शरद ने सोचा।

और वह उस ताले में फँसी हुई चाबी को फिर से कसने लगा। ताला फिर भी नहीं खुला। शरद की खीझ स्वाभाविक थी जो बढ़ती ही जा रही थी।

खीझते-खीझते शरद को एकाएक गुस्सा आ गया। गुस्से के उसी आवेग में उसने एक जोरदार लात दरवाजे पर मारी। दरवाजा शायद लतखोर था। लात पड़ते ही खुल गया।

दरवाजे के खुलते ही बेसाख्ता फूटती एक हँसी खनखनाती हुई शरद के कानों तक आयी। शरद को लगा कि इस हँसी में कहीं एक व्यंग्य है। उसे यह भी लगा कि उस व्यंग्य के भीतर कल-कल करते किसी झरने का अनायास जल है।

जल के जाने कितने बिम्ब एक पल में उसके मन में आये और चले गये। जब तक वह मुड़कर देखता, तब तक झरना सूख चुका था और हँसी गायब...।

अब वहाँ सिर्फ एक कमरा था जैसे कोई चित्र...। चित्र के भीतर वह सब कुछ था जो उस कमरे में था। कमरे के भीतर एक लड़की थी और चित्र के भीतर... चित्र के भीतर लड़की की ही एक मूर्ति थी... आदिम और ठोस...।

कमरे से चित्र तक और चित्र से कमरे तक आते-आते एक पूरा युग बीत गया। शरद ने सोचा—कहाँ है चित्र?

चित्र कहीं नहीं था। सिर्फ एक कमरा था और कमरे में चित्र जैसा ही सब कुछ था। कमरे में एक लड़की थी और उसके चेहरे पर हल्की-सी लाली थी। शरद ने लाली को देखा। लाली कुछ और लाल हो गयी।

लड़की का चेहरा अब उतना ही लाल था जितना कि लाल गुलाब का

फूल...। लाल गुलाब का फूल धीरे-धीरे सारे कमरे में महकने लगा। शरद को लगा कि चित्र की खण्डित मूर्ति भी अब गुलाब हो रही है।

उसने झट से एक गहरी साँस अपने भीतर उतार ली।

मेज पर रखा काँच का थर्मस प्रिज्म बन गया था और उससे फूटती कई-कई रश्मि रेखाएँ गुलाब को गुलाब कर रही थीं।

अचानक लड़की का हाथ हिला जैसे गुलाब की पंखुड़ी...। लड़की ने कहा, ''हाय!''

शरद को लगा जैसे गुलाब उसे अपने पास बुला रहा है। लड़की ने कहा, ''एनी प्रॉब्लम?''

शरद को लगा कि गुलाब उससे पूछ रहा है कि क्या उसने सूखते हुए झरने के जलस्रोत को देखा?

शरद फिर उस चित्र में खो गया जहाँ उस लड़की की खण्डित मूर्ति थी जो अब गुलाब हो रही थी। मूर्ति भी गुलाब थी लेकिन उतनी नहीं। शरद ने मूर्ति से पूछा कि क्या उसने सूखते झरने के जलस्रोत को देखा?

मूर्ति ने कहा, ''हाँ!''

शरद ने कहा, ''कहाँ?''

मूर्ति ने अपनी आँखों से एक अस्पष्ट-सा इशारा किया और अपने खण्डित, भग्न अवशेष शरद के सामने रख दिये।

शरद ने देखा कि ये इतिहास के कुछ पृष्ठ थे, विस्मृति की गर्द में दबे हुए...।

उस वक्त शरद इतिहास के उन विस्मृत, दबे हुए पृष्ठों को लेकर अपने कमरे में आ गया। बाहर हवा में नमी थी लेकिन कमरा सुरमई रोशनी में जगमगा रहा था।

कमरे में एक बिस्तर था और उसके साथ था एक टेबिल लैम्प। शरद ने स्विच दबाकर लैम्प जलाया। सुरमई रोशनी एकाएक दूधिया चाँदनी में बदल गयी। शरद स्तब्ध था। उसने कमरे में चारों ओर नजर दौड़ायी। उसे आश्चर्य हुआ। आखिर सब कुछ वैसे का वैसा कैसे रह गया? पलंग, चादर, तकिया, गिलाफ, लैम्प, खिड़की, परदे और यह स्टूल... क्या सचमुच पिछले बीस वर्षों में कुछ भी नहीं बदला?

बिस्तर पर उसे पिता की एक कराहती हुई सी आवाज सुनाई दी, ''कहाँ चला गया था रे...शरद!''

''हूँ... अ... अस्पताल! शायद कल वे तुम्हें भर्ती कर लें...।''

''देखो... डॉक्टर साहब से पहले ही चिट्ठी लिखवाकर लाते तो ठीक था। तेरी माँ भी घर पर अकेली होगी। क्या जिन्दगी पायी है साली, एक पल को भी चैन नहीं, हाँ, तेरा ट्यूशन तो ठीक चल रहा है? बता के तो आया होगा, नहीं तो इतने दिन के पैसे काट लें।''

पिता जाने क्या-क्या बड़बड़ाते रहे थे। शरद उनके सामने यहीं स्टूल पर बैठा था, बाहर खिड़की की तरफ देखते हुए। पिता की बड़बड़ाहट पर वह बौखला जाता तो कहता, "अब चुप करो और सो जाओ नहीं तो फिर दौरा पड़ जाएगा।"

उन दिनों हर दो घण्टे बाद पिता को दौरा पड़ता था। बड़बड़ाते-बड़बड़ाते अचानक वे चीखने लगते। फिर दे खून की उल्टियाँ पर उल्टियाँ और फिर सब शान्त।

'पिता इतनी शराब क्यों पीते थे?'—शरद ने सोचा और एक गहरी साँस ली।

बाहर शायद हवा बहुत तेज चल रही थी। कमरे की खिड़की अचानक से खुल गयी। बाहर से हल्का-सा प्रकाश खिड़की के भीतर आया। खिड़की से हवा भी आयी। हवा शरद के शरीर को छूकर निकल गयी। शरद की देह में एक सिहरन सी हुई।

...उसे लगा बीस वर्ष पहले भी ऐसा ही हुआ था।

हवा अब दीवार पर टँगे कैलेण्डर के पास चली गयी थी। कैलेण्डर गुलाब की पंखुड़ियों की तरह फड़फड़ा रहा था। कैलेण्डर में शायद किसी यक्षिणी की खण्डित मूर्ति थी। शरद ने देखा कि मूर्ति भी अब गुलाब हो रही है।

शरद मूर्ति की भरी-पूरी नग्न देह देखता रहा। वह देह नहीं थी। कोई आदिम गुलाब था। मूर्ति की आँखें जैसे कोई जलाशय। जलाशय में दो भरे-पूरे नग्न गुलाब केलि-क्रीड़ा कर रहे थे।

सब कुछ किसी सपने के जैसा था। सपने में ही जल, जलाशय और गुलाब। शरद को एक पुरानी कथा याद आयी। कथा में दो प्रेमी थे। दोनों ही जुआरी। आजीवन वे प्रेम के वास्तविक स्वरूप पर बहस करते रहे। एक कहता कि प्रेम जलाशय में आयी हुई बाढ़ है, उद्दाम जीवन रस का नैसर्गिक प्रवाह। जिन्दगी में यह सिर्फ एक बार ही आती है और अपने साथ सब कुछ बहा ले जाती है फिर सब कुछ निरर्थक हो जाता है।

दूसरे का कहना था कि नहीं! प्रेम बारिश का वह जल है जो बार-बार सूखते हुए जलाशय को भरता है। हर तरफ, हर कहीं, हर किसी के लिए।

सदा से ऐसा ही था, सदा ऐसा ही रहेगा।

यह एक ऐसी बहस थी जिसका कोई अन्त नहीं था। यह तब तक जारी थी जब तक कि शरद ने उस मूर्ति की भरी-पूरी नग्न देह नहीं देखी थी।

शरद को लगा कि उन जुआरी प्रेमियों में एक वह खुद है, दूसरा वह गुलाब जो अभी, बिलकुल अभी, उससे पूछ रहा था कि क्या उसने सूखते हुए झरने के जलस्रोत को देखा?

सूखते हुए झरने का जलस्रोत जितना पास था, उतना ही दूर था, ठीक कथा के

उन दो प्रेमियों की तरह जो जिन्दगी भर प्रेम के वास्तविक स्वरूप पर बहस करते रहे और अन्त में उन्होंने एक शर्त बदी!

शर्त के अनुसार उन्हें इस दुनिया में एक ऐसे दुर्लभ गुलाब की तलाश करनी थी जो सिर्फ एक बार ही खिलता है और फिर कभी मुरझाता नहीं। अगर कहीं ऐसा कोई गुलाब मिल जाता तो पहला प्रेमी जीतता... नहीं तो दूसरा...। कहते हैं कि दोनों बरसों देश-देशान्तर भटकते रहे। गुलाब की सैकड़ों किस्में खोजीं लेकिन उन्हें वह गुलाब नहीं मिला जो सिर्फ एक बार ही खिलता था। फिर भी, वे जहाँ कहीं भी जाते लोग उनसे उस गुलाब के अनुपम सौन्दर्य, उसकी सुगन्ध और माधुर्य की चर्चा जरूर करते। सबको विश्वास था कि ऐसा कोई गुलाब कहीं होता तो जरूर है तभी तो यह दुनिया अपनी धुरी पर टिकी है।

पहले प्रेमी की जिद थी कि वह उस गुलाब को (जहाँ कहीं भी हो) ढूँढ़ेगा जरूर! दूसरा भी अपनी जिद पर कायम था इसलिए वह उसके साथ था। वे दोनों उसे तब तक ढूँढ़ते जब तक कि खुद गायब नहीं हो गये।

वह अन्तहीन बहस जारी रही।

शरद को लगा कि वह गुलाब कहीं नहीं, यहीं आस-पास कहीं है। पिछले बीस वर्षों से वह जैसे उसके रोम-रोम में महक रहा है। खामोशी में लिपटे एक सुगन्धित अहसास की तरह।

वह झट से उठा और उसने अपने बैग से एक पुरानी डायरी निकाल ली। डायरी के पन्ने पीले और जर्जर हो चले थे। लाल रंग का उसका कवर भी अब चिथड़ा बनता जा रहा था। टेबिल लैम्प जलाकर शरद डायरी को पढ़ने लगा। पहले ही पृष्ठ पर कुछ आड़ी-तिरछी रेखाएँ थीं। बीच में कई गोल घुमावदार चक्कर।

एक समय था जब ये रेखाएँ बोलती थीं। उनके एक मानी होते थे। लेकिन अब?

अब वे सिर्फ रेखाएँ थीं। आड़ी-तिरछी। गोल और घुमावदार।

शरद को याद आया कि इन्हीं रेखाओं के जरिये उसने एक रात उसका एक स्केच खींचा था। अजीब थी वह रात भी। अस्पताल का जनरल वार्ड और पिता मृत्युशैया पर। फिजा में हर तरफ दवाई या फिर दवाइयों की गन्ध।

पिता बड़बड़ा रहे थे, "शरद, अम्मा को कहना आज रोटियाँ न बनाए। लालाजी के यहाँ आज मुर्गे की दावत है।"

पिता की बड़बड़ाहट सुन वह हौले से मुस्करायी। बोली, "घबराओ नहीं, सब ठीक हो जाएगा।" और उसने पिता को नींद का एक इन्जेक्शन दे दिया था। पिता गहरी नींद में सो गये थे।

"कोई खतरा तो नहीं?" शरद ने पूछा था।

''नहीं, मैं हूँ न... तुम इतना घबराते क्यों हो?'' वह खिलखिलाकर हँस पड़ी थी।

उसकी हँसी धीरे-धीरे फैलती थी, स्पन्दित करती हुई, गुलाब की खुशबू की तरह।

अस्पताल के जनरल वार्ड में तब लगभग अँधेरा था और उसकी वह हँसी भी उसी लगभग अँधेरे में थी।

कितना कुछ बिखर जाता है इन लगभग अँधेरों में। शरद ने सोचा और डायरी के पृष्ठ पलट दिये।

टेबिल लैम्प की झीनी-झीनी रोशनी डायरी के पृष्ठ पर थी और डायरी के पृष्ठ अँधेरे में। अँधेरे में रोशनी, अँधेरे का एकमात्र सहारा थी।

वह बार-बार शरद से पूछती कि जिस झरने के जलस्रोत की तुम तलाश में हो, वह आखिर सूखा कैसे?

शरद कोई जवाब नहीं देता। उसके पास कोई जवाब था भी नहीं। जवाब देना इतना आसान है क्या?

''नहीं, मुश्किल है, बहुत मुश्किल!'' उसने कहा था। बीस वर्ष पहले की बात है यह। डायरी में हू-ब-हू दर्ज। शरद को लगा कि उसके भीतर अचानक कहीं कोई जंगल उग आया है। स्मृतियाँ रात के खौफनाक सन्नाटे की तरह उसके नजदीक आ रही थीं।

''तुम पेन्टिग करते हो?'' उसने शरद को कोंचते हुए पूछा था। शरद सकुचा रहा था।

''नहीं, ऐसे ही कभी कभी।''

पता नहीं, उसे इतनी सारी जानकारियाँ कहाँ से मिल जाती थीं।

''मेरा पोट्रेट बनाओगे? इनाम मिलेगा।'' उसने एक मादक मुस्कान बिखेरते हुए कहा था। उसकी आँखों में चपलता थी जिसे सह पाना शरद के लिए मुश्किल हो रहा था।

तभी उसने एक अँगड़ाई ली। साँवला-सलोना बदन, कसी हुई सफेद ड्रेस के भीतर चरमराने लगा। पूरे शरीर में एक तरह की वक्रता आ गयी। शरद मुग्ध भाव से देखता रहा।

''क्या देख रहे हो?'' उसने मुस्कराते हुए पूछा था।

''कुछ नहीं, बस ऐसे ही...'' हड़बड़ाहट में शरद ने अपनी पेन्सिल और स्केचिंग पैड निकाल ली थी।

''कल सुबह जो पेशेन्ट आया था, आज उसकी डेथ हो गयी।'' उसने एक गहरी साँस लेते हुए कहा था। शरद को कुछ समझ नहीं आया। उसने तो बस यही

पूछा था कि लोग यहाँ मरने आते हैं कि जीने?

"पता नहीं..."

"तुम्हें डर नहीं लगता?"

"किससे?"

"मरनेवालों से..."

"मरनेवालों से कोई डरता है क्या?"

"सिस्टर नैंसी कह रही थी कि उसने एक बार यहाँ बाथरूम में एक भूत देखा था।"

"देखा होगा..." उसने मुँह बिचकाते हुए कहा, "उस कुतिया को तो हर मर्द भूत ही लगता है, तुम मेरा स्केच बनाओ न। फालतू की बात क्यों करते हो" और वह सिर झटककर शरद के पास आ गयी थी। शरद डर गया था। कहीं पिता जग गये तो? पिता ने उसी समय करवट बदली थी।

करीब घण्टा भर बाद शरद ने मुद्रा बदली। स्केच पूरा हो गया था। उसने स्केचिंग पैड शरद के हाथों से लगभग छीन ली और देर तक उसे घूरती रही।

"धत्... मैं क्या ऐसी लगती हूँ!" उसने लजाते हुए कहा था।

"ऐसी नहीं तो कैसी?"

"पता नहीं, मगर शायद मैं इतनी सुन्दर नहीं।"

"हाँ... इतनी तो नहीं, बस थोड़ी सी कम।" शरद ने हँसते हुए कहा था और वह मुग्ध हो गयी थी।

प्रिया था उसका नाम, मगर शरद ने कभी उसे इस नाम से नहीं पुकारा। वह उसे कुछ भी कह लिया करता था। फूल, हवा, पानी, जंगल कुछ भी। चित्र को उसने काला गुलाब कहा था। वह नाराज हो गयी थी। 'धत्... मैं क्या इतनी काली हूँ?'

शरद क्या कहता! हमेशा की तरह खामोश रहा, गुमसुम, कभी पिता को देखता, कभी अस्पताल के इस जनरल वार्ड को, जहाँ रोज कोई नया मरीज आ जाता था। हैरान...परेशान!

लोग यहाँ मरने आते हैं कि जीने?

पता... नहीं...।

(यही तो यक्ष प्रश्न था!)

'कल सुबह जो पेशेन्ट आया था, आज उसकी डेथ हो गयी।'... कितना आसान था उसके लिए यह सब कहना!

सचमुच स्मृतियाँ रात के खौफनाक सन्नाटे की तरह ही आती थीं। डायरी के पीले जर्जर पृष्ठों पर जो टूटी-बिखरी इबारतें दर्ज थीं, वे भी उसी खौफनाक सन्नाटे

की गवाही देतीं।

शरद ने एक इबारत पढ़ी। लिखा था—

वहाँ सबके अपने अपने दुःख थे।
हर दुःख की अपनी एक कथा थी।
हर कथा में एक सूखता हुआ झरना था।
हर झरने में एक गुलाब था।
जाने कितने झरने थे...
जाने कितने गुलाब...।

यह बीस वर्ष पहले की इबारत थी। स्याही धूमिल हो चली थी और अक्षर अस्पष्ट...। फिर भी कुछ था जो बचा रह गया था। क्या था वह?

धूमिल अक्षरों के बीच उभरते स्पेस में शरद को कई एक चेहरे झाँकते नजर आये। हर चेहरे पर एक दुःख था और हर दुःख की अपनी एक कथा थी। शरद को लगा कि दीवार पर टँगे कैलेण्डर में उन सब दुःखों का एक कोलाज बन गया है और खण्डित यक्षिणी की नग्न मूर्ति चिल्ला-चिल्लाकर कह रही है- 'यूरेका...यूरेका।'

## चाँद, चाँदनी और ओस की बूँद

'लिखना आसान होता है। लिखते हुए रुक जाना मुश्किल...। इसी मुश्किल में शायद जिन्दगी का रहस्य है।'—शरद ने कभी यह अपनी डायरी में लिखा था।

आज अपने उसी लिखे हुए को पढ़ना कैसा अजीब लगता है, शरद ने सोचा।

उसने कलम उठायी और अपने उसी लिखे हुए के आगे लिखा—'क्योंकि दुनिया की हर कहानी अधूरी है... हर चित्र अपूर्ण... इसलिए लिखना आसान होता है और रुकना मुश्किल। लेकिन जो रुकते हैं, वे भी कहाँ रुकते हैं?'

बीस वर्ष तक उसका रुकना क्या सचमुच में रुकना था?

'रुकना और फिर रुककर देखना। देखना कि उस रुकने में भी कितनी गति थी। कितना प्रवाह!'

जैसे तट से बँधी कोई नदी।
जैसे आसमान से टूटता कोई तारा।
जैसे चटखते मन की कोई कसक।

शरद बार-बार लौटता है बीस वर्ष पुराने खण्डहर होते समय में। तब चाँद पूरा निकलता था। चाँदनी छिटककर आती थी।

और ओस की बूँदें ऐसे जैसे मदनोत्सव में किसी सुकुमारी के रक्ताभ होठों पर झिलमिलाता कोई श्रमिक समय...।

शरद को यह उपमान अच्छा लगा। याद आया कि ऐसे ही एक दिन सुबह वह अस्पताल के बगीचे में टहल रहा था। चारों ओर तरह-तरह के रंग-बिरंगे फूल थे। डहेरिया, बोगेनवेलिया, गुलाब और भी जाने क्या-क्या। गेंदे का पौधा एक कोने में था, उपेक्षित-सा। माली ने बताया था कि इसकी कोई कद्र नहीं। कहीं भी उग जाता है। यानी जो कहीं भी उग जाता था उसकी कोई कद्र नहीं थी। कद्र के लिए किसी का भी दुर्लभ होना जरूरी था।

शरद टहलते हुए वहीं गया जहाँ वह उपेक्षित गेंदे का पौधा था। लाल, पीले, नारंगी तरह-तरह के रंगों में एक जिद की तरह वह खिल रहा था। शरद ने काँपते हाथों से उसे छुआ। हाथों का कम्पन पौधे में उतर गया। फूल जैसे झनझना उठे थे। उसी झनझनाहट में ओस की कई बूँदें छिटककर जमीन पर आ गिरीं।

शरद ढूँढ़ता रहा। जमीन पर उनका कोई अंश बाकी नहीं बचा था।

वैसे भी, जमीन पर कब, किसका, कौन-सा अंश बाकी बचा है? सब धूल, मिट्टी और इतिहास की अन्तहीन कन्दराओं में गुम हो जाते हैं... अन्ततः।

शरद जमीन का नहीं, आसमान का वासी था। दूर...ऊँचे उड़ते हुए परिन्दे उसे अच्छे लगते। जब छोटा था तब सोचता था कि मरकर आदमी ऐसे ही आसमान में उड़ जाता होगा।

'मरकर आदमी परिन्दा हो जाता है...।' पिता भी अकसर कहा करते। माँ ने इस बारे में कभी कुछ नहीं कहा... पूछने पर भी नहीं। माँ को डर था कि कहीं घर के और लोग भी परिन्दे न बन जाएँ। पिता का धीरे-धीरे परिन्दा बनते जाना वे खूब देख रही थीं।

पिता अकसर रात को देर से शराब पीकर घर आते और माँ की गोद में गिरकर रोने लगते। माँ जब उन्हें ढाँढस बँधातीं तो उनकी रुलाई और तेज हो जाती। माँ से भी फिर सहन न होता और वे भी उनके साथ रोने लगतीं।

किसकी रुलाई से कौन रो रहा होता, यह पता नहीं चलता था। कभी-कभी तो लगता जैसे दोनों की रुलाई मिलकर एक हो गयी है और दुःख के किसी महान संगीत की तरह सम्पूर्ण ब्रह्माण्ड में गूँज रही है।

शरद को अपनी शिराओं में भी वही संगीत गूँजता हुआ-सा लगता।

लेकिन फिर धीरे-धीरे सब खत्म होने लगा।......

माँ और पिता की रुलाई अब दुःख के किसी महान् संगीत की तरह नहीं बजती थी। वह खोखले बाँस से निकलनेवाली कोई खोखली-सी ध्वनि होती या फिर हजारों साल पुराने किसी सूखे पेड़ की सूखी डाली पर बैठी किसी अकेली चिड़िया की खोई-सी आवाज।

शरद को नहीं मालूम कि पिता क्यों रात को देर से शराब पीकर घर आते थे और माँ की गोद में गिरकर रोने लगते!

पिता के शराब पीकर देर से घर आने और माँ के रोने के बीच न मालूम क्या और कैसा सम्बन्ध था। शरद को सब कुछ रहस्यमय लगता। कभी वह छुपकर दोनों को देखता तो रहस्य और भी गहरा जाता।

शरद को उस रहस्य से कई एक रहस्य झाँकते हुए-से लगते। उसमें पिता की बीमारी से लेकर उनके असफल प्रेम, डूबता व्यापार और घर की डाँवांडोल अर्थव्यवस्था तक सब कुछ होता। लेकिन इन सबके बावजूद रहस्य, रहस्य था और उसका कोई तर्क नहीं था।

शरद ने अपनी डायरी में लिखा कि 'क्या रहस्य का कोई तर्क हो सकता है?'

रहस्य के तर्क रहस्य में थे। शरद को लगता कि तर्क भी एक रहस्य है।

स्वर्ग के अपने रहस्य थे, नर्क के अपने! नर्क का रहस्य स्वर्ग का रहस्य नहीं था। अलबत्ता स्वर्ग के रहस्य में नर्क का रहस्य जरूर एक बेशर्म ख्वाहिश की तरह आ जाता था।

ऐसा क्यों था कि स्वर्ग के रहस्य में जहाँ हर तरफ काँटों भरे गुलाब थे, वहीं नर्क का रहस्य एक उपेक्षित गेंदे के फूल से भी वंचित था। उस दिन जब वह गेंदे के फूल से झरती ओस की बूँदें देख रहा था तभी वह बाग में आयी। उसकी मुस्कराहट बाग के हर फूल की मुस्कराहट थी।

''पिता कैसे हैं?'' उसने पूछा।

इन्जेक्शन दे दिया है। कुछ घण्टों के लिए सो जाएँगे।

''हूँ... अब उन्हें सो जाना चाहिए।''

उसने कभी नहीं कहा लेकिन वह जानता था कि क्या चाहता है। उसे हर क्षण पिता की मृत्यु की प्रतीक्षा थी।

उसने लिखा भी कि 'काश, पिता काल के एक विराट क्षण की तरह मरें! ऐसे जैसे मैदान में दौड़ता कोई धावक एकाएक गायब हो जाए... और वहाँ की हवा, रूप, रस, गन्ध सब उसके भीतर उतर आए।'

क्या अस्पताल के उस वार्ड में पिता का होना मैदान में दौड़ते किसी धावक का होना था?

शरद कल्पना करता, लेकिन कल्पनाएँ स्मृतियों के साथ गड्डमड्ड होने लगतीं। दृश्य कुछ और होता, मन कुछ और सोचता। सोचने और देखने के बीच इतना लम्बा अन्तराल था कि घबराहट होती थी।

कितनी वीभत्स कल्पना थी पिता की मौत... उसने सोचा—''क्या पिता के साथ कहीं वह खुद भी नहीं मर गया था या पिता के रूप में उसने खुद अपनी ही मौत चाही थी।''

वैसे भी जीने की इच्छा से प्रबल होती है मरने की इच्छा। याद नहीं कैसा लगा

था उसे जब उसने पहली बार एक मरे हुए आदमी को देखा... बुद्ध तो नहीं था वह लेकिन...

प्रिया ने झिड़का था उसे, "ये क्या अण्ट-शण्ट सोचते रहते हो तुम। मरना-जीना क्या अपने बस में है?"

"शायद!" उसने कहा था।

चीजें कैसे एकदम से दिमाग से उतर जाती हैं। बरसों पुरानी कोई निरर्थक-सी चीज आज भी शीशे की तरह साफ है लेकिन कल जो घटा वह जाने कहाँ एक धुँधली-सी परछायी बनकर मन के कोने अँतरों में खो जाता है। वो भी जिसे हमने कभी दीवानगी की हद तक चाहा था, पल भर में कपूर की तरह उड़ जाता है और याद...याद रह जाती है कोई मेज, कुर्सी, फूल, पत्थर या ऐसी ही कुछ निरर्थक-सी।

जैसे शरद को याद रह गयी थी उसकी चुटिया—काली और घुमावदार।

जरा-सा झटकती तो हवा में साँप से बलखाते बाल नाचने लगते। उसे डर लगता। प्रेम में आदमी मृत्यु के अहसास में डूबने लगता है ओर मृत्यु जैसे प्रेम का ही दूसरा नाम थी उस वक्त।

शरद से किसी ज्योतिषी ने कहा था कि तुम्हारी मृत्यु किसी काले साँप के डसने से होगी। जब भी वह निकट आती, शरद उसकी चुटिया अपने दाँतों के बीच दबा लेता। ताँबई चेहरे के पास उसकी गर्म साँसें किसी साँप की फुँफकार-सी लगतीं।

उसकी नर्म, नाजुक गोद में छुपकर वह अकसर भूल जाता कि मौत का चेहरा कितना क्रूर और वीभत्स होता है।

मौत... हाँ, पिता की मौत निरन्तर निकट आती जा रही थी।

एक दिन उन्होंने शरद को अपने पास बुलाकर कहा, "बेटा अब मैं नहीं बचूँगा। अपनी जिन्दगी मैंने एक घर के लिए तबाह कर दी। घर एक सपना था मेरे लिए बचपन से ही। फोटो में जब किसी के घर को देखता तो अपने घर की कल्पना करता। कितनी शान्ति... कितना सन्नाटा होता था उस घर में। लेकिन घर सन्नाटे में नहीं बनते। सन्नाटे में कब्रिस्तान बनते हैं। जिन्दगी भर मैं आखिर कब्रिस्तान का ही बाशिन्दा रहा।"

पिता की मुस्कान बहुत फीकी थी। उसने सोचा पिता की बीमारी से उपजी बड़बड़ाहट है यह।

उसी रात पिता चले गये एक पुरसुकून घर का सपना लिये। जरूर पिता कोई परिन्दा बन गये होंगे — घर की तलाश में उड़ता एक बेचैन आवारा परिन्दा।

मौत ऐसे ही आती थी। चुपचाप। खामोश कदमों के साथ। पिता किसी दौड़ते धावक की तरह एकाएक मैदान से गायब हो गये। जहाँ से गायब हुए वहाँ अब

सिर्फ ओस की कुछ बूँदें थीं। मैदान खाली था। शरद खोजने लगा—हवा में शायद कहीं पिता की देहगन्ध कुछ बची हो...। लेकिन नहीं, कहीं कुछ नहीं बचा था। मैदान एकदम से खाली था। शरद को झुरझुरी हुई—'क्या मैदान हमेशा ही खाली रहेगा?'

## नरक, नरक में गुलाब

किस्से-कहानियाँ सिर्फ कल्पना में नहीं बनते, न दुनिया इतनी काल्पनिक होती है। दरअसल, दुनिया सच और झूठ का एक अबूझ संगम है, जहाँ सच सच नहीं होता और झूठ...शरद को लगता कि झूठ का एक जादू है। सच से कहीं ज्यादा आकर्षक और ज्यादा जीवन्त। झूठ न होता तो कितनी बोझिल होती जिन्दगी। कल्पना और झूठ... कितना कम अन्तर था दोनों में। कल्पनाएँ मुक्त करतीं थीं। झूठ सहारा देता था। जिन्दगी में भी सच उतना ही था जितना कि किस्से-कहानियों में। झूठ के सहारे एक जादुई और विराट दुनिया खुल जाती थी। जहाँ असम्भव कुछ भी नहीं था। असम्भव को सम्भव करनेवाले जाने कितने झूठ शरद की आँखों के सामने ही गुजरे। आँखें उन सबको पकड़ने की कोशिश करतीं लेकिन सच की तरह झूठ भी कभी पूरी तरह पकड़ में नहीं आता था। आँखों की अपनी सीमा थी। शरद उस सीमा के बाहर के जादू की कल्पना करता—

यही उसका यथार्थ था। जैसे पिता का यथार्थ था एक घर। जैसे माँ का यथार्थ था घर की चारदीवारी। जैसे प्रिया का यथार्थ था हँसना और सिर्फ हँसना। सबके अपने अपने यथार्थ थे।

सड़क पर खड़ी उस नंगी औरत का भी अपना एक यथार्थ था जो अपनी जाँघों के बीच उँगली गड़ाये सारी दुनिया को मुँह बिरा रही थी; और उन लोगों का भी अपना, जो उसे देखते हुए भी अनदेखा कर रहे थे।

'अश्लील'....शरद ने पल भर जो ठहर कर देखा तो सारी दुनिया उसे अश्लील नजर आने लगी।

मूर्खता का अपराजेय इतिहास ढोते हुए सदियों पुराने रणबाँकुरे चले आ रहे थे। ऋषि, मुनि, सुर, नर, गन्धर्व...सब।

उन्हीं में थे हाथ में रक्तसनी तलवार लिये एक से-एक आततायी योद्धा जिनके भुजबल से कभी दुनिया काँपती थी।

शरद ने देखा कि लाखों-लाख नरमुण्ड धरती के कोनों-अँतरों में बिखर गये हैं...चप्पा-चप्पा खून से सना हुआ है।

...विधवाओं का विलाप...बच्चों का क्रन्दन...भूख...बेबसी...लाचारी।

वहीं शान्त निरभ्र लता-कुंजों में बैठे थे वेदपाणि जो शान्ति-पाठ कर रहे थे।

...सर्वे भवन्तु सुखिनः !

मोक्ष की तलाश में कोई आकाश की तरफ देख रहा था। कोई आत्मा के अनन्त अध्याय लिख रहा था। और कुछ नहीं तो किसी-किसी ने अपनी जिह्वा ही सिल ली थी।

जटाजूट बढ़ाये ज्ञान के हाथी बढ़े आ रहे थे जंगलों की तरफ... एक...दो...तीन... । अनन्त सम्पत्ति, अनन्त लिप्सा—सौन्दर्य के सारे प्रतिमान रनिवासों में केलिक्रीड़ा कर रहे थे।

'मृत्यु?' पूछता है नचिकेता। छह साल का बच्चा। इतिहास धन्य हो उठता है। दिशाएँ जय-जयकार करने लगती हैं लेकिन कोई नहीं पूछता—'नचिकेता कहाँ चला गया था तुम्हारा बचपन?'

हजारों सालों से सोयी लाशें एकाएक जाग उठीं। कहीं बुद्ध बैठे हैं...कहीं कालिदास। जुलाहा कबीर है कि चर्खा कातने में व्यस्त। फुर्सत ही नहीं दीन दुनिया की।

बुद्ध ने कहा—'मृत्यु?'

कबीर ने कहा—'जीवन!'

कालिदास ने कहा—'सौन्दर्य?'

'सब नाटक है!'—शरद ने कहा।

इतिहास में मायावी प्रेत हवा में तैरने लगे थे। सच-झूठ का अन्तर समाप्तप्राय था। स्थितियाँ इतनी गड्डमड्ड थीं कि कुछ समझ में नहीं आता था।

जेहादी तेवरों से लैस कुछ षड्यन्त्रकारी और दुर्धर्ष योद्धा थे जो अपने एकाकीपन में दयनीय और अपाहिज बूढ़े लग रहे थे। नीरो, रासपुतिन, हिटलर, महमूद और न जाने कौन-कौन...

"मैं एक कलाकार था!" नीरो ने निर्लिप्त भाव से कहा।

"और मैं दुनिया का रहस्य खोजने चला था।" रासपुतिन की खोजी आँखें अँधेरे में चमक रही थीं।

"मैंने भी बस एक सपना देखा था।" हिटलर मुस्कराया।

"मूर्खों को क्या मालूम कि लूट में क्या मजा है।" महमूद चिल्लाया।

एक गहन खामोशी और इतिहास हिनहिनाने लगा... ।

"कौन सी दुनिया है यह... कौन सा काल?"

"मत पूछो..." कहीं से कोई चिल्लाया, "काल के समीकरण बिगड़ चुके हैं और तुम अपनी दुनिया से बाहर एक अजनबी दुनिया में हो..." "शरद हक्का-बक्का उस अजनबी दुनिया में झाँकता है।"

तो मेरी अपनी दुनिया?

'कहीं नहीं... दरअसल तुम्हारी अपनी कोई दुनिया थी ही नहीं... जो था वह सिर्फ एक संस्कार था।'

ये आप्त वाक्य...ये गूढ़ वचन समझ से परे थे। शरद धुत्त नशे में हँसने लगा... एक जंगली हँसी...। चार्वाक से लेकर नीत्शे तक सब उपदेशक की मुद्रा में उसे समझा रहे थे...मृत्यु...।

उसकी आँखों के आगे एक पूरा का पूरा नरक उग आया। ...बिलबिलाते शरीर और चमड़े की भयानक दुर्गन्ध...।

शरद ने हड़बड़ाकर आँखें बन्द कर ली और नाक भी। खिलते गुलाब-सी वह खिलखिलायी। शरद ने चौंककर देखा। क्या यह सपना था? -नहीं, यही हकीकत थी।

डायरी में अब भी लिखा था—

वहाँ सबके अपने अपने दुःख थे।
हर दुःख की एक कथा थी।
हर कथा में एक झरना था।
हर झरने में एक गुलाब...।

## अन्त से पहले

शरद ने फिर खण्डित यक्षिणी की उस नग्न मूर्ति को भर नजर निहारा। उसे लगा कि उसकी आँखों में आँसू हैं। उसकी दोनों भुजाएँ काट दी गयी थीं। नाक क्षत-विक्षत...।

वर्षों पुरानी कहानी के उस पेड़ की तरह जिसके हर पत्ते पर नोक भर इतिहास और चुटकी भर उजास थी। जब भी काटा जाता, इतिहास झड़ जाता। लेकिन उस पेड़ की जड़ें मजबूत थीं। नये पत्ते उग आते। हरियाली और उजास पहले की तरह। लेकिन मूर्ति की जड़ें नहीं थीं। होतीं भी नहीं और यक्षिणी? उसे तो हमेशा खण्डित ही रहना था। अभिशप्त थी वह।

सूखते झरने का जलस्त्रोत। हाँ, यह भी यहीं आस-पास कहीं था। नोकभर इतिहास और चुटकी भर उजास के बीच कहीं।

बगल के कमरे से खिलखिलाने की आवाज आयी। शरद को लगा कि जलस्त्रोत फूट पड़ा है। उसने झाँककर बाहर देखा। काल के सारे समीकरण फिर गड़बड़ाने लगे। वह स्तब्ध—। यह कैसे सम्भव था। जिन्दगी में इतनी नाटकीयता कहाँ होती है?

वह चिल्लाया, ''प्रिया!''

दो जोड़ी आँखें उसकी ओर घूमीं। वक्त ठहर गया।

एक लगभग बूढ़ी और मोटी सी औरत दौड़कर उसके पास आयी।

"तुम?"

"हाँ!"

"यहाँ कैसे?"

"ऐसे ही!"

फिर दोनों हँस दिये। प्रिया के साथ में जो लड़की थी वह इन दोनों को कौतुक से देख रही थी।

"उस दिन आपके कमरे का ताला कैसे खुला?" उसने पूछा। शरद को याद आया कि उसके दिन जब कमरे का ताला नहीं खुल रहा था तो गुलाब की पंखुड़ियों की तरह इसी का हाथ हिला था... 'हाय...!' और शरद को लगा था कि वह उसे अपने पास बुला रही है।

शरद को खण्डित यक्षिणी की मूर्ति में फिर उसी का चेहरा झाँकता नजर आया। उसकी दोनों भुजाएँ काट दी गयी थीं और नाक क्षत-विक्षत। लेकिन वह हँस रही थी। बहुत मासूम और निर्मल हँसी।

"एक मिनट!" अभी आयी। और वह बाहर लॉन की तरफ भाग गयी।

"यह तुम्हारी ही बेटी है!" प्रिया ने कहा।

"क्या?"

"हाँ जब पिता की मौत हुई, उस रात तुम मेरे साथ थे... हॉस्टल के कमरे में। मेरी कोख में यह उसी रात आयी थी।"

शरद का चेहरा सफेद पड़ गया। वह उस प्रसंग को याद नहीं करना चाहता था। शरद ने प्रिया का जो स्केच बनाया था—हॉस्टल की वह रात उसी का इनाम थी। कितनी अश्लील थी वह रात। पिता उसी रात घर की तलाश में परिन्दा बन गये थे और माँ छटपटाती रहीं।

"मुझे तो लगा कि उस रात पिता के साथ मैं भी मर गया हूँ। जहाँ पिता थे और उनका वह घर... वहीं मैं भी था और माँ भी।"

"नहीं, उस सबके बीच तुम्हारी देहगन्ध भी थी और वह खिलखिलाता जीवन जो अब मर रहा है।"

"हर जीवन मरता है।" शरद ने गहरी साँस ली।

"नहीं, हर जीवन नहीं। बस यही। और यह भी नहीं, उसका एक अंश।'

शरद भौचक रह गया था और वह शून्य में बोल रही थी, 'इसे कैंसर है... अभी तक इसे पता नहीं। बस, छह महीने और।'

शरद पूछना चाहता था कि 'प्रिया, तुम्हारी वह निर्मल और गुलाब की तरह महकने वाली हँसी कहाँ गयी? लेकिन उसने पूछा, "तुम्हें डर नहीं लगता?"

"किससे?"

"मौत से?"

वह मुस्करायी और बोली, "अब लगने लगा है।"

उन दोनों के बीच एक अजीब-सी खामोशी पसर गयी थी जिसमें सन्नाटा हाँफ रहा था। इतना कि संवाद असम्भव हो चला था।

दोनों एक दूसरे से बहुत कुछ कहना चाहते थे लेकिन क्या? कुछ पता नहीं था।

लड़की फिर दौड़ती हुई आयी हाथ में रंग-बिरंगी तितली पकड़े।

"हाँ, तो कैसे खुला आपका ताला?" अब भी उसका सवाल वहीं था।

"बस एक धक्का दिया और खुल गया।"

वह हँसने लगी, "अच्छा!"

"देखिये तितली! कितनी प्यारी है न। अच्छा आप उधर पहाड़ों पर गये हैं?"

"हाँ!"

"वहाँ तो खूब तितलियाँ होंगी और फूल भी। है न!"

"हाँ!"

"आप मुझे वहाँ ले चलेंगे। तितली, फूल और पहाड़ों के बीच। ममा नहीं ले जाती।"

"हाँ. बिलकुल ले चलेंगे।" और उसने एक सिगरेट सुलगा ली। बहुत मुश्किल था उसके लिए यह सब।

तितली लड़की के हाथ से छूटकर उड़ गयी और वह उसके पीछे भाग गयी।

"कहाँ चले गये थे तुम... शहर छोड़कर?" प्रिया ने पूछा।

शरद ने एक उड़ती-सी नजर उस पर डाली। लगा जैसे किसी चालू फिल्म का कोई सीन चल रहा है और पहले से ही सारे संवाद तय हैं। उसे घृणा हुई और चुप रहा।

प्रिया बोल रही थी, "तुम्हारा वह स्केच अब भी मेरे पास है। ले लेना किसी दिन। मैं भी उसका क्या करूँगी। इसके पेट में आने के बाद बहुत परेशान हुई। सोचा गिरवा दूँ लेकिन मन नहीं माना। नैंसी सही कहती थी। अस्पताल के उस बाथरूम में एक भूत रहता था। मैंने भी देखा एक दिन। फिर नौकरी छोड़कर चली आयी। बहुत डर लगता था वहाँ।"

"हूँ...नैंसी कहाँ है?"

"कनाडा चली गयी शादी करके। ...पाँच साल पहले उसने सुसाइड कर लिया।"

शरद के चेहरे पर कोई भाव नहीं आया। वह बोलती रही, "बहुत दुःखभरी

जिन्दगी थी उसकी। कनाडा जाने से पहले वह कहती थी, देखना एक दिन घोड़े पर बैठकर मेरे सपनों का राजकुमार आएगा और उड़ा ले जाएगा मुझे...दूर...बहुत दूर। फिर हमारा एक घर होगा।''

''घर!'' शरद चौंका।

''हाँ...घर! लेकिन वह उसे नहीं मिला। कनाडा से उसकी कई चिट्ठियाँ आयीं। शुरू-शुरू में बहुत खुश थी। अपने सपनों की जादुई दुनिया के बारे में बताती। खुशियों-भरी शाम...रंगीन रातें...चमकते दिन। लेकिन यह सब कुछ ही

# ब्रह्महत्या

इधर मैं एक गहरे अन्तर्द्वन्द में हूँ। इस अन्तर्द्वन्द्व का कारण और कुछ नहीं। सिर्फ मेरा एक सपना है जो कुछ दिनों से लगातार मेरी नींद हराम कर रहा है। सुबह उठता हूँ तो लगता है कि जैसे शरीर में जान ही नहीं रही, हाथ-पैर काँपने लगते हैं। स्नायविक शक्ति क्षीण पड़ती जा रही है। कुछ भी याद नहीं रहता। छोटी-छोटी बातें तक भूल जाता हूँ। भूख लगती नहीं। सिर में हमेशा दर्द रहता है। लगता है जैसे कोई भारी बोझ मेरे सिर पर रखा हुआ है और मैं कभी भी इस बोझ के नीचे कुचलकर मर जाऊँगा।

सपना आता है तो डर लगता है और नहीं आता तो डर और भी बढ़ जाता है। सोचता हूँ खुदा न खास्ता सपने की बात अगर कहीं सच हो गयी तो क्या होगा। जेठ की भरी दुपहरी में यही सब सोचकर कँपकँपी छूट जाती है। तन्त्र-मन्त्र, व्रत-उपवास सब करके देख लिये, कुछ हल नहीं निकला।

सपना जब आता है तो मैं एक दूसरी ही दुनिया में चला जाता हूँ जहाँ कहीं कोई जमीन नहीं है। सिर्फ बादल हैं और बादलों पर तैरती हुई मृतात्माएँ... मृतात्माओं में परिचित-अपरिचित तमाम चेहरे एक साथ गड्ड-मड्ड हैं। कुछ इतिहास पुरुष भी जिनके किस्से-कहानियाँ हम अकसर इतिहास की किताबों में पढ़ते थे या जिनके चित्र देखकर हमारा सीना गर्व से चौड़ा हो जाता था। वे सब जो हमारी कल्पनाओं में थे या कल्पना के बाहर, एकाएक सपनों में तैरने लगते हैं।

सपनों में जहाँ-कोई जमीन नहीं है वहीं दण्डाधिकारी अपनी गुरु-गम्भीर आवाज में हम सबके कर्मों का लेखा-जोखा सुना रहे हैं। किसने कितने पाप किये, किसने कितने पुण्य? हर क्षण का हिसाब है। मृतात्माएँ रो रही हैं, गिड़गिड़ा रही हैं। बड़ा ही वीभत्स दृश्य है। एक तरफ लोगों के शरीर से चमड़ी उधेड़ी जा रही है तो दूसरी तरफ तेल के खौलते कड़ाहे में लोगों को पकड़-पकड़कर डाला जा रहा है। लोग बिलबिला रहे हैं। मैं यह सब देखकर काँप जाता हूँ कि अचानक एक

वीभत्स-सी छाया हाथ में लाल जलती सलाखें लिये मेरी ओर बढ़ती है। मैं भागने को होता हूँ कि चार-पाँच बलिष्ठ छायाएँ मुझे पकड़ लेती हैं। दण्डाधिकारी कह रहे हैं कि मैंने इस दुनिया का सबसे जघन्य पाप किया है कि मैं ब्रह्महत्या का दोषी हूँ।

मेरा अपराध सिद्ध हो जाता है। अपने भैंसे पर बैठे धर्मराज मुझे मेरा दण्ड सुनाते हैं। महाराज चित्रगुप्त एक कुटिल मुस्कान के साथ अपना बही-खाता बन्द कर रहे हैं। हाथ में जलती सलाखें लिये वह वीभत्स छाया एक बार फिर मेरे निकट आ जाती है। गर्म जलती सलाखें मेरी आँखों में घुसेड़ी जा रही हैं। फिर उसी से मेरे पेट में एक बड़ा-सा छेद किया जाता है। आँतें बाहर... गुर्दे से खून चू रहा है। मैं चीखने को होता हूँ तो चीख नहीं पाता। जुबान तालू से सिल गयी है। मैं कुछ देख नहीं सकता... बोल भी नहीं सकता। कान में पिघला हुआ सीसा उँड़ेल दिया जाता है। अब मैं कुछ सुन भी नहीं सकता। मेरा पूरा अस्तित्व चीख-चीखकर विरोध कर रहा है मगर मेरा यह विरोध कहीं दर्ज नहीं होता। मैं एक साथ अन्धा, गूँगा, बहरा सब बना दिया गया हूँ।

तभी एक आकाशवाणी होती है और कहती है कि 'तूने निषिद्ध को देखा, निषिद्ध को सुना, निषिद्ध को किया—ले अब उसका परिणाम भोग!'

यह सपना मेरे लिए रोज का किस्सा है। एक मनोचिकित्सक से राय ली तो उसने कहा कि मेरे अवचेतन में कहीं कोई अपराधबोध है जो निरन्तर मेरे सपनों में प्रस्फुटित हो रहा है। उसकी बातों से मुझे डर लगता है। अवचेतन में अपराधबोध... क्या सचमुच? नहीं... ऐसा नहीं हो सकता। मैंने कभी किसी का बुरा नहीं किया। यहाँ तक कि कभी किसी का बुरा सोचा भी नहीं।

कभी-कभी बिना सोचे ही बहुत कुछ हो जाता है। जैसे यही कि बिना कुछ सोचे इस वक्त मैं अपने कम्प्यूटर पर बैठा हूँ। पासवर्ड डालते ही कम्प्यूटर में पीं पीं की आवाज होती है। मेरी फाइल मेरे सामने है। बटन दबाते ही मेरा बायोडाटा आता है। मेरा नाम... मेरी उपलब्धियाँ... कद-काठी समेत स्वास्थ्य सम्बन्धी तमाम विवरण इसमें दर्ज हैं। एक-एक कर मैं उन सबको पढ़ना शुरू करता हूँ। मुझे लगता है कि यह सब मैं किसी और के बारे में पढ़ रहा हूँ। इस पूरी आँकड़ेबाजी में मैं कहाँ था? मैं सोचने लगता हूँ। कुछ याद नहीं आता। मैं हवा में हाथ हिलाता हूँ और अपने सिर का एक बाल नोंच लेता हूँ। जिस समय मैं अपने सिर का वह बाल नोच रहा था ठीक उसी समय कम्प्यूटर पर एक 'डायलाग बॉक्स' उभरता है जो मुझसे पूछता है कि क्या मैं अपनी वंशावली के बारे में कुछ जानना चाहता हूँ? मैं अनचाहे ही 'यस' क्लिक कर देता हूँ। शायद मेरे सिर से नोचे हुए बाल और मेरी इस वंशावली में कहीं कोई अन्तरंग और गूढ़ सम्बन्ध है... क्या पता! कम्प्यूटर स्क्रीन

पर मेरा वंशवृक्ष उभर आया है। मैं इस वंशवृक्ष को पढ़ता हूँ। पढ़ता नहीं बल्कि देखता हूँ। यह देखना कुछ अलग तरह से देखना है। जैसे इतिहास में सोलोमन की तलवार को देखना या नोआखोली के वीराने में गाँधी की लाठी को देखना। कुछ वैसे ही जैसे स्वप्न में मैं मृतात्माओं को देखता हूँ।

स्वप्न में मृतात्माओं को देखना क्या सोलोमन की तलवार या गाँधी की लाठी को देखने जैसा होता है? क्या पता... फिलहाल तो मैं एक फटेहाल-सा घर देख रहा हूँ जहाँ के लोग कभी अन्न को तरसते थे।

वह सन् '40—'45 के आसपास की बात है। कम्प्यूटर की इबारत बताती है कि उस समय हिन्दुस्तान की आबादी भी कोई चालीस-पचास करोड़ के आसपास ही थी। उनमें कितने ब्राह्मण, कितने क्षत्रिय, कितने बनिया और कितने शूद्र थे... यह ठीक-ठीक कम्प्यूटर को नहीं पता। कम्प्यूटर के पास तो उस वक्त के इतिहास की कुछ ब्योरेवार जानकारियाँ हैं जैसें हिटलर और गाँधी की कद-काठी में कितना अन्तर था या चर्चिल की सिगार का नाप क्या था? द्वितीय विश्वयुद्ध के पहले रुजवेल्ट की परेशानी और उसके न्यू-डील कार्यक्रमों का भी यहाँ जिक्र है लेकिन उस सबसे मेरी समस्या हल नहीं होती। इससे भी नहीं कि सन् 1932 में गाँधी और अम्बेडकर के बीच क्या-क्या बातें हुईं और उसमें किस तरह गाँधी ने सवर्णों का पक्ष लिया। हालाँकि जिस सपने का मैंने जिक्र किया है उसका सम्बन्ध कहीं न-कहीं इन तमाम ऊल-जलूल बातों से भी है लेकिन फिलहाल तो कहानी की माँग है कि मैं आपको सन् 40'-'45 के उसी फटेहाल से घर में ले चलूँ जहाँ के लोग कभी अन्न को तरसते थे।

तो कम्प्यूटर ने जो नक्शा दिया है उसके अनुसार यह घर अवध के एक बहुत पिछड़े हुए गाँव में था। इसके पिछड़ेपन का अन्दाजा इसी से लगाया जा सकता है कि दुनिया-जहान की बड़ी से-बड़ी घटना की खबर भी यहाँ महीने भर बाद ही आती थी। यहाँ तक कि हिन्दुस्तान की आजादी की खबर भी यहाँ महीने भर बाद ही आयी थी। सिर्फ गाँधीजी की हत्या की खबर ही एक ऐसी खबर थी जिसके बारे में कहा जाता है कि वह यहाँ अपने होने से पहले आ गयी थी और इसको यहाँ लाने का श्रेय गया था पं. धर्मराज को जो उसी फटेहाल से घर में रहते थे जहाँ का यह किस्सा है।

उस समय इस घर की दीवारें यानी भीत मिट्टी की थी। हर साल बरसात में जितनी मिट्टी बहती उससे ज्यादा बाद में उस पर थोप दी जाती। इस तरह उस घर की भीत लगातार मोटी होती रही। उसके मोटापे का अनुमान आप खुद लगाइये। क्योंकि कम्प्यूटर पर फिलहाल उसके बारे में कोई सूचना नहीं है।

सूचनाएँ जो हैं वे पं. धर्मराज के पिता पं. रामबदन के बारे में हैं जो अपने समय

के पुराने रईस, जमींदार, अंग्रेज भक्त और शास्त्रज्ञ पण्डित थे। अवध के इस पिछड़े गाँव में आने से पहले वे काशी में थे और सुना है कि महामना मालवीय जी के निकटतम सहयोगियों में गिने जाते थे। उस समय बनारस में काशी हिन्दू विश्वविद्यालय की नींव पड़ रही थी। पं. रामबदन उस नींव की एक ईंट थे।

नींव की ईंट कभी कंगूरा नहीं बनती सो पं. रामबदन भी कंगूरा नहीं बन सके और एक दिन अचानक काशी छोड़कर अवध के इस पिछड़े हुए गाँव में आ गये। कम्प्यूटर की सूचना बताती है कि उम्र के चालीसवें बसन्त में पं. रामबदन को एक पुत्ररत्न की प्राप्ति हुई। इस अवसर पर सारे गाँव को सामूहिक भोज दिया गया, काँसे की थाली बजी (लड़के के जन्म पर तब इसे शुभ माना जाता था), नाच-गान हुआ और उत्सव मना।

पुत्र की अच्छी शिक्षा-दीक्षा की भी पण्डित जी ने बहुत कोशिश की लेकिन धर्मराज को न पढ़ना था, न पढ़े। बचपन से ही उद्दण्ड और दुस्साहसी स्वभाव के पं.धर्मराज की मित्र मण्डली भी बड़ी ऊटपटांग थी। इसमें अहीर-चमार तो थे ही, हिजड़े भी बाहैसियत अपनी उपस्थिति दर्ज किया करते थे। सच तो यह है कि उस समय हिन्दुस्तान की जो हालत थी, उसकी जानकारी भी उन्हें इन्हीं हिजड़ों के माध्यम से मिली।

हिजड़ों के पास कहानियों का कभी न खत्म होने वाला एक भण्डार था और पं. धर्मराज के लिए उस वक्त कहानियों से बड़ा चमत्कार और कोई था नहीं। सो कहानियों के जरिये ही पं. धर्मराज ने दुनिया को देखा। उस दुनिया को जिसमें दुनियाभर की लम्पटता और टुच्चापन था मगर उसके बीच कहीं न कहीं एक ख्वाब भी था... आजाद हवा में साँस लेने का ख्वाब... इस ख्वाब की खातिर ही लोग लड़ रहे थे और किस्से बन रहे थे।

जिस हिजड़े से पं. धर्मराज की घनिष्ठता थी उसका नाम था शबनम। हर कोई उसे शब्बो कहता। पं. धर्मराज भी। शब्बो के रंग-ढंग ही निराले थे। आम हिजड़ों की तरह वह गाली-गलौज नहीं करती थी, न किसी की थुक्का फजीहत। जिससे जो मिल जाये उसे वह अपनी किस्मत मानती, न मिले तो खुदा का खौफ खाती। शब्बो की पूरी जिन्दगी घूमते ही बीती थी। पं. धर्मराज से एक बार उसने कहा कि 'पण्डित! जो न मर्द होते हैं न औरत... उनकी भी क्या जिन्दगी होती है... बस खानाबदोश की तरह घूमते रहो... कभी यहाँ तो कभी वहाँ... चारों ओर रोशनी की चादर लपेटे जैसे कोई जुगनू अँधेरों से लड़ता है, वैसे ही हम सब अपने आप से लड़ते हैं। वक्त-जरूरत मर्द, औरत और क्या कुछ नहीं हो जाते हम... मगर वो कभी नहीं बनते जो हम सचमुच होते हैं।'

जब कभी शब्बो इस तरह की अनर्गल बातें करती पं. धर्मराज समझ जाते कि

यह किसी नयी कहानी की भूमिका है। कहानी जो शब्बो की जिन्दगी, उसके दर्द से जुड़कर भी उससे बिलकुल अलग होती। वह उसे ऐसे सुनाती जैसे वह सब किसी और के बारे में सुना रही हो। उस दिन भी उसने उसे ऐसे ही सुनाया था... एकालाप या प्रलाप की तरह...!

उसने कहा कि उसका जन्म एक बहुत बड़े घर में हुआ था। माँ-बाप सब खानदानी लोग थे। उसकी जाति क्या थी यह शब्बो ने नहीं बताया और न पण्डित धर्मराज ने उससे पूछा। पूछने की शायद जरूरत भी नहीं थी क्योंकि जाति तो मर्दों की दुनिया का शब्द है। एक हद तक औरतें भी उसमें घुसपैठ कर लेती हैं लेकिन जो न मर्द होते हैं न औरत... उनकी क्या जाति और क्या वर्ण...? खैर... तो शब्बो के अनुसार उसका जन्म एक बहुत बड़े खानदानी परिवार में हुआ था। बड़े लाड़-प्यार से पाला गया उसे। पहले तो किसी ने ध्यान नहीं दिया मगर धीरे-धीरे जब शब्बो बड़ी होने लगी तब उसकी माँ ने एक दिन गौर किया कि शब्बो का लैंगिक विकास सामान्य नहीं हैं। माँ के इस अन्वेषण से घर में भूचाल आ गया। शब्बो अब न लड़का थी न लड़की... पिता भरी जवानी में ही बुढ़ा गये। माथे की सलवटें इतनी गहरी हो गयीं कि वे उसी में डूबकर रह गये।

उस वक्त शब्बो की उम्र थी दस वर्ष। अगले दस वर्ष उसने उसी गलदश्रु भावुकता के बीच गुजारे जिसमें मृत्युशैया पर पड़ा कोई रोगी अपनी बाकी जिन्दगी गुजारता है। घर से बाहर निकलने की उसे पाबन्दी थी और घर में किताबों का अकूत भण्डार था। पिता चाहते थे कि वह लड़का बनकर रहे और माँ उसे लड़की बनाने पर उतारू थी। यह एक अजीब सी कशमकश थी जिसने शब्बो को भीतर ही भीतर तोड़ कर रख दिया (कुछ छिटपुट और बिखरी हुई सूचनाओं के अनुसार उसने एक-दो बार आत्महत्या का प्रयास भी किया था।)

यह जलियाँवाला हत्याकाण्ड के बाद का समय था। गाँधीजी ने असहयोग शुरू कर दिया था और हिन्दुस्तान के तमाम शहरों में विद्रोह की चिनगारी दावानल बनकर भड़क उठी थी। इसी किसी समय शब्बो के माता-पिता की मृत्यु भी हो गयी और वह घर छोड़कर कलकत्ता भाग आयी। पं. धर्मराज को शब्बो ने जो कहानी सुनायी वह दरअसल इसी कलकत्ते की कहानी थी जहाँ उसे एक अंग्रेज सार्जेण्ट जान राबर्ट मिला था और जिसने उसे भरपूर प्यार-दुलार और स्नेह दिया था।

यह कैसी विडम्बना थी! शब्बो ने बताया कि एक रात पितातुल्य राबर्ट ने उसे अपनी बाँहों में भर लिया। किसी वहशी और हिंसक जानवर की तरह उसने उसके सारे वस्त्र फाड़ डाले और औंधे मुँह उसे अपने बिस्तर पर लाकर पटक दिया। फिर उस रात तरह-तरह के अप्राकृतिक यौनाचार का जो सिलसिला चला वह अगले कई

दिनों तक बदस्तूर कायम रहा। इसमें बूढ़े राबर्ट से लेकर उसके तमाम कर्मचारियों और मित्रों की सक्रिय भागीदारी रही।

प्रेम और विद्रोह के कुछ बीज शब्द शब्बो को यहीं से मिले। दरअसल हुआ यह कि एक रात सार्जेण्ट राबर्ट अपने मित्रों के साथ शराब के नशे में धुत्त होकर आया। आते ही उसने शब्बो को अपनी बाँहों में भर लिया और कहा कि '...इट्स अ फैटल नाइट... द स्टार हैज गॉन आउट... अ वूमेन इज पास्ड अवे एण्ड अ मंगूज हैज किल्ड अ स्नैक...' (आज की रात कत्ल की रात है। आज एक तारा बुझ गया। एक औरत मर गयी और एक नेवले ने एक साँप को डस लिया।)

शब्बो ने यह सुना और चुपचाप उठकर दूसरे कमरे में चली गयी। उसे समझ नहीं आ रहा था कि यह सब क्या है और क्यों है? वह राबर्ट को इतना प्यार करती थी कि उसकी हद दर्जे की क्रूरता भी उसे स्वीकार्य थी लेकिन... लेकिन उस रात जब शराब के नशे में धुत् राबर्ट ने बताया कि किस तरह उसने एक विद्रोही औरत की कोख को अपने बूट के नीचे मसलकर रख दिया, उस कोख को जिसमें विद्रोह का एक और बीज पल रहा था, तब सचमुच शब्बो का रोम-रोम काँप उठा। गुस्से में जैसे वह पागल हो उठी थी।

आधी रात के बाद जब राबर्ट के सारे मित्र खा-पीकर चले गये तब उस घर में एक खौफनाक सन्नाटा-सा छा गया था। शब्बो ने एक झटके में अपने शरीर के सारे वस्त्र उतार फेंके। शीशे के सामने उसने एक बार खुद को देखा। वह मुस्कराई, 'सचमुच आज की रात कत्ल की रात है...' उसके होठों ने एक बार कहा, और फिर उसने दीवार पर टँगी वह तलवार निकाल ली जिसके बारे में राबर्ट अकसर कहा करता था कि यह तलवार सोलोमन की तलवार है जो हमेशा न्याय के लिए ही उठती है।

उस रात शब्बो एक पल के लिए भी नहीं सोयी। राबर्ट को उसने भरपूर प्यार किया। उतना ही जितना कि कोई औरत कर सकती है (हालाँकि शब्बो पूरी तरह औरत नहीं थी...) रात के अन्तिम पहर जब आसमान से तारे विदा होने लगे शब्बो का निढाल मुर्दा शरीर तनकर खड़ा हो गया। उसके हाथ में रक्तसनी सोलोमन की वही तलवार थी जिसने ठीक उसी क्षण जब रात का अन्तिम तारा विदा हो रहा था सार्जेण्ट राबर्ट का सिर उसके धड़ से अलग कर दिया । शब्बो ने उस वक़्त रुँधे गले से कहा था, "रियली इट वाज अ फैटल नाइट..."

उसके बाद शब्बो ने कलकत्ता छोड़ दिया और दर-दर भटकने लगी। कम्प्यूटर की सूचना बताती है कि पं. धर्मराज को शब्बो ने यह कहानी तब सुनाई थी जब दिल्ली के लालकिले में आजाद हिन्द फौज के सिपाहियों पर देशद्रोह का मुकदमा चल रहा था।

इन्हीं दिनों पं. धर्मराज पर अहिंसा का भूत भी सवार हुआ लेकिन उससे पहले कहानी का एक सूत्र और...! पं. धर्मराज के पिता पं. रामबदन अपने पुत्र की गतिविधियों से आजिज आ चुके थे। उन्हें लगता था कि उनका बेटा उनकी प्रतिष्ठा पर बट्टा लगा रहा है। अहीरों, चमारों की संगत और सुराजियों के प्रति उसका प्रेम उन्हें बहुत खतरनाक लगता। फिर उन दिनों पं. धर्मराज ने अपने कुल की प्रतिष्ठा को ताक पर रखते हुए एक हिजड़े के साथ रहना भी शुरू कर दिया था। पं. रामबदन को इन सबमें किसी बड़ी साजिश की गन्ध आती। एक बार तो घर पर पुलिस भी आ गयी और पं. धर्मराज को पकड़कर थाने ले गयी। दरअसल हुआ यह कि कुछ ही दिन पहले थाना अली सराय पर कुछ सुराजियों ने मिलकर एक बम फेंका था जिसमें थाना प्रभारी के साथ एक हवलदार भी जख्मी हो गया था। पुलिस को शक था कि उन सुराजियों में एक पं. धर्मराज भी थे।

जैसे-तैसे करके पं. रामबदन ने उस मामले को तो खत्म कराया लेकिन उनकी चिन्ता बढ़ गयी थी। वे उदास और निराश रहने लगे थे। आखिरकार उन्होंने निर्णय लिया कि पं. धर्मराज का विवाह कर दिया जाय। शायद इसी से उनमें कुछ सुधार आये—लेकिन नहीं, न पं. धर्मराज को सुधरना था, न सुधरे। उस पर हुआ यह कि अपनी पत्नी के प्रति उनमें एक तरह की विरक्ति आ गयी। पं. रामबदन इसी पुत्र चिन्ता में धीरे-धीरे घुलते रहे और आखिर एक दिन स्वर्ग सिधार गये। कुछ दिनों बाद माँ ने भी उन्हीं की राह पकड़ी। अट्टी-पट्टीदारों ने पं. रामबदन की जमीन-जायदाद पर कब्जा करना शुरू कर दिया। पं. धर्मराज ने उजबक का स्वभाव पाया था सो कुछ कर नहीं पाये या शायद कुछ करना ही नहीं चाहते थे। वैसे भी जमीन-जायदाद के कामों में उनका मन कम ही लगता था। वे तो आकाश के पंछी थे, जिधर मन किया उड़ लिये। लेकिन यह उड़ान किसी को पसन्द नहीं आयी। पूरे गाँव में उनकी छीछालेदर होने लगी। हुक्का-पानी बन्द हुआ सो अलग। एक शब्बो ही थी जो उनकी हमराज बनी हुई थी लेकिन वह भी कभी अचानक महीनों तक गाँव से गायब हो जाती। (उसका यूँ अचानक गायब हो जाना हमेशा ही एक रहस्य रहा।) उसके जाने के बाद पं. धर्मराज का अड्डा जमता हरिजन बस्ती में। लेकिन यह भी बाद की बात है। पहले तो पं. धर्मराज दुनिया के प्रति उतने ही क्रूर थे जितना कि कोई रईस जमींदार हो सकता है। खैर... तो पं. धर्मराज उस रईसी और कुल परम्परा से बेदखल कर दिये गये जिसे उनके पिता ने बड़े जतन से अपने जीवन में बनाया था।

पं. धर्मराज का हरिजन बस्ती की सुकना चमाइन से प्रेम था बावजूद इसके कि तब तक उनका ब्याह हो चुका था और उस ब्याह से उनके दो बच्चे भी थे। पं. धर्मराज पर जिस समय अहिंसा का भूत सवार हुआ उस समय तक ये बच्चे खासे

बड़े हो गये थे। पण्डिताइन यानी पं. धर्मराज की पत्नी किसी तरह सीधा-पानी माँग ज़ाँच कर इन बच्चों का पेट भरतीं। हालाँकि पेट भी पूरा कहाँ भरा जाता लेकिन मन की तसल्ली के लिए यही काफी था। उधर सुकना की ठसक सारे गाँव की नाक में दम किये हुए थी।

पं. धर्मराज को शब्बो ने बताया था कि गाँधी बाबा सारे देश में हरिजन उद्धार के काम में लगे हैं। बहुत जल्दी फिरंगी इस देश से भाग जाएँगे। हालाँकि शब्बो गाँधी बाबा की अहिंसा की बहुत पक्षधर नहीं थी। फिर भी जब कभी इस तरह की कोई बात होती तो उसे राबर्ट याद आ जाता और उसकी आँखों में आँसू छलक जाते।

एक दिन अचानक पं. धर्मराज ने रामनामी दुपट्टा ओढ़ लिया और सधुआ गये। पता नहीं इसके पीछे अपनी पत्नी के प्रति उनकी कड़ुवाहट थी या कुछ और लेकिन एक बार जो उन्होंने घर छोड़ा तो फिर मुड़कर वहाँ नहीं गये। गाँव के बाहर बारी के बाबा के आश्रम में उन्होंने अपनी धूनी जमा ली । शब्बो अकसर यहीं आकर उनके साथ रहा करती।

पं. धर्मराज ने अहिंसा का जो व्रत लिया था उसकी भी अपनी एक कहानी है। दरअसल, पं. धर्मराज जबसे बारी के बाबा के आश्रम में आये थे उन्हें आश्रम के लिए लकड़ी काटने जंगल जाना होता था। एक दिन वे भरी दोपहरी लकड़ी काटने जंगल चले गये। ढाक के पेड़ पर अभी उन्होंने अपनी कुल्हाड़ी चलाई ही थी कि क्या देखते हैं कि पेड़ के कटे हुए भाग से लाल रंग का कुछ खून-सा तरल द्रव निकल रहा है। पं. धर्मराज भय से काँपने लगे थे। उन्हें लगा कि किसी ने उनकी गर्दन पर कुल्हाड़ी चला दी है। बस, उस दिन के बाद पं. धर्मराज ने पेड़ तो क्या खेत में हल चलाना तक छोड़ दिया। फटेहाल-सा वह घर जहाँ के लोग सचमुच कभी अन्न को तरसते थे पं. धर्मराज के इस अहिंसा व्रत पर जार-जार रो पड़ा। उसकी भीत ढहने लगी। फिर पं. धर्मराज का मन रमा जाकर गीता में और वे हुए प्रकाण्ड पण्डित। बारी के बाबा ने कहा—

रामबदन कै पूत अकेला
किहिस घर मा ठेलिम ठेला
प्रथम बार जब पिता पढ़ावा
पढ़ब-लिखब ना इनके भावा
छोड़-छाड़ आये निज भवना
कबहूँ सरैयाँ, कबहूँ मौना

कबहूँ बारी, कबहूँ पहाड़ी

..............................

अरे, ई त होइ गा पूर्ण आचारी।।

(बारी के बाबा का यह छन्द भी कम्प्यूटर में इस सूचना के साथ दर्ज है कि पं. धर्मराज ने कुछ ही दिनों में सिद्धि प्राप्त कर ली थी और गाँव के तमाम भूत-प्रेत सब उनके वश में हो गये थे।)

कहते तो यहाँ तक हैं कि पं. धर्मराज के प्रताप से ही शब्बो की नपुंसकता दूर हुई और वह उन्हीं के आशीर्वाद से स्त्रीत्व का प्रसाद पा सकी। इसी से जुड़ी अन्त:कथा सुकना की भी है। इसका स्रोत भी यही कम्प्यूटर है जिस पर बिखरी हुई वे तमाम सूचनाएँ दर्ज हैं जो कहीं न-कहीं मेरी वंशावली (यानी सुशील कुमार ओझा पुत्र श्री सियाराम शरण ओझा पुत्र श्री...) से सम्बन्ध रखती है। कम्प्यूटर जानने वाले जानते हैं कि एक बार कम्प्यूटर पर अगर कोई सूचना दर्ज हो जाए तो वह कभी समाप्त नहीं होती, डिलीट करने पर भी वह बस बिखर भर जाती है। यहाँ भी यही हुआ है। मेरे लाख चाहने पर भी मेरी वंशावली के ये विकृत तथ्य कभी खत्म नहीं होते... हर बार कुछ और विकृत होकर सामने आ जाते हैं। वैसे भी इतिहास चाहे व्यक्ति का हो या राष्ट्र का, खत्म कब होता है? कम्प्यूटर की सूचनाओं की तरह उसे बिखरना भर होता है और फिर हर बार एक नये इतिहास की तलाश...

सुकना के बारे में अचानक गाँव में यह खबर फैली कि उसे एक बच्चा हुआ है। इसमें सनसनी जैसा कुछ भी नहीं था क्योंकि ऐसी खबरें उन दिनों आम हुआ करती थीं। (आम और खास का भेद हमेशा जाति और कुल परम्परा से होता था।) फिर भी सनसनी यह थी कि बच्चा होने की रात ही सुकना करमू के ताल पर मरी पाई गयी और बच्चा बारी के बाबा के आश्रम के सामने मैले-कुचैले कपड़ों में ढँका-तुपा हँस रहा था। पं. धर्मराज उस वक्त अपनी कुटिया में बैठे गा रहे थे—

रघुपति राघव राजा राम
पतित पावन सीता राम
ईश्वर अल्लाह तेरे नाम
सबको सन्मति दे भगवान।।

और शब्बो थी कि कुटिया के बाहर आँगन में अल्पना बना रही थी। लाल, पीले, हरे, गुलाबी और ऐसे ही तमाम सारे रंग... उन चटख रंगों से जाने कितने चटख बिम्ब उभर रहे थे। जैसे भ्रू-मध्य के बीच सहस्रसार की कल्पना... कि तभी अचानक किसी बच्चे के रोने की आवाज आयी। शब्बो एक पल में आकाश की

ऊँचाइयों से नीचे जमीन पर आ गिरी। उस ओर जहाँ से बच्चे के रोने की आवाज आ रही थी, ढाक का एक लहूलुहान-सा पेड़ था। पेड़ पर एक घोंसला था। घोंसले में एक गौरैया अपने अण्डे से रही थी।

शिशु सूर्य ने अभी अपने पंख फैलाने भी शुरू नहीं किये थे कि उसके लाल-लाल पंखों ने जैसे पूरा का-पूरा आकाश ढँक लिया। उस वक्त आसमान के परिन्दे भी अपने-अपने डैनों से सिर उठाने को उतावले थे। चीं...चीं... चर्रर...चर्रर... पेड़ों से पत्ते गिरने की आवाज... और ऐसा ही बहुत कुछ! क्या ही खुशनुमा मौसम था लेकिन... लेकिन शब्बो भय से काँप रही थी और बच्चा भय से रो रहा था। उसका यह रोना पत्तों के गिरने या पक्षियों के चहचहाने से बहुत... बहुत अलग था। उधर पं. धर्मराज का अपनी कुटिया से 'रघुपति राघव राजा राम' का गान भी इन तमाम आवाजों के बीच चुपचाप कहीं गुम हो गया था।

शब्बो ने झट से बच्चे को अपनी छाती से लगा लिया और उसे चूमने लगी। बच्चे का भी रोना बन्द हो गया था। पता नहीं कितनी देर शब्बो उस बच्चे के साथ खेलती रही। जब होश आया तो वह कुटिया में थी और बहुत बदली हुई सी भी...। पं. धर्मराज सिर झुकाये हतबुद्धि बैठे थे। उनकी गोद में वही बच्चा था जो अभी कुछ देर पहले लहूलूहान से ढाक के पेड़ के नीचे मिला था।

शब्बो एकटक पं. धर्मराज को देख रही थी और पं. धर्मराज नीचे जमीन को। शायद यह खबर उन तक पहुँच गयी थी कि अभी-अभी करमू के ताल पर सुकना की लाश एक पेड़ से लटकी हुई पाई गयी है।

जन्म और मृत्यु जैसे एक साथ आ गये...

भर भिनसारे जिस कुटिया में कभी शिव ताण्डव स्तोत्र या दुर्गा सप्तसती के श्लोक गूँजते थे, वहाँ आज सन्नाटा था। रोम-रोम को चीर जाने वाली एक खामोशी। एकाएक पं. धर्मराज के गले से गों-गों की आवाज हुई और वे धड़ाम से जमीन पर गिर पड़े। वे शायद कुछ कहना चाहते थे मगर कह नहीं पाये। आवाज कहीं भीतर ही-भीतर घुट कर रह गयी थी... सिर्फ उनकी दो विवश और निरीह आँखें थीं जो कुछ कह रही थीं मगर वे क्या कह रही थीं—इसे शब्बो के सिवा और कोई नहीं जानता था। शब्बो ने सुना कि पं. धर्मराज कह रहे हैं कि 'शब्बो, आज फिर एक साँप ने एक नेवले को डस लिया...'

कहते हैं कि उसी दिन शबनम उर्फ शब्बो को स्त्रीत्व का वरदान मिला था। मरते हुए पं. धर्मराज ने जिस क्षण उस बालक को शबनम की गोद में डाला उसी क्षण उसके स्तनों में दूध उतर आया था...। ये तमाम बातें गाँधीजी की हत्या से एक माह पहले की हैं। उस पुराने और पिछड़े हुए गाँव में जहाँ किसी भी घटना की खबर उसके होने के एक माह बाद ही आती थी, गाँधीजी की हत्या एक माह पहले

ही हो गयी थी। ऐसा क्यों था? कोई नहीं जानता।

कहते हैं कि करमू के ताल पर आज भी सुकना चमाइन का प्रेत मँडराता है और ब्राह्मण पुत्रों को वहाँ जाने की सख्त मनाही है। जो जाते हैं, वे भी पं. धर्मराज का नाम जाप करते हुए ही...

बहरहाल, कम्प्यूटर से एक बार फिर पीं-पीं की आवाज आ रही है और किसी तकनीकी गड़बड़ी के चलते बीच की बहुत सी सूचनाएँ गायब हो गयी हैं लेकिन मैं अब भी उस घर के बारे में जानना चाहता हूँ जहाँ के लोग कभी अन्न को तरसते थे... पण्डिताइन और उसके दो बच्चों के बारे में जो बरसों बरस सीधा-पानी माँग-जाँच कर किसी तरह अपने बच्चों का पेट भरती रहीं...। लेकिन मुझे कुछ नहीं मिलता—सिवा इसके कि पं. धर्मराज के मरने के बाद शब्बो उस बच्चे को लेकर फिर कलकत्ते वापस आ गयी। कलकत्ते में काफी दिन छिपने-छिपाने के बाद आखिर शब्बो को पकड़ लिया गया। आजाद भारत में उस पर सार्जेण्ट राबर्ट की हत्या का केस चला और उसे फाँसी की सजा हुई। फिर उस बच्चे का क्या हुआ? इसके बारे में कोई सूचना नहीं है। कम्प्यूटर बताता है कि वह बच्चा और कोई नहीं मेरे ही पिता यानी पं. सियाराम शरण ओझा थे। सियाराम, पं. सियाराम शरण ओझा कैसे बने, इसके बारे में भी कम्प्यूटर पर कोई सूचना नहीं है।

अब दुनिया की तमाम सूचनाओं के बीच बस मुझे इसी एक सूचना की तलाश है लेकिन वह भी मुझे नहीं मिलती।

लेकिन हाँ, पता नहीं क्यों और कैसे कम्प्यूटर स्क्रीन पर इस वक्त मेरे सामने इस सदी की पहली राष्ट्रीय जनगणना के आँकड़े आ गये हैं जिसमें कहा गया है कि इस बार हिजड़ों को भी पुरुषों के खाते में डाल दिया गया है। अब भला बताइए इस सूचना का इस कहानी से क्या सम्बन्ध हो सकता है?

खैर... फिलहाल तो मैं अपने उस सपने के बारे में सोच रहा हूँ जिसने इन दिनों मेरी नींद हराम कर रखी है। 'ब्रह्महत्या... ब्रह्महत्या' जैसे शब्द हर समय मेरे कानों में घण्टियों की तरह गूँजते हैं। जागते हुए भी लगता है कि मैं नींद में हूँ और वही वीभत्स सपना देख रहा हूँ जिसमें महाराज चित्रगुप्त अपनी कुटिल मुस्कान के साथ मेरे भाग्य का फैसला करते हैं और हाथ में गर्म लाल सलाखें लिये वह वीभत्स काली छाया मेरा पीछा करती है। मैं पागलों की तरह चीखता हूँ लेकिन नहीं, मेरी आँखें फोड़ दी जाती हैं और कानों में पिघला हुआ शीशा उँड़ेल दिया जाता है। सचमुच मैं कुछ देख नहीं सकता। कुछ सुन नहीं सकता। इतिहास की कोई भी शक्ति अब मेरे साथ नहीं है। मैं बिलकुल निरीह और अपाहिज हो चला हूँ बावजूद इसके कि कम्प्यूटर पर अब मैंने अपना इतिहास बदल दिया है।

□□□